Siri S

Gelebte Unterwerfung

Ein autobiografischer BDSM-Roman

SCHWARZE ZEILEN
Verlag

Bibliografische Information der Deutschen Nationalbibliothek

Die Deutsche Nationalbibliothek verzeichnet diese Publikation in der Deutschen Nationalbibliografie; detaillierte bibliografische Daten sind im Internet über http://dnb.d-nb.de abrufbar.

ISBN 978-3-945967-28-7

1.Auflage 2016

www.schwarze-zeilen.de

Coverfoto: Paula Celine

Printed in Germany

Hinweis

Auch wenn diese Geschichte, die Geschichte der Autorin ist, so wurden Personen, Orte und Handlungen verändert und entspringen der Fantasie. Ähnlichkeiten mit realen Personen sind nicht beabsichtigt.

Dieses Buch ist nur für Erwachsene geeignet, bitte achten Sie darauf, dass das Buch Minderjährigen nicht zugänglich gemacht wird.

Vorspiel

Ich ging die Straße entlang, es war dunkel. Jeden Abend derselbe Weg, tagein, tagaus. Ich kannte jeden Stein, jede Kuhle im Asphalt, jeden Baum. Selbst mit geschlossenen Augen hätte ich den Weg gefunden.

Meine Tasche hing lässig über meinem Arm, es war schon etwas frischer geworden, aber ich hatte mir zum Glück eine leichte Sommerjacke mitgenommen. Ich ärgerte mich beinahe, keine Strumpfhose angezogen zu haben, aber der Rock war lang genug, um wenigstens etwas Kälte abzuhalten. In Gedanken hing ich dem vergangenen Arbeitstag nach, meinen Kolleginnen, meiner Arbeit, die ich mir für den nächsten Tag schon zurechtgelegt hatte. In den Ohren hatte ich Kopfhörer, diese kleinen Dinger, die man nicht sieht, und hörte Radio. Belanglose Musik, die mich ablenkte und entspannte.

Ein Griff an meiner Schulter, Hände auf meinem Mund ..., ich spürte, wie mir die Tasche herunter gerissen wurde, wie sich jemand von hinten an mich heran presste. Nein, es war nicht die Tasche, auf die es dieser Person abgesehen hatte, das war mir sofort klar, *ich* war das Ziel! Bilder schossen mir durch den Kopf, Fantasien, wie ich sie schon oft gehabt hatte. Doch das hier war Realität, es fühlte sich anders an, Angst ..., pure Angst wäre in meinen Augen zu sehen gewesen, wenn ich sie nicht geschlossen hätte, und dennoch sickerte Nässe zwischen meine Beine. Ich wurde von der Straße heruntergezogen, hinein in den kleinen Park, an dem ich schon so oft vorbeigegangen war. Immer noch spielte die Musik in meinen Ohren, aber ich hörte nicht mehr viel davon, mein Puls raste.

Ich wurde auf den Boden gestoßen, hätte aufspringen, schreien und davonrennen können, aber ich tat es nicht, war wie gelähmt. Ich blieb einfach knien, auf allen Vieren, wie ein geprügelter Hund. Eine Hand in meinem Nacken, die meinen Kopf tiefer drückte, mich fixierte, mein Gesicht fast auf den Boden presste. Mein Rock wurde hochgeschoben, sodass mein Hintern sichtbar wurde, mein kleiner String weggerissen, ich spürte die Kraft, die dahintersteckte. Mit Gewalt wurde ich festgehalten, es tat weh und trotzdem ..., nein, ich musste mich wehren, aber ich konnte es nicht ..., ich sollte jetzt schreien, ...

Tief bohrte sich etwas in mich hinein, ich spürte einen sehr kräftigen Schlag auf meinem Hintern, der aber nicht als solcher ankam, und ich gab immer noch keinen Laut von mir, außer das leise Stöhnen, das durch die heftigen Stöße aus mir herausgepresst wurde.

I

Schweißgebadet erwachte ich. Wieder einer dieser Träume. Was war nur mit mir los? Albträume sind ja ganz normal, aber wieso war ich nass zwischen den Beinen? Ich rieb mir die Augen und betrachtete gedankenverloren das leere Bett neben mir. Jochen war schon zur Arbeit gegangen, und der Wecker verriet mir, dass ich mich noch einmal herumdrehen konnte, denn es war noch zu früh, um aufzustehen. Aber an Schlaf war nicht mehr zu denken, ich war immer noch aufgewühlt. Ich fühlte mich mit meinen 33 Jahren irgendwie lebendig begraben, alles ging schief und stetig bergab. Mein kleines Juwelier-Geschäft, das ich mir vier Jahre zuvor aufgebaut hatte, lief so schlecht, dass ich schon dabei war, mir einen Käufer zu suchen, ich war finanziell am Boden. Und zu Hause? Tja, es war ein Aushalten, Durchstehen und Ertragen. Sieben Jahre wohnte ich mit Jochen zusammen, wir ödeten uns an, stritten viel, und im Bett war seit eineinhalb Jahren Funkstille. Ja richtig, eineinhalb Jahre, und es hat mir nichts ausgemacht! Immer wenn er einen halbherzigen Versuch, natürlich abends im Dunkeln, startete, war ich müde, hatte Kopfschmerzen oder ließ mir irgendetwas anderes einfallen. Er ließ sich immer sofort, aber murrend, abwimmeln, und ich ging davon aus, dass er es nur formhalber versucht hatte. Am Anfang unserer Beziehung war natürlich alles neu gewesen, aufregend und voller Leidenschaft, wir probierten alles Mögliche aus – Sekt, Eiswürfel, Kerzenwachs – aber davon war nichts mehr übrig geblieben. Ich vermutete, solange ich die Initiative ergriff, lief es super, irgendwann hatte ich dazu aber keine Kraft und Lust mehr, sollte er sich doch nehmen, was er wollte. Leider tat er das nur einmal, aber das war dann auch richtig klasse. Danach gab es keinen Sex mehr, er kam wohl nicht damit klar, wir haben auch nie drüber geredet.

Was war bis dahin also falsch gelaufen? Wir hatten doch sehr lange Zeit Spaß an uns und waren begeistert, Neues auszuprobieren. Heute weiß ich, wir haben einfach nicht miteinander geredet. So konnte sich in meinem Kopf eine Parallelwelt aufbauen, in die ich mich ungehindert hineinsteigern konnte, sodass er gar keine Chance hatte, mit mir mitzukommen. Und vor allem, worüber reden, wenn man selbst noch gar nicht wusste, was in einem schlummerte?

Ich beschloss also für mich, ganz allein, als das neue Jahr begann: Jetzt wird alles anders! Aber dass es so anders werden würde, hatte ich damals nicht im Geringsten vermutet! Eigentlich hatte ich vor, mein Geschäft zu verkaufen, mir einen gut bezahlten Job zu suchen und Jochen dann tatsächlich vor die Tür zu setzen. Ich wollte mein Leben wieder genießen, schauen, wie begehrt ich noch war, und meine Freizeit mit meinem Sohn verbringen. Ich hatte also abgeschlossen mit diesen sieben Jahren gemeinsamen Lebens und wollte langfristig auch keinen Mann mehr in meiner Wohnung - dafür aber viele in meinem Leben. Nun, man sollte vorsichtig sein, mit dem, was man sich wünscht, es könnte in Erfüllung gehen!

II

Alles fing damit an, dass meine Azubine mich dazu drängte, mir doch mal die Profile in der *Freenet Singlecommunity* anzusehen, in der sie sich vor ein paar Wochen angemeldet und schon viele nette Kontakte zu Männern geknüpft hatte. Mir ging das aber zu schnell, ich wollte mich doch erst mal sortieren und mich in Ruhe umschauen. Schließlich hatte ich noch einen Mann zu Hause, wenn auch nur zum Kochen, Putzen und Rumärgern. Ich wollte im Moment nicht noch mehr Probleme, die, die ich hatte, reichten aus!

Nun ja, gucken kann man ja mal.

Ich war erstaunt. So viele gut aussehende Männer.

Man kann ja mal schreiben, nur mal sehen, was die so wollen. Hm, dazu braucht man aber ein eigenes Profil. Aber egal, weiß ja keiner, ist ja alles so schön anonym.

Ich schrieb erst zögerlich, gab keine privaten Informationen heraus, wimmelte sie sofort ab, wenn es um Telefonnummern ging, ich wollte ja niemanden kennenlernen. Nur mal sehen, wie die so reagierten. Schauen, ob ich noch begehrt war. Ich merkte bald, dass so, wie ich mein Profil gestaltete, die Qualität der Zuschriften war. Also gab ich mir etwas mehr Mühe und entwarf einen neuen Profiltext. Wenn, dann sollten die Gespräche auch Niveau haben. Ich überarbeitete mein Profil mehrfach, aber die Option war nur E-Mail Kontakt. Ich bekam täglich 3 bis 6 Mails, eine ansprechender als die andere, ich schrieb und schrieb, aber beim Telefonnummerntausch war meine Grenze.

Ich weiß bis heute nicht, was mich geritten hat, Carsten so viel mehr anzuvertrauen. Vielleicht war es seine ehrliche, offene Art? Oder, weil er keinen Zweifel daran ließ, dass er seine Freundin niemals verlassen würde, also keine Gefahr bestand. Ich glaube, es war alles zusammen, er hatte ein schon fast unheimliches Feingefühl, mich genau da zu packen, wo ich am empfindlichsten war. Er fiel in mein Leben ein wie ein Heuschreckenschwarm und stellte alles auf den Kopf. Aber nicht dass ich mich verliebt hätte, wie auch, nur durch E-Mails hin- und herschreiben? Nein, ich war neugierig geworden, neugierig auf das Leben. Wenn Jochen das wüsste, dass ich genau über sein verhasstes Internet jemanden kennengelernt hatte, er hätte sofort das Telefon abgemeldet. Für ihn war das alles nur neumodischer Kram, aber wie schrieb mir meine Freundin so schön? »Wer zum alten Eisen gehört, muss damit rechnen, verschrottet zu werden.«

Wir schrieben uns von Tag zu Tag heißere Mails und SMS, das heißt, er schrieb und ich las, es war Cybersex pur. Er weckte Gefühle in mir, die schon längst vergessen schienen. Schon beim Lesen hatte ich dieses Ziehen in der Bauchgegend, es war so klasse, endlich wieder begehrt zu werden. Es dauerte tatsächlich keine Woche, und wir verabredeten uns zum Kaffee. Es war wirklich nur ein gemeinsames Kaffeetrinken geplant.

»Wo wollen wir uns treffen?«, fragte er, da er aus einer ganz anderen Ecke Berlins kam.

Das Parkcenter nahe der S-Bahn fand ich passend, denn dort war die Wahrscheinlichkeit gering, dass mich jemand erkennen würde. Also holte er mich nach der Arbeit ab. Ich war aufgeregt wie ein Schulmädchen, und wir fuhren Richtung Parkcenter – nur hatten wir beide nicht wirklich Lust, das Parkhaus zu verlassen. Wir fielen übereinander her wie ausgehungerte Wölfe, da war nichts Zärtliches, nichts Behutsames, es war wilder, hemmungsloser Sex. Schon allein die Gefahr, entdeckt zu werden, ließ die Sache noch prickelnder werden, und wir wurden mutiger. Wir taten es sogar außerhalb des Autos, im Stehen und wir duckten uns nur, wenn ein anderes Auto an uns vorbeifuhr. Ich hätte noch stundenlang weitermachen können, aber die Zeit drängte, für einen Kaffee braucht man in der Regel nicht länger als zwei Stunden, und deshalb hatte ich auch nicht mehr eingeplant. Es war absoluter Wahnsinn, ich fühlte mich wie neu geboren, und es war echt unglaublich, dieser Mann kam in der kurzen Zeit dreimal!

Das Erstaunliche an der Geschichte aber war, dass im Eifer des Gefechts das Kondom platzte, ich hatte doch keine Erfahrungen mit diesen Dingern. Mit Jochen hatte ich damals vor »unserem ersten Mal« das HIV-Testergebnis ausgetauscht, und seitdem war ich treu. Hm, was tun, sprach Zeus, abbrechen? Auf keinen Fall, zu spät war zu spät. Das Prekäre daran war aber, dass ich am nächsten Tag einen schon vor ewiger Zeit geplanten Frauenarzttermin hatte. Sollte ich da wirklich hingehen? Im Nachhinein stellte es sich als Glück heraus, dass ich diesen Termin hatte.

Beklommen betrat ich das Sprechzimmer, nachdem ich aufgerufen wurde.

»Mir ist da etwas passiert bzw. einem Mann, also nicht meinem Mann«, stammelte ich hochrot.

Der Doc war ungefähr in meinem Alter und grinste nur.

»Na, erzählen Sie schon, so schlimm kann das ja nicht sein.«

Ich schluckte.

»Nun, uns ist gestern ein Kondom geplatzt, und da ich den Mann noch nicht so lange kenne, möchte ich einen HIV-Test machen lassen.«

Der Doc nickte verständnisvoll.

»Aber erst ab auf den Stuhl, Sie sind ja zur regulären Untersuchung hier.«

Und mitten in der Untersuchung geschah dann das Entsetzliche, ich werde seine Worte niemals vergessen:

»Soll ich den Rest des Kondoms dann auch gleich entfernen?«

Ich wurde rot, grün und lila gleichzeitig und konnte kaum noch aus-atmen, so peinlich war mir das, und er schob gleich noch hinterher:

»Ach, ein Rotes war es«, sagte er belustigt, doch ich hätte im Boden versinken können.

So schnell war ich noch nie aus dieser Praxis raus. Hinterher meinte meine Freundin, die ich zwischenzeitlich eingeweiht hatte, dass es gut so war, denn die Reste des Kondoms wären von allein nicht so schnell herausgekommen. Der HIV-Test war zum Glück negativ. Und ich war erleichtert, so glimpflich davongekommen zu sein.

Am nächsten Tag war ich immer noch in Hochstimmung, oh ja, Hormone sind doch eine spitze Droge. Ich freute mich auf die Mails von Carsten, aber ich hatte auch gleichzeitig Angst davor, dass das alles gewesen sein könnte, denn er wollte ja nur eine sexuelle Akkustation, nichts Längeres oder Festes. Ich war verunsichert, denn ursprünglich wollte ich überhaupt nichts von ihm und nun fieberte ich seinen Nachrichten entgegen. Ich konnte nicht mal richtig mit ihm darüber sprechen, denn ich rechnete wirklich mit einem ›*War schön, und tschüss*‹. Man liest schließlich ständig etwas von *One-Night-Stands*. War das nun mein Erster? Dann sprach ich ihn doch darauf an und konnte wieder aufatmen, wo ich schließlich gerade auf den Geschmack gekommen war, denn er meinte nur:

»Nein, mein Akku ist noch lange nicht wieder voll.«

Ich war also, ohne es zu merken, mittendrin in einer Affäre, die rein sexuell bestimmt war.

Wie konnte es nur dazu kommen? Sicher war ich ausgehungert und fühlte mich von Jochen nicht mehr begehrt, aber wieso konnte ich ihm das nicht sagen? Weil es einfacher ist, sich in etwas Neues zu stürzen, als am Alten zu arbeiten? Konnte ich es auf meine Jugend schieben? Würde ich heute anders reagieren? Ich denke schon. Denn heute weiß ich, wie viel eine beständige Beziehung wert ist und wie sehr es sich lohnt, daran zu arbeiten.

Carsten und ich, wir wollten uns eigentlich mit dem nächsten Treffen Zeit lassen, aber schon nach ein paar intensiven Mails war klar: nächste Woche! Wir schrieben uns viele Mails und tauschten Träume und Fantasien aus, es war erschreckend, wie viel Übereinstimmung es gab. Ich wollte auch mal Sex mit einer Frau erleben - und er mit einem

Mann. Natürlich wusste ich, dass es illusorisch war, oder vielleicht doch nicht? Wir hielten es keine Woche aus und verabredeten uns um zwölf Uhr mittags in einem Pärchenclub. Oh Mann, was war ich aufgeregt, am helllichten Tag in einen Pärchenclub zu gehen, wie pervers waren wir denn drauf? Das ist natürlich Quatsch, es geht ja schließlich um die schönste Nebensache der Welt, aber ich kam mir höllisch verrucht vor.

Zum Glück war es total leer, klar, um diese Zeit, also konnten wir uns erst mal in aller Ruhe umsehen, verzogen uns aber trotzdem in die abgeschlossene Pärchenecke. Es war ein wunderschöner Nachmittag, wir erfühlten unsere Körper und probierten so ziemlich alle Stellungen aus, die es gibt. Zwischendurch haben wir viel geredet und kamen zu dem Entschluss, aufs Ganze zu gehen und es mal mit einem zweiten Pärchen zu probieren.

Es stellte sich schnell heraus, dass Carsten sehr, na sagen wir mal, spontan war. Kaum hatten wir unsere Idee ausgesprochen, da wurde schon gesucht. Wir erstellten ein gemeinsames Profil bei *Freenet* und legten uns eine gemeinsame E-Mail-Adresse zu. Es war superspannend, wir schrieben einzelne Frauen und auch Pärchen an, stellten aber schnell fest, dass rund 80 Prozent Fakes waren.

Mit einem Pärchen schrieben wir uns intensiver, sie war auch bi, und sie hatten schon Erfahrung mit anderen Frauen. Leider wurde schnell klar, dass sie ausschließlich an mir interessiert waren, beide hatten ein Problem damit, dass Carsten dabei sein sollte. Trotzdem traf ich mich mit ihnen zum Kaffee, aus Neugier und um sie umzustimmen. Na ja, was soll ich sagen, eigentlich war die Frau gar nicht mein Fall, sie war sehr hager und irgendwie sprang kein Funke über. Außerdem wollte ich sie alleine sprechen, aber keine Viertelstunde später konnte ihr Kerl es wohl vor Neugier nicht mehr aushalten und kam dazu. Ich war platt, ich konnte ihm nicht in die Augen sehen – es sprühte förmlich zwischen uns. Was war nur mit mir los? Nach diesem Treffen war ich hin- und hergerissen. Wäre es gut, ihn noch mal zu treffen? Andererseits hoffte ich inständig, dass die beiden es mit uns versuchen würden, und zwar seinetwegen, nicht ihretwegen.

Wir verabredeten dann doch einen Termin, allerdings mit der Option, dass die Männer nur Zuschauer von uns Frauen waren, also kein Partnertausch stattfinden sollte. Und ich bestand darauf, Carsten dabei zu haben. Das war zwar nicht ganz das, was wir wollten, aber beim ersten Mal kann man ja Abstriche machen.

Wir mailten auch nach dem Date weiter, doch irgendwie lief auf einmal etwas falsch, er war wohl eifersüchtig auf Carsten und hatte Angst, dass seiner Liebsten etwas zustoßen könnte. Immer mehr drängten sie mich, damit ich mich alleine mit ihnen treffen würde, aber das wollte ich nicht. Ich wollte auch nicht zu denen nach Potsdam fahren, so etwas kam für mich gar nicht infrage. Es blieb dabei, entweder sie würden in den Pärchenclub kommen oder es würde kein weiteres Treffen geben. Dieses Hin und Her war uns viel zu kompliziert.

Zum verabredeten Termin fuhren Carsten und ich also zu »unserem« Pärchenclub und warteten. Kurz nach dem vereinbarten Zeitpunkt kam eine SMS:

»Wir werden nicht kommen. Ein Pärchenclub ist unter unserem Niveau. Sorry und viel Spaß Euch.«

Natürlich waren wir enttäuscht, pah, *unter ihrem Niveau*! Doch wir ließen uns von denen den Spaß nicht verderben und kosteten unsere gemeinsame Zeit voll aus. Gegen Ende kam sogar noch ein sehr leckeres Pärchen, das sich zu uns gesellte. Es wurde nicht lange gefackelt, es ging gleich richtig zur Sache. Und es war traumhaft, das erste Mal richtige Brüste in der Hand zu haben, sie zu streicheln und zu lecken, boah, das schmeckte nach mehr. Wieder war es weder zärtlich noch behutsam, es war einfach nur geil, jeder nahm sich, was er wollte. Leider hatten wir nicht mehr so viel Zeit, es war schon kurz vor Mitternacht, und übertreiben wollten wir es auch nicht. Wir mussten uns ja immer irgendwelche Alibis für unsere Partner besorgen, und ein Besuch bei der Freundin dauert selten bis nach Mitternacht. Also zogen wir total aufgewühlt und zittrig ab, nur mit einem Gedanken im Kopf. Das muss sich unbedingt wiederholen.

Wäre ich verheiratet gewesen, dann wäre ich wohl eine Ehebrecherin gewesen. Warum trennte ich mich also nicht von Jochen? Reden konnte ich mit ihm über all das nicht, nahm ich jedenfalls an. Ist es zu anmaßend, dem anderen so etwas zu unterstellen? Wäre es zu diesem Zeitpunkt vielleicht noch möglich gewesen, einen gemeinsamen Weg zu finden? Auch Carsten und ich, wir stellten uns die Frage, wohin unser Verhältnis führen würde. Aber wir gaben uns immer wieder die gleiche Antwort: ›Ach, weißt du, eigentlich will ich es nicht wirklich wissen, ich genieße das Hier und Jetzt. Man lebt schließlich nur einmal, und wenn es uns denn in den Wahnsinn treibt, soll es halt so sein.‹ Wir liefen also sehenden Auges ins offene Messer.

Am nächsten Morgen bekam ich von diesem Kerl, der sich gestern noch zu fein war, mit uns den Swingerclub zu besuchen, eine Mail. Er fragte, ob ich noch sauer wäre und ob er mich nicht irgendwie dazu überreden könne, es mit den beiden allein, ohne Carsten, zu versuchen. Ich reagierte nicht, der musste doch wohl spinnen, so ein Idiot – er hätte alles haben können! Ich war bockig und wollte ihn provozieren, mal sehen, wie weit er gehen würde. Ich erzählte ihm, das ich mehr von ihm wollte – und zwar alles! Und ich wollte, wenn, dann nur ein Treffen mit ihm alleine. Es dauerte auch keinen halben Tag, und ich hatte ihn so weit. Er sagte zu. Dieser eingebildete Kerl war absolut schwanzgesteuert und bildete sich tatsächlich ein, dass ich für ihn meine Vereinbarung mit Carsten in den Wind schlagen würde und außerdem würde ich auch Jochen hintergehen. Aber darin unterscheiden sich wohl die Meinungen zwischen Frauen und Männern, wahllos durch die Gegend vögeln war noch nie mein Ding. Ich ließ ihn natürlich abblitzen.

Aber Carsten und ich hatten noch eine Vereinbarung. Wir wollten beide eine rein sexuelle Beziehung. Sobald sich einer von beiden in den anderen verlieben sollte, wäre Schluss. Ich persönlich wäre natürlich sehr glücklich und froh darüber gewesen, wenn er sich eines Tages in mich verliebt hätte, denn er war ein toller Mann. Andererseits hoffte ich natürlich inständig, dass dies nie der Fall sein würde, denn es wäre das Ende unserer, sagen wir mal, Erlebnisse. Und noch viel mehr Angst hatte ich davor, dass ich mich verlieben würde und ich dann nicht Schluss machen konnte, weil ich es gar nicht wollte. Carsten hätte es vielleicht verschreckt, bisher war kein Mann in meinem Leben mit zu viel Nähe klargekommen, es würde sich auf jeden Fall etwas verändern. Unglücklich verliebt zu sein ist nicht gerade toll.

Ich glaubte einfach, dass wir privat nicht zusammenleben könnten, wir waren uns schlichtweg zu ähnlich, oder würde es gerade deshalb doch gehen? Klar stellte ich mir ab und an vor, wie es wohl wäre, wenn wir beide frei wären, wie viel Zeit wir dann füreinander hätten. Aber ich fragte mich auch, würde er sich mit meinem Sohn verstehen, und wie fühlt es sich an, neben ihm aufzuwachen? Er war superlieb, intelligent, aufmerksam und zärtlich, konnte aber auch ganz schön dominant sein. Und genau das brauchte ich, ich musste auf der Arbeit, bei der Erziehung meines Sohnes und im Alltag immer die Dominante sein, da wollte ich mich wenigstens in Bezug auf Sex und im besten Fall noch in der Beziehung fallen lassen. Aber das waren Illusionen, die sich wohl nie verwirklichen lassen würden. So blieben wir also dabei – lebe den Tag, als wär's dein Letzter!

Und wie wir lebten, schnell war ein neues Pärchen gefunden. Sie war supersüß und ihre Fotos vielversprechend. Wir telefonierten, simsten und ich traf mich mit ihr, diesmal aber wirklich ohne die Männer. Sie war wie ein scheues Reh. Das sprach mich an, ließ mich aber auch Bedenken anmelden. Diesmal wollten wir uns mehr Zeit lassen, um einander besser kennenzulernen, schließlich mussten wir jedes mal glaubhafte Alibis für unsere Partner erfinden. Und das ging nicht wöchentlich. Wir schrieben weiter Mails, und wieder mal stellte sich heraus, dass die beiden eigentlich nur mich wollten. Wieso wollte jeder Sex mit mir, außer mein eigener Mann? Diesmal blockte ich gleich ab, entweder zu viert oder gar nicht. Carsten habe ich davon nie etwas erzählt, es musste für ihn doch auch schrecklich sein, dass alle immer nur Sex mit mir wollten. Drei Wochen später verabredeten wir uns mit den beiden, selbe Stelle, selbe Welle: Pärchenclub.

Dazwischen hatten wir mehr Zeit als uns lieb war. Carsten beschäftigte mich mit Aufträgen, wie Bilder von mir in bestimmten Situationen zu machen und mich keinesfalls selbst zu befriedigen, es sei denn, er gab Anweisungen dazu. Mir machte es ungeheuren Spaß, und eines Tages fragte er mich:

»Sag mal, was denkst du, was wir hier eigentlich machen?«

Ich ahnte nichts Böses, und meine Antwort kam aus dem Bauch heraus:

»Na, Sex.«

Er aber antwortete:

»Merkst du gar nicht, dass du alles artig machst, was ich dir sage?«

Klar hatte ich das bemerkt, aber ich fand nichts Ungewöhnliches daran. Er meinte daraufhin jedoch:

»Genau das nennt man BDSM.«

Ich schreckte zurück, das war doch etwas für diese Verrückten, die sich aus Spaß prügelten. Da gehörte ich doch nicht dazu, ich lehnte das kategorisch für mich ab. Er aber ließ nicht locker und gab mir Lesestoff. Parallel dazu lernte er bei *erotic-single*, wir hatten mittlerweile in so ziemlich allen Foren und Chats ein Profil, Lisa kennen. Sie war eine von »denen«, und zwar devot. Sie suchte gerade einen dominanten Mann für eine Partnerschaft, aber wir kamen ins Gespräch. Sie fand unsere Herangehensweise spannend und half Carsten, mich erst mal aufzuklären, worum es bei SM überhaupt ging. Für mich war klar: Ich bin dominant, bin es immer gewesen, und schlagen lass ich mich schon gar nicht. Basta!

Ich las kleine Storys, die mir Lisa und Carsten schickten, und beantwortete mir währenddessen ein paar Fragen, die sich mir dadurch stellten. Mehr und mehr kam dabei heraus, dass ich mich geirrt hatte. Klar, war ich immer dominant, aber war ich damit glücklich? Suchte ich nicht immer jemanden zum Anlehnen, zum Fallenlassen? Warum fand ich es so toll, dass Jochen zwei Meter groß war? Ich wollte beschützt werden. Warum klappte es mit Jochen nicht mehr? Weil ich nicht mehr die Initiative ergreifen wollte. Warum hatte ich so einen Spaß am Sex mit Carsten? Weil nichts Kuscheliges dabei war, er nahm sich einfach, was er wollte. Und hatte ich nicht schon einmal so etwas Ähnliches erlebt, damals, als ich als junges Mädchen eine Affäre mit meinem Exchef hatte? Er hatte mich auch dominiert, mich emotional abhängig, mich beinahe hörig gemacht. Warum konnte ich diese Affäre von damals nicht vergessen, warum spukte sie mir ständig im Kopf herum? Ich konnte keinen richtigen Schlussstrich darunter ziehen, hielt ihn nach zehn Jahren immer noch an der langen Leine. Wusste ich vielleicht instinktiv, dass sich der Kreis irgendwann wieder schließen würde? Nur war es das wirklich?

Man kann sich nicht vorstellen, was in mir vorging, ich stellte plötzlich mein gesamtes Leben infrage.

Dann las ich alles, was ich zu diesem Thema kriegen konnte und fühlte dabei tief in mich hinein. Was turnte mich an, was stieß mich ab? Es war wie eine Erlösung, ich erkannte meine Rolle und wusste, was zu tun war, um endlich so fühlen zu können, wie es wirklich in mir aussah. Ich redete viel mit Carsten und Lisa darüber, sie verstanden mich, akzeptierten es. Carsten war überglücklich, weil er nun auch aus seiner Haut konnte, und wir beschlossen, dass er mein Dom sein sollte. Ich schrieb alles auf, was ich mochte und was nicht und erstellte eine Tabuliste, die natürlich nicht viel Spielraum ließ. Ich war noch zu ängstlich, wusste nicht, wie ich wirklich fühlen würde, wenn er grob zu mir wäre. Und geschlagen zu werden konnte ich mir immer noch nicht vorstellen, schließlich hatte ich in meiner Kindheit genug schlechte Erfahrungen damit gemacht.

Mein Vater war ein jähzorniger unberechenbarer Wüterich, der seine Launen an mir ausließ. Ich war nicht umsonst mit achtzehn von zu

Hause ausgezogen. In dieser Beziehung entsprach ich also auch dem gängigen Klischee des klassischen SMlers. Aber wenn man nur körperliche Zuwendung kannte, die grob und unberechenbar war, dann fühlte sich genau das auch richtig an.

Wieder mal war es Lisa, die mich dazu anregte, auch Geschichten, bei denen es um Schläge ging, zu lesen und in mich hineinzufühlen, was ich dabei empfand, ob es mich vielleicht doch anturnen könnte. Ich merkte recht schnell, dass es etwas ganz anderes war, bewusst geschlagen und nicht sinnlos geprügelt zu werden. Aber ich fühlte auch, dass ich es nur für jemanden ertragen könnte, der das zu schätzen wusste. Ich erstellte während des Lesens eine neue Tabuliste, mit der Carsten nun schon viel mehr anfangen konnte. Er trug mir auch auf, mir ein *Safeword* auszudenken, das ich in brenzligen Situationen sagen konnte, um abbrechen zu können. Schließlich wollten wir uns langsam an all das herantasten, wirkliche Erfahrung hatten wir beide nicht.

Bei all diesen Gedanken und Empfindungen, die auf mich einstürmten, vergaß ich fast unser Rendezvous mit der Süßen. Wir überholten uns gerade selbst. Ich bekam von Carsten eine Liste von Regeln, die ich einzuhalten hatte, zum Beispiel täglich ohne Slip und mit Liebeskugeln herumzulaufen, was für mich unrealisierbar schien. Ich hatte zu der Zeit nur diese Plastikklapperteile, die meterweit zu hören waren, und ohne Slip fand ich unhygienisch. Doch sollte er mal in dem Glauben bleiben, zumal mir Bravsein sowieso nicht lag! Natürlich bekam er das schnell mit und drohte mir so einige »tolle« Sachen fürs nächste Treffen an. Das machte die Sache natürlich spannend, und ich freute mich nun viel mehr auf Carstens Strafe, als auf die Süße. Die drei Wochen gingen schnell vorbei und wir trafen uns wieder im Club. Natürlich hatten Carsten und ich uns früher verabredet, wir wollten ja erst mal nur uns. Im Nachhinein muss ich sagen, hätten wir den Termin mit den beiden bloß abgesagt, obwohl uns dadurch so einiges klar wurde.

Aber erst einmal sollte ich meine *Bestrafung* bekommen. Ich hatte Lisa erzählt, dass ich den Gynstuhl geil fand und es auch nicht schlimm wäre, wenn sich jemand dazugesellen würde. Carsten zog mich also gleich zum Stuhl, und als dann irgendein Typ hechelnd vor der Tür stand, bat er ihn herein. Außerdem quälte er mich fast bis zum Wahnsinn, indem er immer, wenn ich kurz vor einem Orgasmus war, abbrach. Es war einfach irre! Die richtige Strafe war dann anders, als von Carsten geplant, denn dieser Typ, den ich mit der Hand befriedigen sollte, wurde nicht hart. Er war einfach völlig überrumpelt, weil ich mich gespielt dagegen wehrte, Carsten aber nicht locker ließ. Irgendwann gab ich es auf; sollte Carsten sich doch beschweren, wie er wollte, das war höhere Gewalt. Die Situation war aber mehr als prickelnd, und ich hatte danach mörderweiche Knie, mein Puls war auf 180 und ich war völlig aufgedreht.

Eine Viertelstunde später sollte unsere Verabredung kommen, und ich musste versuchen, nicht mehr ganz so aufgedreht zu sein und schnell wieder herunterzukommen. Das gelang mir leider nur bedingt, ich hätte sofort über die Süße herfallen können, doch die war so schüchtern. Selbst als ich anfing, ihre Hand zu streicheln, saß sie nur steif da. Das konnte ja was werden! Ich hielt es dann nicht mehr aus und fragte sie, ob wir nicht beide in die Pärchenecke wollten. Dort fingen wir zaghaft an, uns zu streicheln. Sie war so zart und wirkte so zerbrechlich, dass ich Angst hatte, ihr wehzutun. Irgendwie taute sie nicht auf, egal was ich anstellte, sie stöhnte nicht mal, es fehlte jegliche Leidenschaft. Selbst als die Männer dazukamen, wurde es nicht besser, es war nicht mehr als Petting bei Teenies. Sie zog nicht mal ihr Höschen aus. Ich war aber immer noch heiß wie Nachbars Lumpi und sah nur, wie unsere kostbare Zeit dahinschwand. Ich zog Carsten an mich heran und merkte bald, dass es den beiden wohl doch zu schnell ging, jedenfalls zogen sie ab und wir konnten uns ganz unserer Lust hingeben. Dann geschah noch etwas Erstaunliches, Carsten fingerte mich, dachte ich jedenfalls, aber es fing an immer mehr wehzutun und ich wusste nicht, was er da in mir machte. Kurz bevor ich das *Safeword* sagen wollte, weil ich es vor Schmerz nicht mehr aushielt, explodierte ich. Es war der absolute Wahnsinn, so etwas hatte ich noch nicht erlebt! Hinterher erzählte er mir, dass er seine Hand fast komplett in mich reingesteckt hatte. Unglaublich!

Rückblickend betrachtet kann ich nur sagen, dass die Geschichte mit der Süßen überhaupt nicht unsere Kragenweite war, mehr als ein schaler Beigeschmack war nicht übrig geblieben. Dabei hatte ich mir so etwas immer so schön erträumt, wie richtig genüsslich in einen reifen Pfirsich zu beißen. Aber Blümchensex war halt nicht unser Ding, und dass wir mehr in Richtung SM suchen müssten, war uns von dem Moment an noch klarer. Es war echt erstaunlich, alles, was ich mir als toll vorgestellt hatte, war eher naja, und wovon ich niemals zu träumen gewagt hatte, war einfach nur toll.

Also weiter auf zu neuen Ufern!

Wir mailten uns noch heftiger, oh, wie ich es liebte, wenn er mir geile SMS schickte! Ich zickte, und er wurde immer fieser. Es reichte, dass er am Telefon seine Stimme erhob, damit ich im Schritt feucht wurde. Ich war einfach nur noch dauergeil. Selbst an den Wochenenden trug ich jetzt seine neuen roten Latexliebeskugeln, ich fing langsam an, Spaß daran zu bekommen. Ich saß auf meiner Couch neben Jochen und ließ die Kugeln langsam herausgleiten, um sie dann durch Zusammenziehen der Muskeln wieder nach oben zu befördern. Nur länger stehen konnte ich nicht, denn dann machten sie sich selbstständig, für die Schwerkraft waren meine Muskeln noch nicht trainiert. Ich war also voll drin im Spiel, und auch wenn ich mal ein paar Minuten nicht an Carsten dachte, sobald sich die Kugeln bemerkbar machten, waren meine Gedanken sofort wieder bei ihm.

Dienstag früh eskalierte es, ich steckte so tief in meiner Rolle drin, dass ich Realität und Spiel vermischte. Eigentlich wusste ich ganz genau, dass Carsten Dienstagvormittag immer Sitzung hatte, aber mein Hirn steckte zwischen den Beinen. Ich hatte nur einen Gedanken. Warum hatte er sein Handy aus? Ich dachte, er wollte mich ignorieren, weil ich einen Tag vorher noch gesagt hatte, dass dies eine der schlimmsten Strafen für mich wäre. Ich laberte ihm viermal auf seinen Anrufbeantworter, schickte SMS und heulte mich bei Lisa aus. Die rückte mir glücklicherweise erst einmal den Kopf zurecht und zog mich an den Haaren aus dem Spiel heraus. Nach und nach konnte ich wieder klar denken. Am Nachmittag fiel es mir wie Schuppen von den Augen und ich erschrak vor mir selbst. Wie konnte das nur passieren, und das mir, wo ich doch sonst so fest mit beiden Beinen auf dem Boden stand? Ich benahm mich wie ein vierzehnjähriger Teenie. Nein, so weit durfte es nie wieder kommen! Schließlich sollte das alles ein Spiel bleiben und durfte die Realität nicht beeinflussen.

Am nächsten Tag redete ich mit Lisa und Carsten ausführlich darüber, ich wollte, dass sofort alle Aktivitäten auf den Club beschränkt wurden, kein Spiel mehr außerhalb, mein Privatleben durfte davon nicht beeinflusst werden! Lisa versuchte mir zwar verständlich zu machen, dass man Gefühle nicht auf einen Club beschränken könne und dass es mich erst recht fertigmachen würde, wenn ich meine Neigungen wieder einzusperren würde. Aber ich wollte nichts davon hören, ich war zu schockiert. Außerdem hatte ich auf einmal tierische Angst, mich in dieser Rolle doch in Carsten zu verlieben, das wäre das Ende gewesen und das machte mir Panik. Doch in diesem Moment war ich zum ersten Mal richtig froh, das alles bei uns so schnell ging.

Dieses Hin und Her dauerte nur zwei Tage, aber mir wurde dadurch sehr vieles klar. Denn es war natürlich Blödsinn – zur Liebe gehören mehr Dinge, als lediglich eine festgelegte Rolle zu spielen. Ich kannte ihn im Prinzip gar nicht, wusste nicht, was er im realen Leben mochte und was nicht, wie er lebte, nicht einmal wo er wohnte. Wenn dann konnte ich Dinge, Gesten, Eigenschaften an ihm lieben, aber unter diesen Umständen nicht ihn selbst. Er sah das wohl genauso, denn er zog sich urplötzlich zurück. Es kamen kaum noch Mails und SMS fast gar keine mehr, er sagte mir nicht mehr, dass er mich begehrte und über seine Gefühle sprach er gar nicht mehr mit mir. Ich befürchtete, dass er mit dem Gedanken spielte, die Sache zu beenden.

Dennoch war ich erleichtert, etwas Abstand zu bekommen, sodass ich wieder einen klaren Kopf hatte, denn die nächste Session war anberaumt. Ich weiß nicht, woher Carsten die Fantasie nahm, es war einfach unglaublich. Wir trafen uns wieder in *unserem* Club. Carsten fackelte nicht lange, er dirigierte mich gleich nach der Willkommenszigarette zur Schaukel und heizte mich erst mal an. Dann verband er mir die Augen. Das war ein irres Gefühl, weil ich ja nicht mal annähernd wusste, was er vorhatte. Als Nächstes verschnürte er meine Hände mit einem Seil, band es irgendwo oben fest und meinte dann:

»Ich bin dann mal an der Bar, etwas trinken.«

Mir wurde angst und bange, ich hing da und wartete auf die Dinge, die da kommen würden. Es fühlte sich merkwürdig, aber auch sehr prickelnd an, und ich hoffte, dass Carsten mich nicht wirklich allein lassen würde.

Dann merkte ich, wie mich irgendwelche Hände berührten und, ich wusste sofort, das ist nicht Carsten! Ich fand das absolut bemerkenswert, dass ich den Unterschied sofort spürte, wo wir uns doch tatsächlich insgesamt erst viermal gesehen und gefühlt hatten. Irgendwie waren es dann vier Hände, zwei Zungen und frag nicht was, ein absolut geiles Gefühl. Nur meine Hände waren nach kurzer Zeit eingeschlafen, ich konnte sie ja nicht mal drehen, das war zwar unangenehm aber erträglich. Die beiden Herren streichelten mich überall und erregten sich an mir und kamen schließlich tatsächlich gleichzeitig, nicht in, aber an mir.

Und dann kam das Gefühl, das Lisa vorher beschrieben hatte, zum Glück war ich diesmal vorgewarnt. Diese unendliche Dankbarkeit, dass Carsten da war, er kam auch zwischendurch zu mir, hatte mich aber nur angesprochen, nicht berührt. Ich bin ihm nur noch um den Hals gefallen und wollte nichts sehen oder hören, ich wollte nur noch *ihn.* Es war ein ganz neues Gefühl, eher so, wie ein Kind seiner Mutter dankbar ist, aber es war einfach nur wunderschön! Carsten fiel im Anschluss richtig über mich her, er krallte sich an mir fest und ließ mir keine Chance zu entkommen.

Ich hatte also an diesem Tag meine erste wirkliche SM-Session. Carsten hatte alles richtig gemacht, ob geplant oder instinktiv, sei dahingestellt. In Gedanken schwelgte ich in Erinnerung an diese erste Szene, die Gefühle davor, während und danach. Eines stand von da an fest, ich war süchtig danach! Carsten hatte mich wohl bis in alle Ewigkeit *versaut*. Wie sehr, das ahnte ich zu diesem Zeitpunkt noch nicht einmal annähernd. Denn wäre dieser Abend anders verlaufen, hätte mein weiteres Leben wohl eine ganz andere Wendung genommen. Auch war es nun zu spät, mit Jochen darüber zu reden, denn wie sollte ich jemandem diese Gefühle, die in mir geweckt wurden, beschreiben? Und wie konnte ich ihm erklären, warum das alles passierte, wo ich es selbst noch gar nicht einordnen konnte.

Ich las wieder unheimlich viel, nun aber ganz anders als bisher, denn ich war eingetaucht in die Materie, hatte sie selbst erlebt, und auf einmal war es, als läse ich über mich. Es war absolut fesselnd, ich konnte gar nicht mehr aufhören zu lesen. Und mir wurde wieder einmal so einiges klar. Erstens konnte man Gefühle nicht auf einen Ort beschränken, das merkte ich ständig, ich hatte eben das dringende Bedürfnis, Carsten gegenüber übermütig und aufmüpfig zu werden, obwohl wir nicht im Club waren. Und zweitens war es selbst den Protagonisten in diversen Büchern schon passiert, dass sie Realität und Spiel vermischten. Es ging also nicht nur mir so, es war fast normal, dass man bei so intensiven Gefühlen auch mal die Kontrolle verlor. Und war das nicht auch genau das, was man ja eigentlich wollte? Die Kontrolle verlieren. Ich war sehr erleichtert, und noch erleichterter wurde ich, als mir bewusst wurde, dass man unter diesen Umständen täglich spielen konnte. Wie auch Lisa schon gesagt hatte, man kann seine Emotionen nicht auf den Club beschränken, und das merkte ich. Ich war glücklich, viel darüber gelesen zu haben und auch mit Lisa darüber reden zu können, das gab mir so unendlich viel.

24

Ach ja, wir waren schon ein gut eingespieltes Team. Lisa mit ihren Erfahrungen, Tipps und auch den Kopfwäschen, Carsten mit seiner unheimlichen Fantasie und seinem Einfühlungsvermögen und ich mit meinem Lernwillen und der unbändigen Neugier. Es war umwerfend, dass wir nach so kurzer Zeit schon so weit waren. Wir lernten wahnsinnig schnell, redeten viel und genossen jede Sekunde unseres Lebens. Es war, als wenn wir alles auf einmal nachholen müssten, wir wollten abtauchen, und das im Crashkurs. Das Leben machte Spaß, und wir genossen es, aber nicht ohne Rücksicht auf Verluste. Nur eins wusste ich die ganze Zeit über nicht, wie dachte Carsten über mich? Sah er mich nur als Spielzeug, als sexuelle Akkustation, oder bedeutete ich ihm mehr? Begehrte er nur meinen Körper, den Sex mit mir, oder auch mich? Aber vielleicht war es besser, dass ich es nicht wusste, vielleicht wäre ich enttäuscht gewesen oder aber es hätte unser Spiel ins Wanken gebracht.

Ein paar Tage später hatte ich die nächste Offenbarung, ich sprach mit Lisa über meine Tabuliste. Denn Carsten hatte ein großes Problem, mich gefügig zu machen, da ich so ziemlich alles auf der Tabuliste stehen hatte, was er gegen mich hätte verwenden können. Lisa machte mir klar, dass Tabus das sind, was ich unter gar keinen Umständen machen würde, für nichts auf der Welt. Und ich erkannte, dass ich Tabus mit No-Gos vermischt hatte, also hieß es wieder einmal, die Tabuliste zu überarbeiten. Gesagt getan, und siehe da, Carstens Fantasien schossen ins Unermessliche.

Wir hatten wieder einmal Kontakt zu einem Pärchen geknüpft und wollten uns in der folgenden Woche mit den beiden treffen. Diesmal beschlossen wir, unsere Session vorher zu planen. Die beiden konnten daran teilnehmen oder es lassen, ganz wie sie es wollten. Wir wollten jedenfalls unseren Spaß haben. Noch einmal sollte es nicht passieren, dass wir unsere kostbare Zeit verschwendeten.

Zwischendurch passierte aber noch etwas Unerwartetes, ich liebe solche Überraschungen. Ich war allein in meinem Laden und dachte an nichts Schlimmes, als jemand in voller Motorradmontur hereinkam. Erst als er mich fragte:

»Kugeln drin?«, erkannte ich, dass es Carsten war.

Er sah so gut aus in diesen Klamotten, sodass ich ihn am liebsten sofort nach hinten gezerrt hätte, aber ich hatte ja noch andere Kunden. Er meinte, er wolle sich mal meinen Computer ansehen, der immer streikte. Ich konnte gar nicht in seiner Nähe sein, weil sich dann die Kugeln sofort ihren Weg ins Freie suchten, so geil war ich und das nur durch seine bloße Anwesenheit – Pawlow lässt grüßen. Das merkte er natürlich und versuchte mich festzuhalten, zwei- bis dreimal schaffte ich es nicht, ihm zu entkommen, und er brachte mich aus dem Stand zum Höhepunkt. Es war so verwirrend. Äußerlich war ich, glaube ich, ganz ruhig, aber innerlich überschlug sich alles. Ich weiß nicht, ob ich wirklich alle Kunden ordentlich bedient habe. Gegen Feierabend fragte er dann:

»Kannst du nicht den Laden zehn Minuten früher zuschließen?«

Ich überlegte nicht lange und konnte nur eins denken:

›Du wirst nur das bereuen, was du nicht getan hast.‹

Also Laden zu und ab ins Lager, Mann, wann hatte ich den letzten Quickie? Vor acht oder neun Jahren. Es war klasse, aufregend und einfach geil! Das Schönste an diesem Besuch war aber, dass er ein Halsband zur Anprobe mithatte. Es war wunderschön, und er hatte es extra für mich gemacht. So etwas Schönes und Persönliches hatte ich noch nie bekommen, ich würde es mit Stolz tragen, vor allem, weil es von *ihm* war.

Und dann war wieder Mittwoch, diesmal um halb eins, Treffpunkt Club. Nach dem obligatorischen Willkommenssekt gingen wir mit dem verabredeten Pärchen in *unsere* Kuschelecke, dort, wo man zusehen konnte. Ich hatte mir extra Mühe mit meinem Outfit gegeben. Es sah wirklich scharf aus, das schwarze Riemchenzeug, vor allem zusammen mit meinem neuen Halsband. Es ging auch gleich richtig heiß her, jeder mit jedem, drunter und drüber. Es war keine Session in dem Sinne, aber die Vanillas sind trotzdem alle auf ihre Kosten gekommen. Das Pärchen war diesmal ein Volltreffer, und fürs erste Date ging ganz schön die Post ab, beide waren superlocker. Carsten war natürlich trotzdem vorher einkaufen und kam mit so nem Mörderdildo an, der beidseitig benutzbar war, was der Situation entsprechend praktisch war, bei zwei Frauen. Der ganze Laden war natürlich äußerst gespannt, was wir diesmal abziehen würden, die Session vom letzten Mal hatte sich wohl herumgesprochen. Aber nach der Anzahl der Zuschauer zu urteilen, waren auch die wieder auf ihre Kosten gekommen. Die Bardame bestätigte uns später unsere Vermutung, dass der Club jetzt Mittwoch mittags sehr gut besucht wurde.

Was mich aber irritierte, war, dass ich ein Problem damit hatte, dem anderen Kerl einen zu blasen, vor allem mit Gummi. Auch das Vögeln mit ihm fand ich nicht so spannend, vielleicht weil Carsten zugesehen hat? Sehr irritierend fand ich, dass Carsten einmal zum Höhepunkt kam - und zwar durch *sie*. Das wäre doch meine Aufgabe gewesen. Carsten meinte danach, dass ich ihn dabei mit meinen Blicken getötet hätte, was ich natürlich nicht bewusst gemacht habe und auch gar nicht wollte. Ist schon komisch, wie schnell sich die Grenzen verschieben. Es war jedenfalls etwas, was auf der No-Go-Liste nach oben gerutscht war. Tja, war ich nun eifersüchtig? Ich glaube nicht! Besitzansprüche? Auch nicht, denn ich besaß ihn ja nicht. Ich denke, es war eher die Aufgabe, die mir meine Rolle zuteilwerden ließ. Schließlich war *ich* seine sexuelle Akkustation.

Die beiden mussten leider schon um sechszehn Uhr los, aber wir langweilten uns natürlich nicht. Ich hatte mich bei Carsten noch gar nicht für das wirklich schöne Halsband bedankt und wollte das nun auf eine ganz besondere Art und Weise nachholen. Ich wusste ja, dass er sich Analsex über alles wünschte, und wollte ihm nun diesen Wunsch erfüllen. Es war zwar eine Überwindung und anfangs nicht anders, als ich es bisher kannte, aber Carsten war supervorsichtig und hat viel Gel benutzt. Als dann erst mal alles da war, wo er es haben wollte, war es sogar ein bisschen geil. Anal mochte ich noch nie wirklich gern, nach zwei Darmspiegelungen war mir dieses Gefühl einfach nur unangenehm. Ich musste es nicht immer haben, aber ich hatte nun ein viel besseres Gefühl demgegenüber, und das war ja schon mal ein Riesenschritt. Auf jeden Fall wollte ich da keinen anderen mehr als Carsten heranlassen, das war schon mal sicher. Wichtig war mir auch, dass Carsten meinen Dank richtig zu würdigen wusste.

Das nächste Problem folgte prompt. Carsten machte sich jedes Mal Gedanken, was er mit mir anstellen konnte, und ich »versaute« ihm immer die Show, weil ich hinterher alles geil fand. Er gab sich solche Mühe, und ich fand alle Bestrafungen eher geil, anstatt sie als Bestrafung zu empfinden. Und somit hatte er beim nächsten Rumzicken meinerseits nichts mehr zum Drohen. Bis vor dem letzten Treffen war anal noch der absolute Gruselpunkt und hatte sich dann als, ›*Naja geht so, kann auch geil sein*‹ herausgestellt. Andersherum hatte er sich, falls es die Zeit erlaubt hätte, noch etwas anderes ausgedacht. Er wollte mich rücklinks fesseln und den sabbernden Kerlen zum Fraß anbieten. Nach dem derzeitigen Stand wäre ich wahrscheinlich ausgetickt, wo ich das mit dem anderen Kerl schon nicht so prickelnd fand. Oder vielleicht auch nicht, mit verbundenen Augen sieht man ja nicht, was auf einen zukommt. Carsten gab sich immer alle erdenkliche Mühe, mich richtig zu quälen, und ich undankbare Nuss, konnte hinterher immer nur sagen:

»War doch geil.«

 Ich kam mir langsam wie eine Nymphomanin vor, und ihm schwanden die Druckmittel. Andererseits, war es nicht genau *das* an dem Spiel, Grenzen austesten, und bisher hatte er halt noch keine wirkliche Grenze erreicht?

Es war ein Auf und Ab, ein Hin und Her, aber ich glaube, genau dieses »*Komm her - geh weg*«, machte mir so sehr Spaß. Und schon folgte wieder einer dieser Anfallstage, hier mal ein kleiner Auszug aus meinem Tagebuch:

Lisa meinte, ich solle mit ihm darüber reden, denn es wär unfair ihm gegenüber, und vielleicht hatte sie recht. Ich wollte aber erst sehen, ob er am Nachmittag Zeit für einen Kaffee hätte, dann würde ich es ihm beichten, wenn nicht, dann nicht, sollte das Los entscheiden. Okay, das Los hatte entschieden. Er hatte keine Zeit und das, war vielleicht auch besser so. Ich vertagte das Problem erst mal, vielleicht würde die Welt morgen schon wieder anders aussehen.

Ich bewegte mich also emotional mittlerweile ziemlich dicht am Abgrund, ein kleiner Stoß, egal von welcher Seite, und ich wäre gefallen. Aber die Krise war schnell überstanden, am nächsten Tag ging´s mir schon wieder bedeutend besser, das war es wohl, was Lisa meinte, es ist ein Auf und Ab der Gefühle. Eine Woche später hatte sich dann ein ausgesprochen aufschlussreiches Gespräch zwischen uns ergeben, ich hatte im gesagt, dass das alles nicht ganz so spurlos an mir vorbeigehen würde und ich Schwierigkeiten hätte, meine Gefühle im Zaum zu halten. Ihm ging es nicht viel anders, auch er hatte den Absprung schon längst verpasst. Wir wollten natürlich nichts überstürzen, wir spielten mit dem Feuer, aber einen Flächenbrand wollten wir dann doch nicht entfachen. Es wäre einfach nicht der richtige Zeitpunkt, sich über mehr einen Kopf zu machen. Und zukünftige Probleme sollte man in der Zukunft lösen. Wir wollten weitermachen wie bisher, wenn's passieren würde, würde es halt passieren.

Es war wie beim Fallschirmspringen. Man versucht die Reißleine von Mal zu Mal später zu ziehen, und wenn man nicht aufpasst, ist es zu spät, dann kann man es eh nicht mehr ändern. Aber immerhin war es ein unheimlich gutes Gefühl, sich wirklich alles sagen zu können.

Dann war das nächste Treffen anberaumt, gleiche Stelle, gleiche Welle. Was hatte ich vorher herumgezickt. Ich sollte mich wieder ganz kahl rasieren, aber was, wenn Jochen das mitkriegte? Ich wusste nicht, was ich machen sollte. Wollte mich Carsten nur provozieren, oder ging er gar das Risiko bewusst ein? Nach unserem Gespräch stand aber mein Entschluss fest, ich wollte ihm gehorchen, egal welche Konsequenzen es hatte. »Unser« Pärchen war auch wieder dabei, aber es hatte sich nun doch herausgestellt, dass sie nur als Zuschauer taugten. Carsten fackelte wieder nicht lange und zitierte mich in die SM-Ecke des Clubs.

»Knie dich in Grundposition, so wie du es gelernt hast!«

Ich kniete mich wie gewünscht mit gespreizten Beinen und hinter dem Kopf verschränkten Armen hin. Er verband mir die Augen und fixierte meine Hände mit einem Seil. Es war ein unheimlich geiles Gefühl, so ausgeliefert zu sein. Augenbinde um, und ab geht der Film. Als Nächstes dirigierte er mich auf einen Stuhl. Ich kann mich nicht mehr an viel erinnern, nur dass ich da saß und er mich überall streichelte und auch mit der Peitsche bearbeitete. Es war so wunderschön, ich fühlte mich so geborgen, nur das Sprechen fiel mir sehr schwer, es holte mich jedes Mal wieder kurz in die Realität zurück. – Es fühlte sich an, wie wenn man kurz vor dem Einschlafen ist und dann angesprochen wird. Er nahm meinen Kopf in die Hände, küsste mich und sagte:

»Hör mir gut zu, wenn ich dich jetzt schlage, wirst du schön mitzählen, hast du verstanden?«

Die ersten Schläge kamen zaghaft und taten nicht wirklich weh. Die Peitsche war auch sehr weich und hatte viele Riemen. Irgendwann war ich so in Trance, dass ich natürlich vergaß zu zählen. Wieder bei drei anzufangen ließ er nicht gelten, und irgendwann wusste ich nicht mehr, waren es nun zehn, zwölf oder vierzehn Schläge, und ich musste dann wieder von vorne zu zählen anfangen. Ich schwebte auf Wolken, genoss dieses Gefühl und merkte im ersten Moment gar nicht, dass er heißes Wachs auf meine Haut, die Brüste und, zwischen die Beine, tropfte. Und dass er es dann mit Eiswürfeln löschte, oder war es anders herum? Es war unglaublich, dieses tiefe Gefühl zu ihm, ich konnte nur noch denken:

›Ich vertraue ihm, ich vertraue ihm so sehr.‹

In solchen Momenten zerreißt es einen schier, und man könnte weinen vor Glück. Es standen zwar eine Menge Leute um uns herum, aber ich fühlte mich wie auf einer einsamen Insel mit ihm. Im Anschluss stellte er mich dann noch mitten in den Raum und gab mich zum allgemeinen Anfassen frei. Auf die Schaukel gebunden und ans Kreuz gestellt, die Reihenfolge weiß ich nicht mehr. Ich weiß nur, dass es einfach nur geil war, solche intensiven Gefühle habe ich noch nie erlebt. Zwischendurch fragte er mich dann immer, ob ich genug hätte, doch ich dachte:

›Nein! Hör niemals auf damit, lass es ewig so weiter gehen!‹

Das Highlight war aber, wie er mich danach auffing. Ich hätte ihn stundenlang umarmen und küssen können, es war unglaublich! Die gesamte Session dauerte doch tatsächlich eineinhalb Stunden, was mir natürlich gar nicht so lange vorkam. Unser Pärchen hatte parallel dazu Wasser in den Whirlpool laufen lassen. Das war dann eine super Entspannung und das Wachs ließ sich auch besser lösen. Im Nachhinein war ich komischerweise über nichts erschüttert, weder, dass ich ihn währenddessen mit »Herr« angesprochen hatte, noch dass ich erst fragen musste, bevor ich kommen durfte. Nicht mal die Schläge haben mir etwas ausgemacht. Die Grenzen verschoben sich von Mal zu Mal. Ein großes Problem hatte ich allerdings doch noch. Ich sollte mich beim Publikum bedanken und das fiel mir schwerer als alles andere, es war so demütigend. Carsten meinte, es wäre, weil ich damit zugab, eine Show für die anderen geliefert zu haben und mir so selbst eingestehen musste, dass ich vor den anderen benutzt wurde. Auch konnte ich es gar nicht haben, wenn er mich in aller Öffentlichkeit an der Bar fingerte oder an meinen Brüsten herumspielte. Genau das zeigt auch, in welchem Hin und Her ich lebte. Später in der Pärchenecke nahm er mich wieder anal, aber diesmal richtig. Es war immer noch nicht der Brüller, zwar tat es bei ihm nicht weh, aber es war dennoch eine Überwindung für mich. Ich machte das nur ihm zuliebe und er war der erste Mann, der in mir anal abspritzte. Das ehrte ihn natürlich. Es war alles unglaublich schön und er hatte wieder einmal das Problem, dass ich alles einfach nur geil fand.

Oh Mann, was war ich für ein versautes Miststück! Wenn das alles Jochen gewusst hätte. Das war übrigens das nächste Problem. Seit etwa einer Woche kroch Jochen förmlich auf Knien vor mir, sagte mir andauernd, wie sehr er mich liebte, schickte SMS, Mails und schrieb Zettel. Was sollte das nur bedeuten? Es war so ein blödes Gefühl, er erniedrigte sich, aber ich war dafür nicht die Richtige. Wir waren wohl beide devot und, das passte einfach nicht. Ich konnte auch nicht mehr die Dominante spielen, nicht nach dem, was ich mit Carsten erlebt hatte.

Irgendwann ergab sich dann ein Gespräch mit Jochen. Er meinte, er hätte ein Schlüsselerlebnis gehabt und ihm wäre auf einmal bewusst geworden, dass er mich nicht verlieren darf und dafür kämpfen muss. Seitdem überhäufte er mich mit Küssen und Streicheleinheiten, wollte alle zwei Tage Sex, sodass es schon lästig wurde. Währenddessen konnte ich immer nur an Carsten denken, stellte mir vor, es wäre er. Am schlimmsten war es, als ich Jochen einen blasen sollte. Er fragte andauernd, was ich da mit ihm mache. Klar, ich hab es so gemacht, wie es Carsten gern hatte. Aber ich hatte ein Problem weniger.

Jochen hatte mich kahl rasiert gesehen und hatte meine Entschuldigung, dass es ein Versehen beim Rasieren war, akzeptiert. Außerdem fand er es geil und wollte, dass ich mich in Zukunft öfter, total rasieren würde. Was musste ich in mich reingrinsen. Auch hatte ich ihm in dem Gespräch gesagt, dass er dann ab sofort der Chef im Bett zu sein hätte und möglichst auch in der Beziehung. Ich wusste nicht, ob er auf Dauer damit klarkommen würde aber das war mir egal. Er wollte mich, aber dann bitte zu meinen Bedingungen. In meinen Augen war er dazu viel zu weich, er redete zwar immer von Wäscheklammern und Fesseln, aber ich glaubte, dass er eh nur reden würde. Außerdem würde ich das mit ihm nicht wollen, er wusste ja gar nicht, was er da tat. Das war ja gerade das Besondere zwischen Carsten und mir, das wollte ich mit niemand anderem erleben!

Und wieder ereignete sich ein komisches Erlebnis, wie so oft, seit ich Carsten kannte. Der Typ von dem allerersten Pärchen, das uns hatte sitzen lassen, hatte mich angemailt. Er wollte mich doch wirklich dafür bezahlen, dass ich mit ihm Sex hatte! Ich war erst ziemlich empört, aber irgendwie reizte mich diese Vorstellung auch. Ich sagte ihm aber, dass man diese Gefühle, die ich derzeit mit Carsten erlebte, nicht kaufen könne. Trotzdem ließ es mir keine Ruhe, es war irgendwie ein prickelndes Gefühl, es für Geld zu tun, vor allem mit diesem Typ. Was hatte der, dass er mich immer so ins Wanken brachte? Und was, wenn Carsten das herausbekommen würde? Jochen betrügen war einfach, aber bei Carsten war das etwas ganz anderes, da gab es nur absolute Offenheit. Also gab es nur die Flucht nach vorn, ich erzählte es Carsten und wollte von ihm hören, was er dazu sagte. Als der Typ mir tatsächlich 250 Euro für zweieinhalb Stunden anbot, hätte ich vielleicht sogar zugesagt, wenn nicht Carsten noch diese SMS geschickt hätte:

»Ich entscheide nichts, bedenke aber, du bist keine Nutte und ich nicht dein Lude. Wobei, bei 1000 Euro kannst du zusagen.«

Und dann kam noch Eine hinterher.

»Ich kann es dir ja nicht untersagen, aber ich fände es nicht gut. Die Sache an sich ist falsch. Doch wenn du ihn willst, sack das Geld ein, aber ohne mich!«

Ich tat es natürlich nicht, zumal dieser Spinner am nächsten Tag wieder einen Rückzieher machte. Aber es erschütterte mich doch, welche Abgründe in mir schlummerten. Was, wenn es anders gelaufen wäre und Carsten mich für zweieinhalb Stunden verkauft hätte, hätte ich es dann tatsächlich getan?

Zwei Wochen gingen ins Land, und ich war rattig wie noch nie. In der folgenden Woche hatte Carsten frei und war ganz in Familie, wir würden also nicht einmal telefonieren können. Also setzte ich alles daran, Carsten zu überreden, vorher noch zu mir auf die Arbeit zu kommen, ich war allein. Donnerstag hätte er eigentlich gekonnt, und ich hatte mich passend angezogen. Wickelrock, kein Slip, BH, der vorne zu öffnen war - und frisch rasiert war ich auch. Aber es kam wieder mal anders, er sagte ab. Ich war schon richtig frustriert, als Freitag plötzlich die Tür aufging und mein Motorradmann im Laden stand. Boah, was hab ich mich gefreut. Er fackelte auch nicht lange, befahl mir die Unterwäsche auszuziehen, und als ich mich widersetzte, zog er mir kräftig den Kopf an den Haaren nach hinten. Mir lief es kalt den Rücken herunter. Dann nahm er mich bei nicht abgeschlossener Ladentür hinten im Lager richtig schön hart von hinten durch. Dabei durfte ich endlich das erste Mal schlucken, ich war ihm so unendlich dankbar dafür, denn das hieß, dass ich dessen würdig war. Es war einfach großartig, ich fing an, langsam richtig Gefallen an den Quickies zu finden.

Dann kam eine harte Woche, schon das Wochenende war schrecklich. Ich hatte einen winselnden Mann zu Hause und wollte doch nur zu Carsten. Ich litt, und wie ich litt, und das Schlimmste war, ich hatte niemanden, mit dem ich darüber hätte reden können. Lisa hatte irgendwann ihren Dom gefunden, und der nahm sie nun völlig in Beschlag. Dienstag bettelte ich Carsten an, mir wenigstens eine klitzekleine SMS zu schicken, nur damit ich wüsste, dass es ihn noch gab.

Als die dann auch prompt kam, ging's mir gleich wieder besser. Aber wie sollte ich nur den August überstehen, wenn er Urlaub haben würde und dann vier Wochen völlig offline wäre. Wo es mir jetzt, bei nur ein paar Tagen, schon so dreckig ging? Mittwoch war ich dann ganz mit den Nerven fertig, ich spielte mit dem Gedanken, das Ganze zu beenden, um halbwegs unbeschadet da rauszukommen. Ich hatte echt Angst, daran kaputt zu gehen. Ich wollte ihm inzwischen ganz gehören, und das für immer. Aber das ging nicht, darüber hatten wir oft genug gesprochen, er wollte bei seiner Freundin bleiben. Doch ich konnte mit dieser Chaossituation nicht mehr umgehen. Wo war sie hin, die Leichtigkeit des Spiels mit dem Feuer? Hatte ich mich schon verbrannt? War ich gar verliebt in ihn? Ich hatte mich so sehr in meine devote Rolle fallen lassen, was mir auch unheimlich gut gefiel, sodass ich total hyperfokussierte.

Zum Glück kam ein Wochenende nur mit meinen Freundinnen dazwischen, und ich konnte zum ersten Mal, seit ich Carsten kannte, abschalten. Mit dem Zug fuhren wir mit den Kindern aufs Land, und ich kam endlich auf andere Gedanken. Ich dachte nur noch ein- bis zweimal am Tag an Carsten, war völlig abgelenkt und amüsierte mich. Auf der Rückfahrt konnte ich mich gut sortieren und über alles mit etwas Abstand nachdenken. Als er mich dann nach seinem Urlaub anrief, war ich richtig überrascht und wieder total klar im Kopf. Carsten war ein wichtiger Teil in meinem Leben geworden, aber er durfte nicht zum wichtigsten werden. Ich hatte ja noch ein Kind, und mit Jochen war auch noch einiges zu klären. Auf Carsten verzichten wollte ich auf keinen Fall mehr, aber würde ich das auf Dauer aushalten, nur sein Spielzeug zu sein?

Zu Hause angekommen kam dann gleich die nächste, diesmal wirklich unangenehme Überraschung. Jochen offenbarte mir, dass er einen Orion-Gutschein »gefunden« hätte. Ich überzeugte ihn davon, dass ich mir die Klapperkugeln dort gekauft hätte. Aber er beichtete mir, dass er in meinen Schränken gewühlt hätte und den Black Jonny und meine Korsage gefunden hätte. Normalerweise deponierte ich ja alles im Auto, aber das musste zum TÜV, und ich wollte alles für diese Zeit herausnehmen. Wie sollte ich da nun wieder herauskommen? Den Jonny begründete ich mit den dann schon zwei Jahren Zwangs-Sexpause, und die Korsage hätte ich im Angebot günstig bekommen, um hinterher zu merken, dass sie doch für die Straße zu gewagt wäre. Er kaufte es mir, glaube ich, auch ganz gut ab. Aber er war total zerknirscht, dass er so tief gesunken war, in meinen Sachen zu kramen und ich war ihm noch nicht mal böse. Er erzählte mir, wie schrecklich das Wochenende für ihn gewesen war und wie sehr er gelitten hätte, weil ich nicht da war. Und ich konnte es gut nachvollziehen, ich kannte dieses Gefühl ebenfalls und hatte es gerade selbst durchlebt. Vielleicht war es gut so, denn ich öffnete mich ihm nach langer Zeit erstmals wieder. Wir redeten lange und intensiv über unsere Beziehung, ohne Vorwürfe und ohne Schuldzuweisungen, auch über unsere sexuellen Vorlieben. Ich rückte natürlich nicht ganz mit der Sprache raus, denn er sollte sich erst langsam daran gewöhnen, dass ich mittlerweile wusste, dass ich devot war. Aber ich machte deutlich, dass ich keinen Kuschelsex mochte und er sagen sollte, wo es langgeht und vor allem, was er wollte.

Dadurch, dass ich nun wusste, was ich wollte, projizierte ich also all meine Erfahrungen und Wünsche auf ihn und versuchte es ihm zu erklären. Er verstand nicht viel, was aber bei ihm ankam, war: *Fesseln, Augenbinde und Klammern.* Aber immerhin, er war angenehm überrascht und fand das sehr erregend. Sicherlich würde ich einen Preis dafür zahlen müssen, denn er wollte, dass ich das Gleiche mit ihm mache, ergo war er ein Switcher. Ich war gespannt, wie ich damit umgehen könnte, aber ich dachte mir, dass sich das schon zeigen würde.

Am nächsten Tag hatten wir zum ersten Mal seit Langem wieder richtig guten Sex, sogar mit Wäscheklammern. Ich hatte mir die Tüte mit der Korsage auch noch mal richtig angeschaut und mit Grauen festgestellt, dass auch mein Halsband darin war, und wie zu erwarten sprach er mich ein paar Tage später darauf an. Glücklicherweise war ich darauf vorbereitet und so erzählte ich ihm:

»Ich habe vor einem Jahr aus reiner Neugier etwas mit einer Frau gehabt, und das ist ein Andenken an diese Episode.«

Er musste wirklich großes Vertrauen zu mir haben oder er war blind, denn er hat es mir wirklich geglaubt. Genau genommen war es ja nicht mal gelogen. Da er wusste, dass ich das schon immer mal ausprobieren wollte, akzeptierte er es und musste sogar schmunzeln. Wieder einmal hatte es sich bewahrheitet, dass man immer so dicht wie möglich an der Wahrheit bleiben sollte. Ich war jedenfalls angenehm überrascht von seiner Reaktion und fasste immer mehr Vertrauen zu ihm, außerdem bemühte er sich seit Tagen rührend um mich und meinen Sohn. Sollte es doch noch ein Happy End mit uns beiden geben?

Carsten hatte ich alles berichtet, denn ich brauchte wie immer jemanden zum Reden, und vor allem wollte ich ihn nicht belügen, denn das hatte er wirklich nicht verdient. Und ich wollte mich auf jeden Fall weiterhin mit ihm treffen, wir hatten noch so viel auszuprobieren. Und wie hatte er mal so schön gesagt? Ich hätte Wollust für zwei. Na also!

Nachdem ich Jochen gebeichtet hatte, was meine Neigungen waren, ging er in die Vollen. Er besorgte diverse Utensilien und überraschte mich jeden Tag aufs Neue, mit Kabelbindern zum Brustabschnüren, Klettbändern zum Fesseln und mit Wäscheklammern sowieso. Es war erstaunlich, er hatte plötzlich ähnliche Fantasien wie Carsten und setzte sie ebenso schnell um, nur dass er nie etwas darüber gelesen hatte, alles kam aus seinem Kopf.

Das darauffolgende Wochenende war der absolute Hammer, mein Sohn war bei seinem Vater, und wir hatten freie Bahn – und die nutzten wir. Als ich am Samstag von der Arbeit kam, hatte er schon einiges vorbereitet, hatte Wasser in unsere große Eckbadewanne laufen lassen, Kerzen aufgestellt und Sekt eingegossen. Er zog mich gleich ins Bad und heizte mich an. Dann verband er mir die Augen und setzte mich in die Ecke der Wanne, spreizte mir die Beine und stellte das Wasser an. Plötzlich merkte ich einen stechenden Schmerz an meinem Kitzler, es war die Hölle, aber die von der geilen Sorte. Er hatte auf einen Duschschlauch eine ganz feine Düse gelötet, die einen sehr harten Strahl herausschleuderte. Er massierte damit alles an mir, es war kaum zu ertragen. Ich bat ihn dann, die Düse zu entfernen, da ich es nicht mehr aushielt, und schon der dicke harte Strahl brachte mich mehrmals zum Orgasmus.

Danach rasierte er mich, was er ja schon immer mal hatte tun wollen, nur traute er es sich jetzt auch. Anschließend musste ich mich erst mal ausruhen, ich war nicht wirklich auf seine Art von »Brutalität« gefasst, dagegen war Carsten richtig harmlos. Das lag natürlich daran, dass Carsten keine Spuren hinterlassen durfte, was bei Jochen egal war. Im Wohnzimmer ging es weiter, er klammerte mich an allen erdenklichen Stellen und nahm mich richtig hart durch, das war aber noch fast der entspannendste Teil. Hinterher redeten wir viel und erzählten uns unsere Fantasien. Sie waren in einigen Punkten sogar deckungsgleich, aber eben nur fast. Er wollte genau die gleichen Schmerzen erleben wie ich, aber ich konnte ihm nicht wehtun, ihn nicht leiden sehen. Er verstand das zwar, wollte es aber noch nicht so recht akzeptieren, er konnte es schließlich auch.

Zum Abendbrot waren wir richtig toll essen und ich musste, wie angedroht, die Klapperkugeln tragen und durfte auch keinen Slip anhaben. Später sind wir noch spazieren gegangen, und er zwang mich andauernd zu rennen, weil er es lustig fand, wie die Kugeln klapperten. Danach holten wir uns noch einen »netten« Film aus der Videothek, der natürlich gleich zu Hause eingelegt wurde. Er erregte uns nicht besonders, doch die Demonstration von Devotion war sehr anschaulich dargestellt, ihn anzuschauen inspirierte uns zu eigenen Spielen. Jochen versuchte diesmal, alle Klammern zwischen meinen Beinen unterzubringen, und ich durfte dann damit durchs Wohnzimmer laufen. Ich hatte das Gefühl, er genoss meine Schmerzen genauso wie ich. Es war einfach nur geil, er stand da und wartete, bis ich bei ihm war. Dann nahm er die Klammern ab und nahm mich in den Arm, er schien ein richtiges Naturtalent zu sein. Als Nächstes holte er den Black Jonny, versteckte ihn in mir und steckte gleich noch seinen

Schwanz mit hinein – was war ich ausgefüllt! Danach war ich fix und fertig und bettelte nur noch, ins Bett zu dürfen. Das ließ er auch zu, aber zum Schlafen kam ich trotzdem nicht. Er steckte den Black Jonny doppelt in mich hinein, und nun wollte ich es wissen. Wie weit ging seine Faust in mich hinein, gedehnt war ich ja nun. Sie war weitaus größer als die von Carsten, aber wo einmal mein Sohn herausgekommen war, musste doch auch seine Faust hineinpassen, und richtig, ich hatte ein großes Fassungsvermögen. Danach ging nix mehr - GAME OVER! Wir kuschelten uns aneinander und schliefen erschöpft ein.

Der nächste Tag begann, wie der vorherige geendet hatte, mit Sex. Erst nur Blümchen, zum Aufwärmen, aber nach dem ausgiebigen Frühstück im Bett ging's wieder richtig zur Sache. Er schnürte meine Brüste mit Kabelbindern zu prallen Bällen, für mich das Geilste überhaupt, hängte mich mit Wäscheklammern voll, und auch der Black Jonny fand wieder seinen Bestimmungsort, diesmal auch anal. Und das, obwohl das doch Carsten vorbehalten bleiben sollte, aber es war trotzdem geil. Irgendwie fanden wir dann doch noch ein Ende und spazierten zu meinen Eltern, es war Muttertag. Am Abend gab es noch ein Highlight. Als mein Sohn im Bett war, fiel Jochen erneut über mich her und goss Kerzenwachs über meine Brüste, meinen Bauch und zwischen meine Beine. Ich konnte nur noch schreien und hatte wieder eine Grenzerfahrung mehr, denn er verschloss mich völlig. An den nächsten drei Tagen konnte ich nur noch mit Eisbeuteln zwischen den Beinen rumlaufen, körperlich war ich einfach fertig. Am nächsten Tag sah mich unser Nachbar sehr merkwürdig an, sagte aber kein Wort.

Carsten wollte dann am Telefon alle Details wissen, was, wann, wie und wo. Oh, er war so neugierig. Ich erzählte frei heraus, er hatte schließlich danach gefragt, doch dann kam der Schock für mich.

»Dann bin ich ja als dein Dom schlagartig überflüssig geworden.«

Ich war platt, damit hatte ich nicht gerechnet und wollte es nicht wahrhaben, aber das Schlimme war, irgendwie hatte er recht. Er tat mir so leid, aber ich musste erst mal mit mir selbst und dieser neuen

Situation klarkommen. Ich war so was von überfordert und mir wurde erst da richtig bewusst, dass es Jochen und nicht Carsten war, der am Wochenende mit mir gespielt hatte. In mir ging alles drunter und drüber, ich war völlig durcheinander. Ich nahm mir vor, für Carsten eine neue Sub zu suchen, änderte am gleichen Tag sämtliche Profile und schaltete neue Anzeigen, er sollte das haben, was er verdiente, aber ich konnte es ihm nicht mehr geben. Die folgenden Tage waren schrecklich, eigentlich waren wir am Mittwoch wieder verabredet, aber Carsten sagte ab, ein wichtiger Termin wäre dazwischengekommen, doch ich konnte das nur bedingt glauben. Sicher, ich wäre sowieso nur eingeschränkt brauchbar gewesen, aber ich hatte mich sehr darauf gefreut, ihn zu sehen. Die Telefonate wechselten von, *»Das ist wohl das Ende, so ein Mist aber auch«*, über *»Wann wollen wir uns treffen«*, bis hin zu Befehlen seinerseits und den Vorstellungen, was er als Nächstes mit mir anstellen wollte.

Wir waren hin- und hergerissen zwischen Vernunft und Wunschdenken, dabei wussten wir beide, dass es logisch betracht weder für ihn noch für mich ein Dauerzustand werden konnte. Er als Dom müsste mich teilen, und ich müsste zwei Doms zugleich dienen. Ich konnte nicht von ihm verlangen, seinen Anspruch auf mich auf die Zeit zu beschränken, in der ich mal wieder einsatzbereit war. Und vor allem musste er sich nach wie vor zurückhalten, wegen der Spuren. Er wollte mich nicht davon abhalten, mich bei Jochen richtig fallen lassen zu können, denn das fiel mir unter diesen Umständen natürlich schwer. Nie hätten wir geahnt, dass es eine so abrupte Wendung in unserer Beziehung geben könnte, auf alles waren wir gefasst, dass unsere Partner uns auf die Schliche kämen oder dass sich einer von uns beiden in den anderen verlieben könnte. Aber dass es so ganz anders kommen würde, hätten wir beide nicht einmal zu träumen gewagt.

Und dann hatte ich meinen ersten Absturz! Es war schrecklich, grauenhaft und eine Erfahrung, auf die ich gut hätte verzichten können. Es war an einem Freitag, mein Sohn wollte überraschend bei einem Schulkumpel übernachten, Jochen und ich hatten also sturmfrei.

Jochen beeilte sich, früher von der Arbeit nach Hause zu kommen, und wir gingen ein Bier trinken. Wieder zu Hause angekommen machten wir es uns »gemütlich«, sprich, er fing an, mich zu fesseln, legte mir die Klammern an und überraschte mich mit einer Neunvoltbatterie. Das waren sehr prickelnde, aber auch stechende Schmerzen und unter anderen Umständen wohl eine echte Herausforderung. Ich weiß nicht warum, aber plötzlich schoss mir nur ein Gedanke durch den Kopf:

»Es ist so ungerecht, wieso erntet Jochen jetzt die Früchte, die Carsten gesät hat?«

Ich fühlte, wie in mir Widerstand heraufzog und ich mich verkrampfte, alles tat mir weh, die Klammern, die Fesseln, alles, was vorher geil war, war nun unerträglich, und mir schossen die Tränen in die Augen. Ich bettelte darum, dass er aufhören würde, aber erst als ich das *Safeword* sagte, merkte er, wie ernst es mir war. Er reagierte sofort, band mich los und stellte sämtliche Aktivitäten ein. Dann nahm er mich in den Arm und versuchte mich zu trösten. Ich zitterte am ganzen Körper und heulte wie ein Schlosshund. Er deckte mich mit einer Decke zu und hielt mich ganz fest. Nach einer Weile fragte er vorsichtig, was los sei. Doch was sollte ich ihm sagen? Er verstand natürlich nicht, wieso ich plötzlich so reagierte. Ich weinte unterdessen um die gestohlene Zeit mit Carsten, er tat mir so leid, wie konnte ich etwas genießen, was ihm nun verwehrt blieb? Wie ungerecht war doch alles, wie aussichtslos. Jochen ließ nicht locker und ich begründete alles damit, dass ich unendlich traurig sei, dass ich seine Liebe nicht so erwidern konnte, wie er sie mir gab. Dass ich Angst hätte, dass er das nicht lange mitmachen würde, und dass ich ihm nicht wehtun könne. Ich war gemein, ich packte gleich noch meine persönliche Abneigung, selbst einem Mann gegenüber sadistisch zu werden, mit hinein. Aber all das war nicht gelogen, es war nur nicht der Hauptgrund für meinen Zusammenbruch. Er gab endlich nach, denn schließlich war in den letzten Wochen so viel passiert, und mein Körper war halt auch nicht aus Gummi. Es war ein Zeichen dafür, dass ich an meine physischen und psychischen Grenzen gestoßen war. Ich war völlig durch den Wind und konnte gar nicht aufhören zu weinen, alle bisher angestauten Gefühle brachen aus mir heraus. Doch es war keine Erleichterung, sondern ein innerlicher Schmerz, der mit nichts bisher Erlebtem vergleichbar war. Welche Lösung gab es denn? Wollte ich Jochen ganz gehören, musste ich mich endgültig von Carsten lösen und jede Session mit Carsten wäre ein Rückschritt Jochen gegenüber gewesen. An diesem Abend konnte ich nur noch tränenüberströmt einschlafen, ich wollte einfach nicht mehr denken.

Samstag früh telefonierte ich gleich mit Carsten und erzählte ihm davon, er war mehr als erschrocken und fällte die Entscheidung, zu der ich nicht den Mut hatte. Es durfte keine Session mehr mit uns geben. Das Risiko, wieder einen Absturz zu erleben, war einfach zu groß, und selbst bei ihm konnte das ja geschehen. Was, wenn ich so einen Zusammenbruch im Pärchenclub hätte, das konnte ebenso passieren. Die Gefühle, die man durch SM spürt, sind nicht berechenbar und so intensiv, dass man sie nicht steuern und schon gar nicht auf zwei Doms verteilen kann.

Realistisch betrachtet war es einfach so, dass ich mit Carsten keine Zukunft hatte, mit Jochen aber schon. Es bestand sogar die Chance auf 24/7, wenn ich mich endlich auf ihn einließ. Soviel zu meiner Logik des Ganzen. Und an die Logik musste ich mich auch halten, denn es waren Tatsachen. Also ging ich in mich. Was wollte ich? So wie es derzeit zu Hause war, war es einfach traumhaft. Jochen kümmerte sich rührend um meinen Sohn, überschüttete mich mit Komplimenten, und der Sex mit ihm war besser, als ich es mir je erträumt hatte, und zu allem Überfluss wollte er auch noch seine SM-Neigungen mit mir ausleben.

Wie war es denn damals dazu gekommen, dass ich mich auf Carsten einließ? Ich war frustriert und unbefriedigt, was ich nun nicht mehr behaupten konnte. Ja, Carsten tat mir unendlich leid, aber er würde mich irgendwann vergessen können und Ersatz für mich finden. Ich musste mich auf das konzentrieren, was für mich am besten war, auch wenn es mir schwerfiel, egoistisch zu denken. Ich wollte ein Leben mit

Jochen, und zwar so, wie es in diesem Moment war, also hatte Carsten keine Chance und das musste ich mir immer wieder vergegenwärtigen. Sicher war es schwer, der Versuchung zu widerstehen, aber was würde ich verlieren, wenn ich mich weiter auf Carsten einließe. Ich hatte also meine Entscheidung gefällt, so schwer es mir in diesem Moment auch fiel, für Jochen und gegen Carsten. Und das wollte ich Jochen auch unmissverständlich zeigen. Der Herrentag war dafür wie geschaffen, und ich hatte eine tolle Idee. Ich bereitete eine Schenkungsurkunde vor, besorgte für uns beide den *Ring der O*, für mich aus Gold, für ihn aus Stahl, kleidete mich einer Sub angemessen in schwarzes Riemchenzeug und hängte mir das von ihm angefertigte Plexiglas-Tablett um. So stand ich nun vor ihm, den Blick gesenkt, die Arme auf dem Rücken verschränkt, die Beine gespreizt und auf dem Tablett die kleine Schachtel und die Rolle mit der Urkunde. Jochen schaute mich erstaunt, aber doch gerührt an und packte seine Geschenke aus. Dann befreite er mich vom Tablett und nahm mich lange in den Arm, ja, genau das wollte er auch – seine eigene Sub!

Eigentlich war das ein Happy End. Aber nur für mich und Jochen, Carsten blieb dabei auf der Strecke. Er zog sich immer mehr zurück, wir telefonierten kaum noch und schrieben uns immer weniger. Sicher, auch er musste Abstand gewinnen, denn wenn er eine neue Sub finden wollte, musste er einen freien Kopf bekommen. Ich ließ ihn also in Ruhe, was mir zwar sehr schwerfiel, aber wohl notwendig war. Einmal kam er noch zu mir in den Laden und holte sich sein Geburtstagsgeschenk, natürlich den *Ring der O*, ab. Wir spielten »Fick mich ein letztes Mal«, aber das war auch das Letzte was, ich von ihm gesehen hab. Nachträglich möchte ich ihm danken, für alles, was er für mich getan hat. Er wird immer in meinem Herzen bleiben, denn *er* hat mich aufgeweckt, *er* war mein allererster Dom, *er* war es, der sich von mir genommen hat, was noch nie jemand von mir bekam. *Ihm* habe ich vertraut, wie ich noch nie jemandem vertraut hatte. Wenn *er* nicht in mein Leben geplatzt wäre, wo wäre ich dann heute?

Danke Carsten! Ich wünsche dir alles Liebe dieser Welt und hoffe, auch du wirst irgendwann glücklich!

Weißt du noch, wie hat alles angefangen,

bevor du mich hast ans Kreuz gehangen?

Ich wollte doch nur E-Mail-Kontakt.

Und du? Wolltest Fotos. Und zwar nackt.

Hast deine Finger nach mir ausgestreckt

und meine Geilheit aufgeweckt.

Wir haben uns unsere innersten Wünsche erfüllt,

aber unser Hunger war noch lange nicht gestillt.

So vieles haben wir ausprobiert,

haben die dunkelste Lektüre studiert.

Mein Gott, wie gut schmeckten die Frauen,

und wie sehr konnte ich dir vertrauen?!

Es war so schön, demütig vor dir zu knien

und in diesen Gefühlen voll aufzugehn.

Doch leider war´s uns nicht oft vergönnt,

wir waren von Zeit nicht grad verwöhnt.

Beinahe hätt ich mich darin verloren,

aber wir hatten uns geschworen,

unsere Partnerschaften nicht zu vernichten

und mussten schweren Herzens aufeinander verzichten.

Aber der dunkle Keim ist in uns beiden gelegt,

es ist etwas, was uns ewig bewegt.

Niemals werde ich dich vergessen,

denn niemand kann sich mit dir messen.

Das Verlangen, von dir berührt zu werden,

Mit Jochen erlebte ich eine Session nach der anderen, obwohl mir immer noch dieses Gefühl der Dankbarkeit fehlte. Ich versuchte, es ihm zu erklären und schickte ihm Geschichten, die ihm verständlich machen sollten, dass er dominanter sein solle, aber es änderte sich nichts. Er war zwar sadistisch veranlagt, aber eben nicht dominant, und damit musste ich mich abfinden. Aber konnte ich damit auf Dauer umgehen? Ich war 34 Jahre alt und versuchte, alles, was ich bisher erlebt hatte, auf ihn zu projizieren und dazu noch alle meine Wünsche und Träume. Nur wusste ich damals noch nicht, dass es ein Zusammenspiel zwischen zwei Menschen ist. Es gab Aktionen, auf die Reaktionen folgten. Es war ein Miteinander und nicht ein Überstülpen von Wünschen. All das wusste ich aber damals nicht und zu allem Überfluss hatte ich auch niemanden, mit dem ich darüber reden konnte.

III

Nach einem halben Jahr hatte sich so viel verändert, und doch war alles gleich geblieben. Jochen hatte sich bald wieder beruhigt, es war wohl eher der Reiz des Neuen, denn der Alltag zog wieder ein. Wir verstanden uns besser denn je, aber es flachte schnell wieder zum Blümchensex ab. Mittlerweile wusste ich auch warum, er tat das alles nur mir zuliebe, ihm selber brachte es wenig. Er verspürte nicht diese besondere Art der Macht, wenn ich gefesselt vor ihm lag und es turnte ihn auch nicht an, wenn ich vor ihm kniete. Er tat es letztendlich nur, um mich zu halten. Ein halbes Jahr verdrängte ich das alles, ich las zwar viel, meinte aber auch ohne BDSM leben zu können. Doch dann brach es wieder aus mir heraus. Mit Carsten hatte ich noch losen Kontakt, ich versuchte ihn wieder zu reizen, ihm ein Date schmackhaft zu machen. Aber er war glücklich in seiner Vanilla-Beziehung und wollte sich nicht mit mir treffen. Das musste ich wohl oder übel akzeptieren, so schwer es mir auch fiel. Aber ich wusste auch, dass eine sich selbst auferlegte SM-Diät nicht lange durchzuhalten war, ergo – aufgeschoben ist nicht aufgehoben!

Nun saß ich da, wildentschlossen, wieder in die dunklen Abgründe abzutauchen. Ich lernte schnell über ein Forum im Internet jemanden kennen, beziehungsweise ich sprach ihn auf seine Annonce an. Er schien all das zu verkörpern, was ich suchte und deshalb traf ich mich mit ihm. Erst mal zum Kaffee, damit wir uns kennenlernen konnten. Beim zweiten Date landeten wir dann, mal wieder, im Parkhaus. Diesmal um meine Blasfähigkeiten zu testen und dann zur ersten Session. Er gefiel mir eigentlich überhaupt nicht, war sehr trocken, wie mir schien, ohne jeden Humor und überhaupt nicht anziehend. Um es kurz zu machen, das Treffen war verkrampft und nicht sehr befriedigend. Er hat mich weder genommen noch berührt, nicht mal geküsst. Er hat mich herumkommandiert, gefesselt, gepeitscht, geklammert und schließlich mit einem Dildo bearbeitet. Zurück blieben ein schales Gefühl und die Hoffnung, dass er sich nie wieder melden würde.

Eines hatte ich dadurch aber gelernt, man braucht Gefühl und Vertrauen um SM richtig ausleben zu können, beides fehlte mir bei ihm. Schließlich wusste ich, wie es sein musste, und das hier war es ganz sicher nicht!

Ich wand mich und überlegte hin und her, wie mein Leben nun weitergehen sollte. Wie sollte ich je wieder ohne diesen Gefühlsrausch, den ich mit Carsten erlebt hatte, leben können? Ohne dieses Prickeln des Verbotenen, diese Schmerzen der Lust und das Zittern, wann das nächste Mal sein würde? Ich war angefixt und benahm mich wie eine Süchtige auf der Suche nach dem nächsten Schuss.

Immer öfter musste ich an meinen Exchef denken, bei dem ich doch schon etwas Ähnliches erlebt hatte. Aus heutiger Sicht war mein Verhältnis mit ihm eine eindeutige DS-Beziehung, nur dass ich es damals nicht definieren konnte. Aber war es fair, ihn da jetzt mit reinzuziehen, schließlich war es zehn Jahre her? Er wusste nichts von SM und würde mich wahrscheinlich als verrückt abstempeln. Sicher, er war dominant, und er würde mir wieder verfallen, wenn ich ihm nur den kleinsten Wink geben würde, aber würde er meine Erwartungen erfüllen? Konnte ich mich vor ihm so bloßstellen, konnte ich ihm überhaupt begreiflich machen, worum es mir ging? Ich schob diesen Gedanken erst mal beiseite, warum in die Ferne schweifen, vielleicht hatte sich bei Carsten ja inzwischen was geändert.

Es dauerte nicht lange, und ich bettelte wieder bei Carsten und versprach, alles zu tun, wenn wir uns nur treffen würden. Er ließ sich auch nicht lange bitten und schickte mir die ersten Befehle, die ich natürlich brav ausführte. Ich lief ohne Slip herum und bändelte mit einer Berliner Sub an, die eine Freundin suchte. Es begann wieder! Plötzlich kamen von Carsten keine Nachrichten mehr und dann eine Mail:

Wir müssen reden!

Ich hatte eine Mörderangst davor, konnte diese Nachricht doch alles und nichts bedeuten. Instinktiv ahnte ich schon, dass es wohl keine Fortsetzung geben würde, jedenfalls nicht in diesem Moment. Wir telefonierten also, und er erklärte mir, dass er es emotional nicht mehr gebacken bekäme. Er sei glücklich mit seiner Kleinen, und das solle auch so bleiben. Seit wir aber wieder engeren Kontakt hätten, würde sich in seiner Beziehung zu ihr alles ändern, er könne sie momentan nicht betrügen. Ich fiel aus allen Wolken, musste das aber akzeptieren, schließlich stand die Unantastbarkeit unserer Beziehungen immer an erster Stelle. Ich war wie vor den Kopf gestoßen, aber lieber jetzt diese Entscheidung, als später, wenn wir schon tiefer drin wären.

Doch was wurde nun aus mir? Ich wollte niemand Fremden kennenlernen, nicht wieder von vorne anfangen und nicht wieder enttäuscht werden. Aber ohne die Gefühle, die BDSM bei mir auslöste, wollte ich auch nicht mehr leben. Die Sucht hatte mich stark in der Mangel, ich wollte unbedingt wieder diesen Rausch aus Endorphin und Adrenalin. Also fasste ich mir ein Herz und schrieb meinem Exchef Dirk eine SMS.

Ich hatte schon für seinen 50. Geburtstag im Januar ein nettes Geschenk vorbereitet, das er aber nie bekommen hatte. ›*Die Geschichte der O*‹ und einen Schenkungsvertrag für einen Tag. Ich flehte ihn also an, sein Geschenk endlich abzuholen, und Bingo, er biss an. Er beichtete mir, dass er seit Langem versuchte mich zu vergessen. Diese SMS hätte aber Erinnerungen wach gerüttelt, die ihn nicht unberührt ließen. Dirk versprach, demnächst bei mir vorbeizukommen, aber wie würde er reagieren? War das nicht zu harter Tobak? Ich schickte noch ein paar SMS voraus, um ihn vorzubereiten. So in der Art, dass sich bei mir viel verändert hätte und meine Gedanken sich im Kreis drehen würden. Alles hätte bei ihm angefangen und würde wohl auch wieder bei ihm enden. Wir verabredeten uns an einem Montag, und da war das Gefühl wieder, diese Aufregung, dieses Kribbeln, unglaublich nach zehn Jahren noch. Ich legte mir schon vorher die Worte zurecht, um nicht blöd herumstammeln zu müssen, achtete aber darauf, dass Carsten in meinen Erzählungen nicht vorkam. Ich wollte Dirk nicht verletzen, indem ich eingestand, auch bei Anderen Gefühle haben zu können. Vielleicht war das blöd, aber in diesem Moment schien es mir genau das Richtige zu sein. Er wusste, dass ich im letzten Jahr jemanden hatte, aber seine Reaktion, als er das erfuhr, war mir noch gut in Erinnerung. Sein Blick sagte damals:

»Wenn du wieder so was brauchst, warum kommst du dann nicht zu mir, ich bin doch da.«

Ich vermischte also Carsten und diesen Freizeitsadisten, und im Ergebnis erzählte ich, dass ich zwar guten SM-Sex hatte, aber das Gefühl und das Vertrauen fehlten. Er schluckte es, gebauchpinselt, weil ich ihm das alles erzählte. Der Schenkungsvertrag ehrte ihn sehr, und er nahm ihn gerne an. Ob er in diesem Moment wirklich verstand, worauf er sich da einließ, weiß ich nicht, aber ›Die Geschichte der O‹ würde ihm dabei schon helfen.

Danach herrschte zwei Wochen mehr oder weniger Funkstille. Offensichtlich musste Dirk erst verarbeiten, dass ich ihn acht Jahre lang von mir gewiesen und jeden seiner Annäherungsversuche abgewehrt hatte. Jetzt, im Nachhinein betrachtet, weiß ich, meine Zurückweisungen waren eine Selbstschutzreaktion, denn bei der Erinnerung an Dirk fiel mir als Erstes der Schmerz unserer Trennung ein. Das intensivste Gefühl, was mir von unserer gemeinsamen Zeit in Erinnerung geblieben ist, war der unendliche Schmerz, nachdem es vorbei war. Ich habe nie wieder so etwas gefühlt, nicht einmal bei Carsten, und war auch nicht gerade scharf darauf. Also schien es mir die beste Lösung zu sein, ihn auf Abstand zu halten, obwohl er mir auch als Freund und Vertrauter sehr fehlte, aber das war wohl der Preis, den ich dafür zahlen musste. Ich wusste, dass wir nicht nahtlos an die alten Zeiten anknüpfen konnten, es würde wohl eher ein Neuanfang werden, aber das war auch gut so.

Auch musste ich mir erst einmal klar darüber werden, was *ich* wollte. Also recherchierte ich, las wieder viel, diesmal aber nicht im Internet, sondern in Büchern. Wie eine Session ablief, war mir klar, doch SM besteht schließlich nicht nur aus Sessions, da ist noch so viel mehr. Von Jochen wollte ich mich weiterhin auf keinen Fall trennen, unser

Alltag hatte sich gut eingespielt, wir hatten uns ein Häuschen auf dem Land gekauft, das wir nun Sonntag für Sonntag ausbauten. Es machte Spaß und es hatte Zukunft. Nur konnte und wollte ich nicht immer die Starke sein, ich brauchte eine Ausweichmöglichkeit, um aufzutanken, indem ich mich bedingungslos fallen lassen konnte. Ich wollte wieder fühlen, wie es ist, für ausgehaltene Schmerzen und Demütigungen geliebt und gelobt zu werden und umso stärker daraus hervorzugehen. Ich hoffte, das bei Dirk zu können. Doch diesmal ohne mich darin völlig zu verlieren.

Ich habe ihn noch ein- oder zweimal getroffen, zum Kaffee, mehr kam von ihm dann nicht mehr. Ich hütete mich davor, mich zu sehr anzubiedern, schließlich hatte ich ihm schon mehr als den kleinen Finger gereicht. Wenn er sich nicht die ganze Hand nahm, war es sein Problem. Aber irgendwann schickte er mir eine Mail, in der er mir recht unverblümt mitteilte, dass er mich durchschaut hätte, weil ich gar nicht *ihn* gemeint hätte, als ich ihm mein *Geschenk* gab. Ich würde nur jemanden suchen, der mich bespaßte, um meinen sexuellen Notstand zu befriedigen. Jemanden, der mir sein Vertrauen schenkte, damit ich unbeschadet meine eigenen Fantasien ausleben könnte. Er würde sich nicht mit mir treffen wollen, er hätte mich mal geliebt, habe nun aber festgestellt, dass dies nicht mehr so sei. Er wolle mich so in Erinnerung behalten, wie ich vor zehn Jahren war.

Ich war wie vor den Kopf geschlagen. Wie, er hatte mich geliebt? War es damals nicht so, dass er seine Frau nicht verlassen wollte, weil seine Gefühle für mich nicht ausgereicht hatten? Und jetzt redete er so? Ich verstand die Welt nicht mehr und war durch seine Reaktion sehr verletzt. Aus heutiger Sicht weiß ich, dass er recht hatte. Ich war einzig darauf aus, meine Sucht zu befriedigen, und er kam mir gerade recht. Ich wollte ihn quasi benutzen und das ließ er nicht zu.

Ich konzentrierte mich wieder auf die Suche nach einem Dom. Es dauerte auch nicht lange, und die Annoncen im Internet fruchteten, die Zuschriften waren sehr nett, und ich traf mich mit dem einen oder anderen auf einen Kaffee.

50

Dann traf ich Martin. Er sah gut aus, war gebildet, sehr nett und hatte eine tiefe, sonore Stimme. Wir verabredeten uns für ein erstes richtiges Date in einem Hotel bei Potsdam. Es war enorm aufregend, und er bemühte sich sehr, keinen meiner Wünsche unerfüllt zu lassen. Er fesselte mich, klammerte, wachste und nahm mich, nur fehlte mir das Demütigen sehr. Ich konnte ihn irgendwie nicht wirklich als meinen Dom akzeptieren, er war einfach zu nett.

Nach unserem Treffen schrieb ich ihm das auch und hoffte, dass sich das beim nächsten Mal ändern würde. Gefühlsmäßig war da nichts, aber ich wusste, dass sich das schneller ändern kann, als einem lieb ist, deshalb akzeptierte ich das erst einmal so. Martin bereitete mich also darauf vor, seine richtige Sklavin zu werden, mit Vertrag und allem Drum und Dran. Wir waren gerade in der Ausarbeitung, da meldete sich wieder jemand, von dem ich mich eigentlich verabschiedet hatte - Carsten.

Ich konnte es nicht fassen, da hatte ich endlich jemanden gefunden, der ihn eventuell ersetzen konnte, und was passierte? Carsten wirbelte wieder einmal alles durcheinander. Ich schrieb ihm, dass ich kein *ab und an mal Treffen* möchte, sondern dass ich einen richtigen Dom brauchen würde, mit Vertrag, Erziehung und regelmäßigen Treffen. Wenn er das nicht endlich auf die Reihe bekäme, würde ich Martins Vertrag unterschreiben und mich auch daran halten. Ich setzte ihm also die Pistole auf die Brust und wartete, wie er reagiere würde. Wie dumm ich doch war, wie unerfahren und wie einfältig. Ich dachte unentwegt nur daran, was ich wollte.

Carsten war natürlich einfach *der* Dom schlechthin, bisher konnte ihm niemand das Wasser reichen und ich hatte Gefühle für ihn. Aber er war auch sehr sprunghaft und wechselte oft seine Meinung aber brauchte ich das nicht auch? *Komm her – geh weg!* Dagegen erschien mir der ruhige, gediegene Martin beinahe langweilig. Es passierte irgendwie nichts Neues, alles war vorhersehbar. Abgesehen davon war von Erziehung nichts zu merken, und seine Dominanz ließ auch zu wünschen übrig, er schien zu viel Respekt vor mir zu haben. Sicher war, dass es keinen Tag gab, an dem ich nicht an Carsten dachte und nun hoffte ich also inständig, dass er endlich den Schritt wagen und sich ganz auf mich einlassen würde. Ich schwankte hin und her, denn Carsten hatte schon zu oft »Hier!« geschrien und dann in letzter Sekunde wieder einen Rückzieher gemacht. Bestimmt würde er auch dieses Mal nicht zu seinen Neigungen stehen. Und wenn er es versuchen würde, kurze Zeit später würde er ohnehin wieder mit seinem Gewissen kämpfen, und ich dumme Kuh würde wieder den Kopf verlieren und leiden. Nein, ich glaubte, mit Martin würde ich da auf der sicheren Seite sein. Aber wollte ich denn Sicherheit? Ich schrieb Carsten diese Gedanken und telefonierte anschließend lange mit ihm. Vielleicht war er gekränkt, weil ich nicht himmelhochjauchzend »Hurra!« schrie, aber er akzeptierte es. Ich war bei klarem Verstand und war nicht bereit, mir wehtun zu lassen. Dass ich Martin kennengelernt hatte, war gut und bewahrte mich in diesem Moment davor, meine Gefühle für ein flüchtiges Abenteuer mit Carsten zu verletzen. Ob das allerdings richtig war, weiß ich bis heute nicht. Vielleicht hatte ich mir auch jede Chance auf eine Zukunft mit Carsten genommen.

Ich traf mich wieder mit Martin, und es war sehr schön, anders als mit Carsten, aber schön. Er fesselte mich und band mir eine Leine um den Hals, so, dass ich je nach Bewegung meine Luftzufuhr selbst regulieren konnte, was sehr erregend war. Es war einfach rundum stimmig, nur fehlte mir mal wieder das Gefühl. Aber Martins klare sachliche Art hatte auch was für sich, so bestand wenigstens keine Gefahr, mich zu verlieben, denn das hatte mir in der Vergangenheit nur Schwierigkeiten gebracht. Was mich an ihm störte, war, dass er mich trotz Verabredung immer lange, warten ließ. Es war nicht böswillig, doch es verletzte mich. Ich schrieb ihm das und er versprach, sich zu bessern.

Es vergingen ein paar Wochen, und die nächste Verabredung mit Martin stand vor der Tür. Doch leider fiel sie dann ins Wasser, da er am nächsten Tag in Urlaub fahren wollte. Er hatte weder den Nerv noch die Zeit für eine Session. Ich hatte mich so sehr darauf gefreut, mich innerlich darauf eingestellt, und er ließ mich einfach sitzen. Das bockige Kind in mir war sauer, beleidigt und frustriert. Ich nahm mir Zeit für ihn und er ließ mich wieder warten, er sagte sogar ganz ab.

Am Montag drauf traf ich Carsten im *Yahoo-Messenger*, und es entbrannte wieder einmal mal unsere alte Grundsatzdiskussion. Das Loch, in das ich einfach so aus heiterem Himmel fiel, war tief, ich konnte keinen klaren Gedanken mehr fassen. Hätte er mich gefragt, ob ich auf der Stelle alles für ihn aufgeben würde, ich hätte ja gesagt. Er kam letztendlich zu dem Schluss, dass er mich nie wieder nach einem Treffen fragen würde, da ich danach immer tiefer fallen würde. In mir brach eine Welt zusammen, alle Hoffnungen, die ich noch in mir trug, stürzten in sich zusammen. Dass es vorerst keine Session mehr geben würde, damit hatte ich mich schon beinahe abgefunden. Aber nicht einmal mehr ein harmloses Treffen? Er kannte mich einfach zu gut, und er verzichtete mir zuliebe auf die Chance, seine Bedürfnisse erfüllen zu können. Weh tat mir, dass er meinte, es hätte *›schon Schwächere vor mir gegeben, die es geschafft hätten, ihn nicht mehr zu lieben‹*. Denn es zeigte, dass er nicht annähernd so viel für mich empfunden hatte wie ich für ihn. Für ihn war ich nur eine von vielen. Ich litt und wollte auch leiden, ich wollte trauern um die Liebe, die ich ihm geben wollte und die er nicht annahm. Er konnte doch mit seiner Kleinen glücklich werden, aber er sollte mir erlauben, ihn zu lieben. Sicher, bei klarem Verstand betrachtet würde ich mich dadurch selbst zerstören. Und ja, er konnte mir zeitlich nicht annähernd das geben, was Martin mir geben konnte, aber dennoch tat es unendlich weh.

Warum durfte ich nicht glücklich sein? Warum war es so verdammt schwer, die in mir entdeckten Neigungen auszuleben? Meine Gedanken drehten sich im Kreis, und meine Verlustängste kamen voll auf ihre Kosten, ich badete im Selbstmitleid. Es dauerte Tage, da rauszukommen, und ich weiß bis heute nicht, ob ich damit mehr kaputtgemacht habe als mit irgendetwas anderem. Ich dusselige Kuh konnte mal wieder nicht genug bekommen, konnte mich nicht mit dem zufriedengeben, was ich hatte, und musste nun mit den Konsequenzen leben. Carsten zog sich zurück. Er antwortete nicht mehr auf meine SMS oder Mails und war nicht mehr im Messenger erreichbar. Nicht dass ich ihn nervte, aber ich guckte schon ab und an nach einer Nachricht von ihm, leider ohne Erfolg. Als ich wieder halbwegs bei klarem Verstand war, schrieb ich ihm eine Mail und schlug vor, dass wir wenigstens gute Freunde bleiben sollten. Er nahm es an.

Nun hatte ich also fast alle Brücken hinter mir abgebrochen, Dirk und auch Carsten waren Vergangenheit, Martin schon längst. Wenn es jemand hätte verhindern können, dass ich immer noch an Carsten hing und mich nicht lösen konnte, dann war das Martin. Würde ich je den Mann meines Lebens treffen, den ich vorbehaltlos lieben durfte und der mir das gab, was ich brauchte? Oder würde ich nur Männer lieben können, die ich nicht haben konnte? War das meine Bestimmung?

Dann trat Rob in mein Leben. Er schrieb mich im *Yahoo-Messenger* an, war sehr sympathisch, ließ mich gar nicht zu Wort kommen, er überrumpelte mich einfach. Rob war gebürtiger Österreicher, der aber in Leipzig wohnte. 1,94 Meter groß, blond und offen, die Fotos waren sehr ansprechend, domiger konnte kein Dom aussehen. Als ich das erste Mal mit ihm telefonierte, war es um mich geschehen - dieser Dialekt. Ich floss nur so dahin, wollte nur noch seine Stimme hören, dieser Tonfall, überhaupt alles. Er hätte mir auch aus der Zeitung vorlesen können, Hauptsache, ich konnte ihm zuhören. Unsere Mails wurden immer heftiger, er hatte Erfahrung und heizte mich mächtig an, ich konnte keinen klaren Gedanken mehr fassen. Das Schlimme war, dass er andauernd von Bestimmung und Gleichstellung der Sterne (Astrologie) redete. Er signalisierte mir in jedem Augenblick, dass wir füreinander bestimmt wären und perfekt zueinanderpassen würden. Er packte mich genau bei den Dingen, für die ich empfänglich war. Abgesehen davon sah ich ja selber unsere Gemeinsamkeiten, die Gedankenübertragung zwischen uns. Schließlich war er nur fünf Tage vor mir geboren. Wir trafen uns ein paar Tage später in Berlin, das heißt, er kam nur für zwei Stunden aus Leipzig, um mich kennenzulernen. Der erste Eindruck war wirklich nett, er war mächtig nervös, doch es wurde ein wunderschöner Nachmittag. Als er wieder wegfuhr, musste ich erst mal alle Eindrücke sortieren, es war einfach zu viel für mich.

Am nächsten Tag stand für mich eindeutig fest, dass *er* genau der Richtige war. Wir mailten, simsten und telefonierten, was das Zeug hielt, es war ein Rausch der Gefühle. Selbst als er für zehn Tage in Frankreich Urlaub machte, gab es keinen Tag, an dem wir nicht Kontakt hatten, im Gegenteil, es wurde immer heftiger. Als er dann wiederkam, fuhr ich an einem Dienstag nach Leipzig. Die Zugfahrt war angenehm, aber ich war furchtbar aufgeregt. Was würde mich erwarten? Und dann stand er da, groß und kräftig. Er nahm mir ziemlich schnell die Nervosität und der kurze Weg vom Bahnhof zu seiner Wohnung gab mir die nötige Zeit um mich zu sammeln. Als wir bei ihm waren, fackelte er nicht lange, verband mir die Augen, fesselte mir die Hände und begutachtete meine Unterwäsche. Er streichelte mich überall und flüsterte mir mit seinem unverwechselbaren Dialekt ins Ohr:

»Ich will dich!«

Mir lief ein Schauer nach dem anderen über den Rücken, ich war mehr als bereit für ihn. Er führte mich die Treppe in seiner Maisonette-Wohnung nach oben, zog mich aus, legte mich aufs Bett und nahm mich, was das Zeug hielt. Danach stellte er mich gefesselt, wie ich war unter die Dusche, seifte er mich ein und massierte mich zärtlich. Ich fühlte. Und wie ich fühlte. Als er mich abgetrocknet hatte, geleitete er mich ins Schlafzimmer zurück und fesselte mich mit einem langen Strick, sodass ich mich kaum noch bewegen konnte. Aber auch ein Strick zwischen den Beinen konnte mich nicht daran hindern, heftig unter seiner Ganzkörpermassage zu kommen. Nachdem er mich wieder ausgewickelt hatte, nahm er mich erneut, es war einfach nur wild und hemmungslos.

Dann war Entspannung angesagt, mit einem warmen Bad und Champagner - und zwar Echtem! Es war wunderschön, wir unterhielten uns sehr geistreich, schließlich war er Doktor, und lachten viel und albern herum. Draußen schien die Sonne und wir entschlossen uns, auch unserem Magen Befriedigung zu verschaffen, und zwar in seinem Stammlokal direkt an einer kleinen Kirche. Es war traumhaft, leckeres Essen, wunderschöne Musik von einem Querflötenspieler, nette Konversation. Insgesamt kann ich nur sagen, »ich habe selten so einen schönen, aufregenden und geilen Tag gehabt wie diesen, und ich hoffte, noch viele davon erleben zu können.«

Ich hatte schon vorher gewusst, dass sich unser Austausch in Form von SMS, Mails und Telefonaten reduzieren würde, aber insgeheim hoffte ich doch, dass es diesmal anders sein würde. Aber nein, meine Vermutung bestätigte sich mal wieder, die SMS nahmen ab, die Mails wurden weniger und die Telefonate einsilbiger. Es muss wohl am Hormonspiegel der Männer liegen. Bis, ja, bis zu jenem Wochenende.

Ich war mit meinem Sohn allein zu Hause und nutzte jede Gelegenheit und sämtliche Medien, um bei Rob zu sein. Es muss ihn sehr gestresst haben, denn am Montag kam sein Warnschuss. Er eröffnete mir, dass er mir momentan nicht das geben konnte, was ich gern von ihm hätte. Kam mir das nicht bekannt vor? Er würde im Moment den Kopf voll haben, da er auf einen entscheidenden Anruf wartete, der ihn beruflich in einem halben Jahr nach München verschlagen würde. Bis dahin wollte er keine Beziehung anfangen und auch keine gefühlsmäßige Bindung eingehen. Mir wurde klar, dass er sich genau deshalb nie um mein Leben gekümmert hatte - er hatte einfach Angst, sich zu sehr auf mich einzulassen. Um mich davor zu bewahren, mich in ihn zu verlieben oder mir auch nur Hoffnungen auf etwas anderes als eine Spielbeziehung zu machen, könne er mir nur raten, kürzerzutreten. Was bitte sollte ich davon halten?

Über mir brach wieder mal alles zusammen. War das nicht fast derselbe Wortlaut, den ich auch schon von Carsten gehört hatte? Warum hatten alle Männer ein Problem damit, emotionale Nähe zuzulassen? Ein halbes Jahr war eine lange Zeit. Ich muss doch erst einmal etwas probieren, bevor ich weiß, ob mir schlecht davon wird. Es fühlte sich einfach nur erbärmlich an, warum wollten mich immer alle davor bewahren, Gefühle zuzulassen? Ich hatte doch so viel davon, warum wollte sie niemand? Sicher war es fair von ihm, von vornherein mit offenen Karten zu spielen, aber wieso konnte er nicht Gefühle auf Zeit investieren? Weil es wehtun würde, wenn man irgendwann erkennt, dass die Zeit abgelaufen ist? Aber würde das nicht aufgewogen werden mit der schönen Zeit, die man miteinander haben könnte? Irgendwie kam ich mir vor wie von einem anderen Planeten. Wieso waren meine Vorstellung so anders als die der anderen? Ich bekam keine dieser Fragen beantwortet, von wem auch? Ich fühlte mich unverstanden und zerfloss mal wieder in Selbstmitleid. Dieses Gefühl verließ mich die ganze Zeit nicht.

Wir hatten noch einen wunderschönen Tag miteinander, er war fast identisch mit dem Ersten. Und auch ein dritter Tag kündigte sich an. Wir telefonierten zwischenzeitlich, aber die Gespräche reduzierten sich nur auf Sex, seinen neuen und seinen alten Job sowie auf seine dahin gehende emotionale Verfassung. Ich erzählte immer weniger von mir, er war zu sehr mit sich selbst beschäftigt. Es tat sehr weh, vor allem weil ich eine Ahnung davon hatte, wie sehr wir zusammenpassten. Wie glücklich hätten wir miteinander werden können, wenn die Umstände anders gewesen wären. Es war von Anfang an ein Gefühl da, diesen Menschen, den ich gerade erst kennengelernt hatte, schon ewig zu kennen. Wir hatten sofort einen Draht zueinander, hatten viel gemeinsam und konnten über Gott und die Welt reden. Es war zeitweilig, als wenn ich in einen Spiegel sah. Als Dom war er von jedem etwas, von zart bis hart und ebenso der Kuscheldom.

Das Leben ist manchmal richtig hart. Eines Tages rief er mich an und eröffnete mir, dass er schon Anfang Dezember nach München gehen würde. Es war Mitte Oktober, somit hatten wir nur noch eineinhalb Monate. Da ich nur jede zweite Woche einen freien Tag hatte, konnte ich auch nur alle 14 Tage zu Rob fahren. Also würden wir uns lediglich noch ein paar Mal sehen können.

Mir war ständig schlecht, vor allem, weil von ihm nichts kam, er hielt sich an die Tatsachen, und die hörten sich für mich alles andere als gut an!

Ich habe ihm zum Abschied dieses Gedicht geschickt:

Ich bin traurig ...

... weil ich weiß, du musst bald gehen,

und wir uns vielleicht nie wieder sehen.

... weil ich bald wieder allein bin mit meiner Lust,

und ja, ich hab's von Anfang an gewusst.

... weil ich dir nie werde alles von mir geben können,

und die Zeit nur noch so kurz ist zum Verwöhnen.

... weil für dich ein neues Leben beginnt,

und leider immer nur einer gewinnt.

... weil ich weiß, du wirst ohne mich glücklich werden,

und wieder wird ein Teil von mir sterben.

... weil wir doch eigentlich zusammengehörten

und uns laut den Sternen sogar die Ewigkeit schwörten?

... weil man immer nur einen Abschnitt im Leben zusammen hat,

Und vielleicht bin ich einfach auch nur ein Nimmersatt?

... weil ich mich nie durfte in dich verlieben,

und das wär sicher passiert, wärst du noch geblieben.

... weil du geliebt zu werden einfach verdienst,

und ich das nicht sein werd, du jemanden anderen dafür gewinnst.

... weil du mich nie richtig kennenlernen wolltest

Da stand ich mal wieder und versank im Selbstmitleid. Wieso durfte ich nicht glücklich sein? Ich dachte viel über mein Leben nach. Was wollte *ich* überhaupt, was war damals, vor zwei Jahren passiert, als ich aus der Beziehung zu Jochen ausbrach und durch Zufall Carsten und meine Neigungen kennenlernte? Konnte und wollte ich so weiterleben, meine Neigungen immer nur heimlich ausleben, oder sollte ich endlich den Mut aufbringen und Nägel mit Köpfen machen? Sollte ich meine inzwischen rein freundschaftliche Beziehung zu Jochen beenden und mir einen Dom suchen, der zu mir passte? Waren das eine zu idealistische Vorstellung oder war es machbar? Wenn nur jemand da gewesen wäre, der mich an die Hand genommen und mir den Weg gezeigt hätte. Doch da musste ich allein durch, obwohl ich bei Jochen ein recht angenehmes Leben hatte. Er ließ mir meine Freiheiten und war immer da, wenn ich ihn brauchte. Ich drehte mich im Kreis und hoffte auf einen Wink von außen. Mit Carsten stand ich immer noch in Kontakt, wir chatteten ab und an und hatten sogar das eine oder andere Mal Cybersex. Mittlerweile war mir klar, dass es mit ihm nie etwas Ernsthaftes hätte werden können. Er war eine Affäre und sollte es wohl auch immer bleiben. Für meine emotionale Abhängigkeit von ihm hatte ich eine gute Erklärung gefunden:

Der Ursprung meiner Verlustängste liegt wohl in einer uralten Angst, von der ich nicht weiß, woher sie kommt. Ich befürchtete, wenn ich diesen Menschen ziehen lasse, würde ich womöglich für immer allein sein und nie mehr meine Bedürfnisse befriedigen können. Nie wieder würde ich das erleben dürfen, was das Leben bisher so lebenswert machte.

Da ich dank Rob gelernt hatte, dass ich sehr wohl viele Dinge in abgewandelter Form auch mit jemand anderem erleben konnte, war ich auf dem besten Weg, diese Angst zu besiegen. Zusammenfassend hatte ich also Carsten kennengelernt, um meine Neigungen zu entdecken, und Rob, um aus der emotionalen Abhängigkeit von Carsten herauszukommen. Aber wie nun weiter?

Ich ließ das Erlebte Revue passieren:

Jeder Tag ist anders, jeder Tag ist neu,

worüber ich heute weine, ist, worüber ich mich morgen freu.

Warum muss man sich immer entscheiden,

wenn man das eine nimmt, muss das andere leiden?

<u>Vorgestern</u> war noch in Ordnung die Welt,

es lief so dahin, eben wie bestellt,

doch das war an der Oberfläche nur,

zwei Leben zu haben, hinterlässt immer eine Spur.

<u>Gestern</u> wieder wollt ich alles beichten ihm,

ihm sagen: Ist doch alles nicht so schlimm.

Doch wie soll es danach weitergehen,

kann er mir dann noch in die Augen sehen?

<u>Heute</u> bin ich stark, sag, ich kann ohne SM leben,

werde einfach nach anderen Dingen streben.

Aber es bricht mir das Herz, wenn ich daran denk

und meine Gedanken auf die wunderschönen Stunden lenk.

<u>Morgen</u> ist wieder ein neuer Tag,

und ich weiß, dass ich mich wieder von neuem frag,

Ich gewöhnte mich recht schnell an den Gedanken, dass Rob nun auch nicht mehr da war, ich konnte mich schließlich lange genug darauf vorbereitet. Wir hatten noch einen wunderschönen gemeinsamen Tag miteinander und verabschiedeten uns für dieses Leben.

Und dann entschied doch jemand für mich, es war Jochen.

Ich musste mir an meinen freien Tagen jedes Mal eine Ausrede einfallen lassen, damit Jochen nicht mitbekam, dass ich mich mit Rob traf. Ich schob also vor, arbeiten zu sein, obwohl ich nach Leipzig fuhr. Bisher hatte das auch immer geklappt, aber ausgerechnet bei diesem letzten Treffen wollte Jochen mich von der Arbeit abholen. Er fragte per SMS, wann ich denn Feierabend hätte, da er in der Nähe wäre. Mich traf der Schlag, denn ich saß gerade im Zug von Leipzig nach Berlin. Ich dachte, es müsste mich zerreißen, denn was, wenn ich auffliegen würde? Ich konnte ihn gerade noch vertrösten, dass ich hätte früher gehen können und nun schon in der S-Bahn säße. Er fuhr mir also hinterher, und ich erwischte ihn um Haaresbreite, indem ich ihm quasi entgegenfuhr.

Das war dann zu viel des Guten, irgendetwas musste sich ändern. Die Situation mit Jochen war mehr als unbefriedigend, er wollte sich nicht auf meine Bedürfnisse einlassen, wir waren wieder genau dort, wo wir vor zwei Jahren schon einmal waren. Er zog stur seine Egotour durch und ließ mich links liegen. Es musste sich etwas gravierend ändern! Ich dachte viel nach und fasste einen Entschluss: Nur eine

Trennung von Jochen würde mir inneren Frieden geben. Was war passiert? Mir wurde langsam bewusst, dass jeder, der nach Rob kommen würde, auch wieder gehen würde. Ich würde mich nie ganz auf jemanden einlassen können, würde immer vorher die Notbremse ziehen, oder aber mein Gegenüber würde es tun, so wie Carsten. Und realistisch betrachtet ist eine Beziehung, in der einer von beiden fremdgeht, sowieso zum Scheitern verurteilt. Ich tat das nun schon seit zwei Jahren, der anfängliche Reiz war weg. Nüchtern betrachtet konnte ich immer nur der Verlierer sein.

Auch ein Gespräch mit meiner Chefin, die mir auf meinen Versetzungswunsch hin vorhielt, nur fliehen zu wollen, öffnete mir die Augen. Sie hatte recht, Flucht erscheint im ersten Moment die einfachste Lösung, aber es bringt einen nicht weiter, man muss sich den Schwierigkeiten stellen. Genauso wie im Beruf musste ich auch privat der Realität ins Auge sehen. Doch woher sollte ich die Kraft dafür nehmen? Beruflich waren die Würfel gefallen, ich musste in den sauren Apfel beißen und mich dort, wo ich war, beweisen und privat wollte ich es. Denn nüchtern betrachtet würde die Wirkung einer neuen Affäre nur kurzfristig anhalten. Langfristig würde ich immer unglücklich sein. Die Beziehung zu Jochen war nur noch ein Müllhaufen, wir lebten wie in einer WG, sprachen nur noch übers Wetter und hatten keinerlei Gemeinsamkeiten mehr. Jeder von uns beiden ging seiner Wege. Genau genommen war ich schon seit Jahren Single und dank eines Entgegenkommens meiner Bank konnte ich das jetzt auch wirklich werden, denn dadurch war ich auch finanziell unabhängig.

Wie viel hatte ich schon gelitten, musste meine Bedürfnisse heimlich ausleben, habe an eine bessere Zukunft geglaubt, aber sie kam einfach nicht. Selbst unser gemeinsames Ferienhaus wurde langsam aber sicher zu seinem, er ließ mich kaum noch am gemeinsam geplanten Umbau teilhaben, zog alles im Alleingang durch und beschwerte sich dann, dass ich mich nicht beteiligte. Wie ich es machte, war es verkehrt, es war zum Haareraufen. Er sollte aber noch das Zimmer meines Sohnes renovieren, was er ihm schon vor einem Jahr versprochen hatte und danach wollte ich dann die räumliche Trennung vollziehen. Mein Entschluss stand fest, es war traurig, aber unumgänglich.

Zu meinem Erstaunen war Rob, nachdem ich ihm von meinen Plänen ansatzweise berichtete, schlagartig wieder da. Er beichtete mir, dass er einen ganz anderen Eindruck von mir gehabt hätte und er sich einfach verboten habe, mich als eventuelle Lebenspartnerin in Betracht zu ziehen. Auch meine letzten Mails hätten bei ihm diesen Eindruck hervorgerufen. Somit wäre ich für ihn bisher nur als Spielpartnerin infrage gekommen, nun aber würde sich ja alles ändern. Wir telefonierten viel und schrieben Mails, ich hatte das Gefühl, dass da jemand für mich war, auch wenn er sich nicht direkt einmischte. Sicher, die Entfernung München-Berlin würde die Sache nicht gerade vereinfachen, aber ich konnte so erst mal mein Leben sortieren, mich wieder meinem Sohn widmen und die Wochenenden eventuell mit Rob verbringen. Also eine lockere Beziehung ohne Verpflichtungen, in dieser Situation war das vielleicht das Beste. Es war zwar nur ein Strohhalm, aber besser als gar nichts. Es war eine schwierige Zeit, in der es zu Hause viele Diskussionen gab. Jochen war wie ein Pulverfass, man wusste nie, wann und wo er explodierte. Mal ging er mir aus dem Weg, dann wich er nicht von meiner Seite und am nächsten Tag suchte er Streit. Es ging sehr an die Nerven. Was mich aber am meisten traf, war, dass er meinen Sohn wie Luft behandelte. Er redete in seiner Anwesenheit über ihn, ignorierte seine Wünsche und Bedürfnisse und maulte nur noch mit ihm rum. Es tat weh, aber bestärkte mich nur noch mehr in meiner Entscheidung.

Um mich selbst unter Druck zu setzen, setzte ich mir ein Ziel. Das erste Mai-Wochenende wollte ich mit Rob in Paris, Wien oder wo auch immer verbringen und bis dahin wollte ich zu Hause reinen Tisch machen. Und dann kam mal wieder alles anders. Mein Geburtstag war schrecklich, wir hatten Gäste geladen und Jochen kümmerte sich um nichts - schließlich seien es meine Gäste, so gab er mir zu verstehen. Ich war stinksauer, und als er mich fragte, was ich denn hätte, wusste ich, das war's. Nach neun gemeinsamen Jahren waren es immer noch meine Gäste, und er merkte nicht mal, wie verletzend das auf mich wirkte.

Am nächsten Abend fasste ich mir ein Herz und eröffnete ihm, dass ich so nicht mehr weiterleben könne, dass das kein gemeinsames Leben sei und ich daran kaputtgehen würde. Er tat, als wenn er aus allen Wolken fallen würde, gab vor, nichts zu verstehen. Die folgende Woche war sehr kraftraubend, ich versuchte ihm immer wieder zu erklären, dass ich an einem Punkt angekommen war, an dem ich etwas ändern müsste. Woher sollte ich all die Kraft nehmen, für die Arbeit, für meinen Sohn und auch die Kraft um mit Jochen zu kämpfen. Wenn er das nicht verstehen wollte, bitte, das war dann sein Problem. Er jammerte, bemitleidete sich und versuchte mich von einem Neuanfang zu überzeugen. Aber diesmal wollte ich hart bleiben, wir hatten vor zwei Jahren schon einmal einen Neuanfang gewagt und der war gründlich in die Hose gegangen. Irgendwann musste er dann verstanden haben, worum es mir ging, denn er eröffnete mir, dass er ausziehen würde. Mir fiel ein Stein vom Herzen.

Dass es nicht viel war, was er nach unseren neun gemeinsamen Jahren mitnehmen würde, wurde ihm beim Auszug erschreckend bewusst. Er brauchte keine drei Tage und nahm nur den Fernseher mit - mehr gehörte ihm nicht! Anfangs war genau dies für uns beide sehr hilfreich, schließlich kamen wir beide aus gescheiterten Beziehungen und wussten zu gut, wie nervenaufreibend es sein kann Gemeinsames auseinanderzudividieren. Deshalb hatten wir auch die ganze Zeit über kein gemeinsames Konto und strikt getrennte Kassen. Doch, nach neun miteinander verbrachten Jahren sollte schon mehr an Gemeinsamkeiten da sein als nur ein Fernseher. Ich habe mir im Übrigen nie wieder einen angeschafft!

IV

Dann fing mein neues Leben an. Ich las viel, hörte gute Musik, lag stundenlang in der Badewanne und chattete, wann immer ich Lust dazu hatte, egal ob tags oder nachts. Ich unternahm viel mit meinem Sohn und traf mich mit Freundinnen. Kurz darauf passierte etwas sehr Witziges. Eine Kollegin von mir hatte eine Begegnung der dritten Art, denn eine Kundin hatte den gleichen Ring wie ich an. Sie kreischte sie gleich an:

»Sie haben ja den gleichen Ring wie meine Kollegin, na das ist ja komisch, wo der doch eine Einzelanfertigung war, und von uns ist der auch nicht.«

Sie erzählte mir nichts davon, aber ein paar Tage später hatte ich genau diese Kundin am Telefon, und sie sprach mich gleich darauf an, ob ich die Kollegin wäre, die ihren Ring anhätte. Mir wurde heiß und kalt, ich wusste natürlich, dass sie den *Ring der O* meinte, den ich seit über zwei Jahren täglich trug. Es war sowieso ein Wunder, dass mich bis dahin noch nie jemand darauf angesprochen hatte. Am nächsten Tag kam sie in den Laden und wir verabredeten uns auf einen Kaffee. Simone, so hieß sie, war wirklich sehr nett. Ich fasste schnell Vertrauen zu ihr und schüttete mein Herz aus. Sie hörte zu und gab mir Tipps, unter anderem auch einen Link für ein Berliner BDSM-Forum. Endlich hatte ich Gelegenheit, Berliner BDSMler kennenzulernen und dieses Forum war das Paradies dafür. Ich hatte mich dort kaum registriert und erst ein paar Zeilen geschrieben, als ich die ersten Mails und PN's bekam, die mir anboten, mich in diverse Nachtclubs zu begleiten. Der Admin des Ganzen fackelte auch nicht lange und holte mich an einem Abend ganz spontan ab und chauffierte mich in eine dieser besagten Bars. Es war wirklich sehr aufregend, die ganze Umgebung, die Leute. Ich sah Transen, Subs und Doms, aber es gab auch einen bitteren Beigeschmack. Diese Bar befand sich unmittelbar neben dem Pärchenclub, den ich mit Carsten damals besucht hatte, unserem Club. Sollte wieder alles da enden, wo es begonnen hatte?

Wie gern hätte ich an diesem Abend Carsten bei mir gehabt, wie gern hätte ich ihm gezeigt, wie mutig ich war und wie gern hätte ich ihm bewiesen, wie wertvoll unsere Beziehung war. Aber es sollte nicht sein, er beschränkte sich immer noch auf Cyberbeziehungen, doch ich wollte das reale Leben, und zwar pur.

Ich buchte einen Urlaub für mich und meinen Sohn, ich musste mal weg von allem. Danach, so nahm mir vor, wollte ich der Reihe nach die einschlägigen Berliner BDSM-Clubs unsicher zu machen, ich war ja nun frei.

Rob hatte ich in meiner Trennungsphase zum Schweigen verdonnert, hätte ich es mal besser dabei belassen. Er ging mir inzwischen mächtig auf den Nerv, hatte ich doch durch dieses Forum gelernt, was der Unterschied zwischen SM- und DS-Beziehungen war. Das, was ich mit Rob hatte, war eine reine SM-Geschichte, meine Devotheit konnte ich mit ihm nicht ausleben. Abgesehen davon konnte ich nicht begreifen, dass er sich so einfache Dinge, wie meine Arbeitszeiten oder den Namen und das Alter meines Sohnes nicht merken konnte - oder wollte. Mittlerweile bereute ich es beinahe, ihm von meinen Trennungsabsichten erzählt zu haben. Aber leider hatte ich ihm schon für geplantes Wochenende am 1. Mai in Salzburg zugesagt. Er wollte bezahlen, und das sollte er bitteschön auch, als Gegenleistung bekam er schließlich *mich*! Ich wollte endlich mein Leben wieder genießen, mich begehrt fühlen, wie ich es früher getan hatte, und meine Freizeit so mit meinem Sohn verbringen, wie ich es wollte. Also kein Mann in meiner Wohnung, aber viele in meinem Leben.

Das Wochenende war nett, aber auch nicht mehr. Entspannung, Wellness in Verbindung mit ein bisschen Sex, also ganz okay. Salzburg war wunderschön, das Hotel traumhaft, nur hatte ich den falschen Mann dabei. Das mit Rob wollte ich nun langsam auslaufen lassen, das Wochenende hatte mir überdeutlich gezeigt, dass er nicht der Richtige war.

Dann erlebte ich etwas, was mir verdeutlichte, wie sich Männer manchmal fühlen müssen. Ich war bei einer Nachbarin zu einer Party eingeladen. Ihre Eltern und die Familienmitglieder waren schon gegangen und es blieben nur noch einige wenige Bekannte übrig. Das Geburtstagskind hatte plötzlich die Idee, sich zu verkleiden, also wurde der Faschingskoffer geöffnet und alle Gäste in sehr erotische und schwer SM-lastige Kleidung gestopft. Ich wollte natürlich nicht hintenanstehen und habe meine Korsage geholt, was eine Menge *Ahs* und *Ohs* hervorrief. Auf die Bemerkung meiner Nachbarin hin, ob ich als Nächstes wohl meine Peitsche zücken würde, bin ich später noch eingegangen und habe sie wirklich von oben geholt. Woraufhin sie mich fragte, warum denn Jochen ausgezogen sei und ich mir die Antwort, »Na, gerade deshalb«, nicht verkneifen konnte. Jedenfalls hat ab diesem Zeitpunkt eine süße dunkelhaarige Mittzwanzigerin heftigst mit mir geflirtet. Als ich ihr meine Telefonnummer gab und sie fragte, ob sie mich mal in einen SM-Club begleiten würde, war sie total begeistert. Kurz darauf gab sie mir zu verstehen, dass nun eigentlich ein Dreier mit ihr und meinem Nachbarpärchen geplant war. Ich packte also schnell meine Sachen, um nicht zu stören. Außerdem fand ich das nicht ganz so spannend. Sie hat sich natürlich nicht mehr gemeldet. So müssen sich wohl Männer fühlen, den ganzen Abend flirten, vielleicht noch rumknutschen und Telefonnummern austauschen, und dann? Nichts mehr.

Bei meinem allerersten Besuch in einen SM-Club begleitete mich mein Bruder. Irgendwie ergab sich mit ihm ein Gespräch darüber, warum ich mich von Jochen getrennt hatte und wie ich mir die Zukunft in Bezug auf Männer vorstellte. Er war sechs Jahre jünger als ich und ziemlich neugierig, sodass er mir anbot, mich in einen Club zu begleiten. Wir trafen uns also in dieser kleinen Bar, es war relativ früh und deshalb noch nicht voll, sodass wir uns in eine Spielecke verziehen konnten, um uns ungestört umzuziehen. Ich hatte einen langen engen Rock an, meine Korsage und die Stiefel, die Carsten so mochte. Nach zwei Kaffee gingen wir dann in den Club, der am Ende der Straße war. Ich war begeistert, die Räumlichkeiten übertrafen meine kühnsten Erwartungen. Es passte einfach alles: gemauerte Wände, Holzbalken und dezente Beleuchtung. Dazu lief, unaufdringliche Hintergrundmusik, es war rundum stimmig. Die meisten Besucher schienen Pärchen zu sein, manche spielten, andere schauten zu und wieder andere unterhielten sich nur. Ich saß da und genoss die Atmosphäre, an Spielen war gar nicht zu denken, auch wenn ich die eine oder andere Einladung erhielt. Es grenzte fast an Reizüberflutung, in einem Käfig standen zwei halb nackte Mädels, die sich streichelten, daneben wurde eine Püppi von einem Dompärchen an einer Art Leiter fixiert und ein Stück weiter kniete eine langhaarige Sub demütig vor ihrem Herrn und nahm Befehle in Empfang. Das alles auf einmal und in dieser Atmosphäre. Ich wollte das alles in mich aufsaugen, wie lange hatte ich nun schon von so etwas geträumt und so hatte ich nicht das Bedürfnis mitzumachen, ich wollte einfach zusehen. Ein Pärchen beeindruckte mich sehr; er war im Anzug, mit Weste und Stock und sie in Schulmädchenkleidung. Sie strahlte eine derartige Demut aus und er solch eine ungeheure Dominanz, dass ich mich an den beiden gar nicht sattsehen konnte. Ihr ganzer Abend bestand nur aus dem Spiel und ich habe nicht einmal gesehen, dass sie sich unterhalten hätten. Am Morgen, gegen halb sechs, sind wir dann gegangen und es wurde immer noch in einigen Ecken gespielt. Ich war hundemüde.

Die ganze Zeit habe ich daran denken müssen, dass dies so etwas wie ein Traum von Carsten und mir gewesen war, es wäre perfekt gewesen. Aber abschließend muss ich sagen, es wäre wirklich keine gute Idee gewesen, wenn er dort mit hingekommen wäre. Er wäre schlagartig wieder der Sucht, die uns schließlich beide gepackt hatte, verfallen. Bei diesen vielen Spielmöglichkeiten und in diesem Ambiente hätte er an allem gezweifelt, was für ihn wichtig war.

Es dauerte nicht lange, bis sich der Nächste ankündigte, um mich unglücklich zu machen. Er mailte mich über *Yahoo Messenger* an, schrieb, dass er Postings im DS-Forum von mir gelesen hätte und mich sehr interessant fände. Wir mailten zwei Tage hin und her, telefonierten lange und trafen uns dann in der kleinen Bar. Dieser Kerl war einfach irre, diese Augen, er verkörperte rein äußerlich einfach alles, was ich mir je erträumt hatte. Er sah aus wie Hugh Grant in jungen Jahren. Wie konnte ein Mensch nur so gut aussehen und noch frei rumlaufen. Schon nach kurzer Zeit fingen wir zu spielen an, er fraß mich regelrecht mit seinen Augen auf und brachte mich, ohne mich zu berühren, dazu, Dinge zu sagen und zu tun, die ich sonst niemals getan oder gesagt hätte. Ich wollte nur noch eines, von ihm berührt und geküsst werden. In dieser Intensität hatte ich so etwas bisher noch nie erlebt. Was mich wunderte, war, dass er mich bei unserem Treffen genau die gleichen Dinge fragte wie am Telefon und in den Mails, als ob er mich nicht zuordnen könnte. Und er sprach immer in der dritten Person davon, was ich mit mir machen lassen würde, nie davon, was er mit mir tun würde – ich verstand es nicht so recht. Der Abend war jedenfalls sehr aufregend, und ich wollte am nächsten Tag, aufgrund der Entwicklung mit einem weinenden und einem lachenden Auge, in den Urlaub fliegen.

Mein Urlaub war sehr schön, entspannend und wohltuend, und doch musste ich immer wieder an »*meinen Hugh Grant*« denken. Leider beantwortete er meine SMS anfangs nur sehr spärlich und schließlich gar nicht mehr, sodass ich es aufgab. Trotzdem freute ich mich auf meine Rückkehr nach Hause, denn dann würde ich ihn endlich wiedersehen.

Kaum war ich wieder in Berlin, meldete ich mich sofort bei ihm und bekam nur eine sehr kurze und knappe Rückantwort. Abends war er endlich bei *Yahoo* online und wir konnten ungestört reden. Ich fragte ihn, was denn nun mit uns beiden werden sollte, ob es so etwas wird wie, »Mal sehen, wann wir uns irgendwo treffen, vielleicht irgendwann mal«, oder, »Eigentlich bin ich nicht dein Typ, aber es ist gerade nix Besseres da.« Er meinte, er denke nicht, dass es eine richtige Beziehung werden könne, es wäre aber auch nicht ein Akt aus Langweile. Tolle Aussage. Irgendwann rückte er aber dann mit der Sprache heraus, und teilte mir mit, dass er schon eine Sub hätte und er würde nur Abwechslung und Abenteuer suchen. Ich war echt platt. Was bildete dieser Kerl sich nur ein? Im nächsten Satz hatte er mich schon wieder um den Finger gewickelt. Verflucht. Eigentlich wollte ich doch überhaupt niemanden kennenlernen, und dann kreuzte dieser gut aussehende, mich sofort durchschauende Typ auf. Ich wusste sofort, das gibt bald wieder Tränen. Zum Glück war ich am Abend darauf mit Simone in der kleinen Bar verabredet, so würde ich wenigstens jemanden zum Reden haben. Doch leider sagte sie in letzter Sekunde ab und so nahm ich all meinen Mut zusammen und ging alleine hin.

Ich wusste, dass *er* auch da sein würde, aber zu meiner Überraschung war er nicht alleine, sondern mit seiner Sub gekommen. Ich konnte kein Auge von ihm lassen, so gut sah er aus. Wenn er nur alleine gewesen wäre! Er stellte sie mir als Areia vor und wies mich darauf hin, dass er mit Ares angesprochen werden möchte. Ich fand das zwar affig, tat ihm aber den Gefallen. Ares' Sub war wirklich sehr eigenartig, sie stand den ganzen Abend wie ein Schatten neben ihm. Sie sah sehr schön aus, aber redete kaum ein Wort. Er beachtete sie kaum, irgendwie war das äußerst merkwürdig und ich konnte es nicht einordnen. Ich unterhielt mich mehr recht als schlecht mit zweien seiner Freunde, sie waren zwar beide sehr nett, aber ich kannte sie kaum. So war ich wohl alles andere als locker und hielt meine Tasche fest, als ob sie einer klauen wollte, was zur allgemeinen Erheiterung beitrug und mir noch Jahre später aufgetischt wurde. Als einer seiner Freunde dann in den Club gehen wollte, nutzte ich die Gelegenheit, um aus dieser blöden Situation herauszukommen, und ging mit ihm. Ich war wütend auf Ares und fühlte mich schrecklich allein. Warum war er an diesem Abend mir gegenüber so ignorant? Ich hatte mich so auf ihn gefreut, und er ließ mich einfach links liegen. Im Club fragte meine unfreiwillige Begleitung mich, ob es okay wäre, wenn er mich allein lassen würde, und ich bejahte das todesmutig. Kaum war er weg, wurde ich regelrecht umzingelt, ich wusste gar nicht mehr, wo ich hingucken sollte. Selbst als ich eine Runde drehte, ist mir einer hinterhergeschlichen. Irgendwann hat's mir dann gereicht, ich sagte meiner Begleitung noch schnell Bescheid und sah zu, dass ich Land gewann. Das war wohl nicht mein Tag. Natürlich lauerte an der Tür schon einer auf mich und folgte mir bis zur kleinen Bar, er textete mich zu und ließ sich nicht abwimmeln. Ich fühlte mich wie Freiwild. Zum Glück waren Ares und seine Areia noch da und brachten mich zur nächsten S-Bahn. Ich schwor mir, allein würde ich nie mehr in den Club gehen!

Was das mit Ares und mir sollte, konnte ich nicht einschätzen, wir chatteten, simsten und telefonierten fast täglich, was mir nun wirklich nicht unangenehm war. Ich nahm es mit, er sah umwerfend aus, hatte eine wahnsinnige Ausstrahlung und schien SM-technisch perfekt auf mich zugeschnitten zu sein. Das merkte ich auch an Kleinigkeiten. Wenn ich früher mit jemandem gechattet hatte und zwischendurch mal eine rauchen wollte, hatte der andere es immer hingenommen und gewartet. Ares aber meinte nur: »Du musst ja wissen, was dir wichtiger ist«, und prompt ließ ich die Zigarette sein. Auch wenn ich etwas nicht tun oder sagen wollte, setzte er mich sofort unter Druck, indem er das Telefonat sofort beenden wollte.

Große Hoffnungen auf mehr machte ich mir nicht, er war schon ein Jahr mit seiner Areia zusammen und hatte sie auch in seinem Profil bei der *Sklavenzentrale*, die alle nur kurz als *SZ* bezeichneten, als seine Sub verlinkt. Ich wartete ab, zumal ich von Beziehungen erst mal geheilt war.

Noch oft möcht ich dir gegenübersteh'n, dir tief in deine Augen sehn,

möchte mich in ihnen ganz verlieren,

die Worte hören, die mir so sehr fehlen.

Keine Angst, es bleibt ein Spiel,

nicht eine Beziehung ist mein Ziel,

für jeden Tag bist du zu gut,

wie man es mit etwas Kostbarem tut,

man nimmt es nur an besonderen Tagen,

damit's einem nicht über wird wie Plagen.

Am nächsten Tag registrierte ich mich nach einiger Überwindung auch bei der *Sklavenzentrale*. Ich bekam massig Zuschriften und bei *Yahoo* konnte mich kaum noch vor Anfragen retten. Es waren gut aussehende, Kinder liebende, nette und intelligente Männer dabei, aber auch viele langweilige. Wie sollte ich ihnen sagen, dass ich lieber so chaotische Typen wie Carsten mochte?

Das Beste war, das mich Martin, der mich damals immer so lange hatte warten lassen, anschrieb. Doch mit ihm wollte ich mich ganz sicher niemals wieder auf einen Kaffee treffen! Ach, und noch was Merkwürdiges passierte. Ares' Areia mailte mich an. Sie wirkte wieder sehr reserviert, offensichtlich war das wohl ihre Art. Sie taute nur langsam auf, fragte mich schließlich aber, ob wir uns nicht mal auf einen Kaffee treffen wollten. Das hatte ich auch noch nicht erlebt, mit einer Konkurrentin Kaffee trinken. Doch ich war neugierig auf sie und darauf, was ich von ihr über Ares erfahren konnte. Also willigte ich ein.

Doch ich hatte wieder mein altes Problem, kaum meldete sich Ares mal zwei Tage nicht, geriet ich in Panik, textete ihn über Offlinemessages und über SMS zu, aber er hatte wohl keine Zeit zu antworten. Warum wurde ich dieses blöde Gefühl nicht los? Es krampfte mir den Magen zusammen und ließ mich an nichts anderes mehr denken, es war jedes Mal wie kalter Entzug. Ich versuchte bewusst, tief durchzuatmen und die Panik von mir zu stoßen. Er würde sich schon melden, wenn er wieder Zeit hätte, er hatte mehr als einmal sein Interesse an mir signalisiert. Zu viel Nähe und Anteilnahme ist gerade am Anfang nicht gut, sagte ich mir immer wieder. Also setzte ich mich hin und pinnte mir meine sechs goldenen Regeln an den Bildschirm:

Sex goldene Regeln

1.   *Nicht als Erste mailen.*

2.   *Wenn Fragen erst mal aufschreiben.*

3.   *Nicht herumjammern.*

4.   *Keine SMS.*

5.   *Nicht nerven, ergo,*

6.   *In Geduld üben.*

Wie fühlte ich mich sonst? Obwohl ich ja nur etwas Lockeres wollte, war ich enttäuscht. Ares meldete sich nur sporadisch und das ohne erkennbaren Grund. Vielleicht hatte es ja gereicht, dass er mich beinahe so weit hatte. Vielleicht war er nur ein Trophäenjäger, der nicht den Mut hatte, die Beute abzuknallen? War das erste Feuer schon erloschen? Es ist schwierig, einen Menschen zu verstehen, den man nicht kennt. Wirklich schade, denn das, was ich vom ersten Moment zwischen ihm und mir spürte, war etwas ganz Besonderes. Ich hörte auf, auf ihn zu warten.

Erwarte nichts, und du bekommst alles! Und wieder hatte ich etwas gelernt. Er hatte sich ganz bewusst nicht gemeldet und für den Freitag eine sehr umfangreiche Session geplant, die ich mein Leben lang nicht vergessen werde.

Er beorderte mich zu einem S-Bahnhof am anderen Ende der Stadt und schrieb mir per SMS, dass ich die Straße rechts hinuntergehen sollte. Mein Kopfkino sprang im Dreieck, es war früher Abend, und ich vermutete jeden Moment, dass er hinter einem Gebüsch auftauchen würde - aber er kam nicht. Dafür schickte er eine zweite SMS, hinter einem Rotkreuz-Kleidercontainer würde etwas liegen, was ich anlegen sollte. Ich war mega nervös, und es war warm. Ich untersuchte den Container und alles im Umkreis, nur lag da nichts. Ich war den Tränen nahe und wollte beinahe wieder umkehren, als ich, etwas weiter entfernt, einen zweiten Container sah. Der Depp hatte den *Rotkreuz*-Container mit einem zehn Meter weiter stehenden *Humana*-Container verwechselt. Denn dort lag ein von ihm platziertes Halsband nebst Armbändern aus breitem Leder. Ich legte alles an und zog meinen Kragen so hoch ich konnte. Als ich dann ein paar Hundert Meter gegangen war, hielt neben mir ein Auto, aus dessen Beifahrerseite Ares schaute - und auf der Fahrerseite saß natürlich seine Areia. Ich musste ganz schön schlucken und kämpfte mit mir, nicht alles abzubrechen. Denn ich hatte nicht damit gerechnet, dass sie auch dabei sein würde. Wir fuhren den Waldrand entlang zum Parkplatz am See, dort stiegen wir aus, und Ares befestigte eine Kette an meinem Halsband. Er kündigte an, nun mit mir als Hündchen einen Spaziergang machen zu wollen. Nach einigen Hundert Metern gingen die beiden mit mir auf eine Lichtung, auf der ein Baum stand, und banden mich dran fest. Ares ging um mich herum, musterte mich von oben bis unten und fragte mich, was er mir befohlen hätte anzuziehen. Als ich bei *Bluse* ankam, meinte er höhnisch:

»Bluse? Das soll eine Bluse sein?«

Er erklärte mir dann detailliert, wie für ihn eine Bluse auszusehen hätte, und wies Areia an, mir zu erklären, was ich nun zu erwarten hätte. Sie stellte sich dicht vor mich und flüsterte mir zu:

»Mach immer ganz genau, was er sagt, denk nicht, tu es!«

Dann befahl er ihr, mir das auch noch mit der Peitsche beizubringen. Die ersten Schläge waren recht harmlos, aber sie schaffte es zielsicher, immer wieder die gleiche Stelle zu treffen, sodass ich bald nur noch winselte und darum bat aufzuhören, was sie natürlich nicht tat. Dann konnte ich mich nicht mehr halten, mir liefen die Tränen, es tat nur weh, und ich verfluchte mich, dass ich nicht genau auf seinen Wortlaut geachtet hatte. Endlich hörten die Schläge auf, Ares schaute mir tief in die Augen, streichelte mein Gesicht und fragte mich:

»Was bist du?«

74

Ich war wie hypnotisiert von seinem Blick und antwortete so, wie er es hören wollte:

»Ich bin eine geile Sau.«

»Und was möchtest du?«

»Gefickt werden.«

Dieses Spiel hatten wir online schon einige Male durch, weshalb ich wusste, was er von mir wollte. Aber diesmal meinte er:

»Du möchtest also einfach nur gefickt werden, und es ist dir auch egal, von wem, so geil bist du?«

Ich nickte, denn mir war es mittlerweile wirklich egal. Plötzlich merkte ich, wie Areia ganz dicht hinter mich trat, und auch, wie sich langsam etwas Hartes in mich bohrte. Es war ein Dildo zum Umschnallen, mit dem sie mich nun aus ganzer Leibeskraft fickte, bis ich zum Orgasmus kam. Als sie fertig war, banden sie mich los und ich musste diesen schwarzen Gummipimmel sauber lecken. Mittlerweile wurde es schon dunkel und die beiden beschlossen, mich zum Auto zurückzuführen. Das alles lief ohne viele Worte oder Berührungen ab, ich fühlte mich benutzt und gedemütigt, aber genau *das* war ein schönes Gefühl.

Dann beschlossen sie, zur kleinen Bar zu fahren. Ares fuhr mit seinem Auto und ich mit Areia. Da wir beide zuerst ankamen, führte sie mich an der Kette die Straße entlang, was mir inzwischen nichts mehr ausmachte. In der Bar angekommen, bestellten wir uns was zu trinken und plauschten mit Einigen, die ich schon von den letzten Besuchen kannte. Ich entspannte mich wieder und ließ meinen Gedanken freien Lauf. Als Ares eintraf, waren wir alle fröhlich am Plaudern, als wenn nichts gewesen wäre. Nach einer Weile meinte Ares:

»Schöne Bluse, die du da anhast.«

Ich hätte ihn treten können und er sah meinen rebellischen Blick, worauf er fragte:

»Na, was bist du? Sag's mal den anderen.«

Das war echt das Letzte! Es ihm zu sagen und dann auch noch vor Areia war ja schon viel, aber vor allen anderen. Niemals! Daraufhin sah er Areia an und meinte:

»Du wirst ihr jetzt beibringen, wann sie was zu sagen hat. Geh bitte mit ihr nach hinten.«

Areia stand auf, nahm mich an der Kette und führte mich in den Gang vor den Toiletten, dort band sie mich mit den Armen nach oben fest und sagte:

»Ich hab dir doch gesagt, du sollst tun, was er sagt, jetzt muss ich dich schlagen, weil er es so will.«

Und wieder schaffte sie es, immer die gleiche Stelle zu treffen, mein Hintern glühte schon. Sie hörte aber zwischendurch auf und streichelte mich, massierte meine Brüste und flüsterte mir zu:

»Du hast sehr schöne Brüste.«

Dann kündigte sie mir noch zehn weitere Schläge an. Ich biss die Zähne zusammen und versuchte, mich auf Ares' Stimme zu konzentrieren, der inzwischen hinzugetreten war. Nach dem dritten Schlag spürte ich, wie mir jemand in die Brustwarze kniff, ich öffnete die Augen und sah Ares ganz dicht vor mir, ich versank in seinem Blick und betete beinahe, dass Areia nie fertig werden würde. Es war ein tiefes Gefühl, ich versank völlig darin. Wie konnte ein Mensch nur so viel allein mit seinen Augen sagen? Die innere Wärme in mir war unbeschreiblich.

Der hintere Raum war inzwischen leer, also banden Ares und Areia mich los und führten mich dorthin. In der Mitte stand eine Art OP-Tisch, der in alle möglichen Richtungen zu drehen und zu kippen ging. Ich sollte mich auf diesen Tisch knien und wurde an Händen und Füßen mit Manschetten fixiert. Da das Halsband recht eng war, konnte ich nur nach vorne schauen und sah nicht, wer sich inzwischen noch im Raum befand, was sich aber bald ändern sollte. Kaum war ich in die richtige Position gebracht, hockte sich Ares vor mich, schaute mir tief in die Augen und sagte:

»Na los, vielleicht sagst du jetzt wenigstens ihm, was du bist.«

Ich hätte im Boden versinken können, es war ein älterer Herr, der mich schon den ganzen Abend wohlwollend beäugt hatte und der sichtlich Gefallen daran fand, wie ich mich quälte. Ich schüttelte den Kopf und hatte als Konsequenz gleich wieder die Peitsche auf dem Hintern. Irgendwann konnte ich nicht mehr, der Schmerz wurde unerträglich, und ich schrie:

»Ich sag's ja, bitte hör auf!«

Aber das war noch nicht genug, ich sollte es aussprechen. Ich war so wütend, warum quälte Ares mich so? Nach erneuten Schlägen hatte er es geschafft, ich gab auf und sagte, was er hören wollte. Nun folgte die Belohnung, ich spürte Hände auf mir, wie viele auch immer, sie streichelten mich, zogen an meinen Nippeln, berührten mich zwischen den Beinen, dieser Umschwung von Schmerz zu Zärtlichkeit war einfach gigantisch, so, dass ich auf der Stelle kam. Die Finger, die in mich hineingesteckt wurden, wurden immer mehr, bis ich beinahe ganz ausgefüllt war und ein Orgasmus nach dem anderen über mich hinwegrollte. Es war göttlich, so ausgeliefert und benutzt zu werden. Irgendwann fing es aber wieder an zu kippen, ich merkte, wie Ares versuchte, eine Faust in mir zu machen, und aus Lust wurde wieder Schmerz. Ich hielt das nicht lange aus und konnte nur noch schreien. Ares hörte sofort auf und nahm mich in den Arm, dann ließ er mich zur Ruhe kommen und schnallte mich langsam ab. Er stellte sich vor mich und fragte mit tiefem Blick in meine Augen:

»Na, ist dir das peinlich?«

Ich nickte.

»Das sollte es auch! Guck mal, wie du hier kniest und was du eben zu ihm gesagt hast! Du bist wirklich eine kleine geile Sau.«

Dann flüsterte er mir ins Ohr:

»Und jetzt gehst du zu Areia, leckst sie und steckst deine Hand in sie, sie ist nämlich auch so eine Sau wie du.«

Ich drehte mich zur Seite und sah, wie Areia auf einem Stuhl an der Wand saß, dann ging ich zu ihr hin, kniete mich vor sie und begann, sie zu lecken. Es war ein ungewohntes Gefühl. Sie hatte zwei schwere Eisenringe in ihren Schamlippen, sodass ich kaum an ihren Kitzler kam. Langsam steckte ich einen Finger nach dem anderen in sie hinein, es war warm und weich, aber ich wusste nicht, ob ich es richtig machte, weil kaum eine Regung von ihr ausging. So unnahbar und ruhig sie sonst immer war, so war sie auch beim Sex. Wie konnten Männer daran Gefallen finden? Und dann passierte etwas, womit ich nicht gerechnet hatte. Ares legte ihr die Hand auf Mund und Nase, und plötzlich spürte ich eine Regung in ihr. Dasselbe tat Ares dann bei mir, er befahl mir, es mir mit der freien Hand selbst zu machen. Es war ein unheimliches Gefühl, obwohl er es nur kurz machte. Dann wiederholte er das Spiel bei Areia, sie stöhnte und kam zu ihrem Orgasmus. Erst jetzt merkte ich, dass ich meine Beine kaum noch spürte. Sie waren durch das lange Knien komplett eingeschlafen. Ich versuchte mich aufzusetzen und spürte, wie das Blut langsam wieder durch meine Beine strömte. Als ich wieder aufstehen konnte, kam Areia zu mir, nahm mich fest in den Arm und bedankte sich für den Orgasmus. Ich war völlig durcheinander, so viel war an diesem Tag passiert. Ich fühlte mich, als ob ich träumte, und erlebte alles wie durch Watte.

Damit war der Abend aber noch nicht zu Ende, neben uns saß ein Pärchen, das erst vor ein paar Minuten hereingekommen war. Sie saß auf der Couch, fast nackt, die Beine breit, er saß ihr gegenüber und stimulierte sie mit der Peitsche. Sie war bald so feucht, dass es aus ihr tropfte. Ich konnte kaum hinsehen, es war mir peinlich, obwohl sie es doch war, die sich so öffentlich zeigte, doch es faszinierte mich zugleich. Irgendwann merkte Ares, dass mir das alles zu viel wurde, und fragte mich, ob er mich nach Hause bringen solle, was ich gerne annahm. Im

Auto fragte ich ihn, was er denn eigentlich von diesem Abend hatte, und er antwortete, dass es für ihn das absolut Größte gewesen sei, dass wir seine Spielzeuge waren und nur nach seinen Anweisungen gehandelt haben. Ich werde diesen Abend nie wieder vergessen, so viele Eindrücke in einer Nacht, so viel Lust, Schmerz und Demütigungen, wie konnte man das noch übertreffen? Ich war das erste Mal in meinem Leben wirklich geschlagen worden, und das auch noch von einer Frau und ich fand das gar nicht schlimm. Im Gegenteil, es schmeckte nach mehr, es fühlte sich großartig an. Mein Hintern tat bei jeder Bewegung weh und war schon blitzeblau, was mich überhaupt nicht störte. Es erinnerte mich an das Erlebte. An diesem Tag hatte ich auch das erste Mal nicht an Carsten denken müssen. Es war, als ob Areia ihn aus mir herausgeprügelt hatte. Ich war immer noch wie in Trance, als das nächste Treffen mit Ares angekündigt war. Wir hatten zwar noch keine genaue Uhrzeit oder einen Ort ausgemacht, aber das war auch gut so, denn wieder einmal kam alles ganz anders.

V

Ich wurde übermütig. Mein Sohn war auf Klassenfahrt, und ich hatte aus lauter Langeweile ein Date mit einem Dom ausgemacht, den ich bei *Yahoo* kennengelernt hatte. Er hatte mich daraufhin angesprochen, wieso ich mein Realzeichen in der *Sklavenzentrale,* wie so viele andere auch, von einem gewissen Ares hatte. Ich sagte ihm, dass er ein guter Bekannter wäre, den ich aus der kleinen Bar kannte. Er hatte Humor, meinen Humor, sarkastisch, ironisch und einfach frech. Wir schrieben hin und her, er war sehr offen aber auch ziemlich resolut, was seine Vorstellung von Beziehung anging - er wollte eine Sub als sein alleiniges Eigentum. Mir ging das zu diesem Zeitpunkt zu weit, ich wollte schließlich meine Freiheit und nichts Festes. Dennoch war ich hin- und hergerissen. Wollte ich das wirklich?

Nachdem wir eine Zeit lang hin- und hergechattet hatten, fing er an zu fragen, ob wir uns nicht mal treffen wollten, aber ich war eigentlich zufrieden mit dem, was ich hatte, und hielt ihn deshalb hin. Erst ein paar Tage zuvor hatte ich mit Ares und Areia gespielt und freute mich schon auf das nächste Mal.

Aber er ließ nicht locker, ich wurde immer neugieriger, und so ließ ich mich, an einem Abend, an dem ich nichts anderes vorhatte, darauf ein, mich in einem ganz normalen Café mit ihm zu treffen. Ich hatte ein gutes Gefühl, war aber irgendwie auch aufgeregt, neugierig und hungrig auf Neues. Es begann schon am Morgen mit der Rasur, dem Aussuchen der Kleidung und dem Zurechtmachen. Die Vorbereitung ist doch manchmal das Spannendste an einem Treffen. Den ganzen Tag konnte ich mich auf nichts anderes konzentrieren, als daran zu denken, wie er mich wohl finden würde. Es fiel mir auf der Arbeit sehr schwer, bei der Sache zu bleiben. Dann war es endlich so weit, Feierabend. Ich fuhr zum vereinbarten Treffpunkt, und kurz bevor ich aus der S-Bahn stieg, klingelte mein Handy. Er fragte, ob ich denn schon auf dem Weg wäre, da er schon da wäre, was mich stark verwunderte. Eigentlich hatte ich erwartet, dass er zu spät kam, aber welche Frau ist nicht bei solchen Überraschungen erfreut.

Als ich vom Bahnhof herunterkam, sah ich ihn auch schon in dem Straßencafé sitzen, er sah so anders aus als auf seinem Profilbild. Aber das tat er schon auf all den Fotos, die er mir geschickt hatte. Irgendwie konnte man ihn auf keinem einordnen, jedes sah anders aus, als wenn es verschiedene Menschen wären. Und da saß er nun, in einem rosa Hemd, so ganz undomig und grinste mich breit an. Er musterte mich kurz von oben bis unten und begann gleich drauflos zu plaudern. Für ihn wäre es beinahe eine Weltreise gewesen und käme sonst nur selten aus seinem Dorf heraus. Er wäre aber ganz froh, mal in diesen Teil der Stadt zu kommen. Mit seinem Geplauder half er mir bewusst, oder unbewusst, mich zu entspannen und wir lachten bald herzlich und erzählten uns Storys aus unserem Leben. Irgendwann meinte er, dass zu einem guten Rotwein auch eine Käseplatte gehöre, und winkte den Kellner heran. Dieser kam sofort und erklärte sich bereit, uns die gewünschte Platte zu bringen, obwohl sie nicht auf der Karte stand. Es dauerte keine Viertelstunde, da stand er stolz wie Oskar mit einem überdimensionalen Teller, vollgepackt mit allen möglichen Sorten Käse, vor uns. Wir mussten beide schmunzeln, aber das unser lieber Kellner leider keine der Käsesorten mit Namen benennen konnte, verhalf Matthias noch mehr zur Belustigung. Ich lag beinahe auf dem Boden, so viel Dreistigkeit hatte ich noch nicht erlebt, da gab sich dieses arme Kellnerchen so viel Mühe, und er stellte ihn bloß. Kellnerchen lief auch gleich hochrot an, rannte sofort los und kam mit den dazugehörigen Papieren zurück. Aber welches Einwickelpapier gehörte nun zu welchem Käse? Ich musste mich so zusammenreißen, nicht laut loszuprusten, dabei tat mir das Kellnerchen so leid.

Irgendwann gab Matthias es auf, den armen Kerl zu quälen, und wir genossen hingebungsvoll den dargereichten Käse und versuchten zu erraten, welche Sorte welcher war. Es war ein rundum traumhafter Abend, und als ich irgendwann auf die Uhr schaute, bekam ich einen riesigen Schreck. Wir wohnten zwar in der Hauptstadt, der sogenannten Weltstadt, aber unter der Woche nachts um halb drei fuhr auch hier keine Bahn mehr. Matthias machte das wenig aus, er bestellte ein Taxi und bot mir an mich mitzunehmen. Ich dachte, nicht richtig gehört zu haben, und ignorierte einfach seinen Vorschlag. Stattdessen schlug ich vor, dass er mich ein Stück mitnehmen könnte. Seine Antwort war:

»Dieses Taxi fährt nur zu mir nach Hause, ohne Zwischenstopp, entweder du steigst ein oder du wartest bis fünf Uhr auf die Frühbahn.«

Der Kerl hatte doch nicht alle Tassen im Schrank, am ersten Abend mit zu ihm zu kommen, ich brodelte innerlich, kochte und stieg schließlich doch ins Taxi.

Während der Fahrt war ich völlig still, kämpfte mit mir. Das konnte doch nicht wahr sein, wieso war ich in dieses Taxi gestiegen? Dieser Mann neben mir war wildfremd, und ich hätte mir ja auch selbst ein Taxi nehmen können, warum aber saß ich neben ihm? Ich traute mich nicht, ihn anzusehen und spürte doch mit jeder Faser meines Körpers seine Anwesenheit. Es knisterte und kribbelte, Hunderte kleine Ameisen liefen über meine Haut. Was hatte dieser Kerl, was mich so unvorsichtig werden ließ? Irgendwann nach gefühlten 1000 Kilometern kamen wir vor seiner Haustür an, Vorort, Vorstadtvilla, Dachgeschoss, wie bei mir zu Hause. Er schloss auf, und ich stand in einem riesigen Wohnzimmer mit offener Küche. Er schaute mich Beifall heischend an, aber ich ließ mir nichts anmerken. Schließlich war meine Wohnung auch nicht zu verachten, und noch mehr Lorbeeren sollte er nicht ernten, es reichte schon, dass ich mitgekommen war. Er öffnete einen Rotwein und wir plauderten ausgelassen, rauchten ein paar Zigaretten und bewunderten den Sonnenaufgang, der von seinem Schlafzimmerfenster aus zu sehen war. Die Wolken schoben sich vor einen lila-blau-rötlichen Himmel, er hatte Sting und die Söhne Mannheims eingelegt und wir ließen uns einfach treiben. Wie ein altes Ehepaar, das nichts Besseres zu tun hat, als aus dem Fenster zu schauen, standen wir Ellenbogen an Ellenbogen da.

Plötzlich stellte er sich dicht hinter mich, aber nicht so dicht, dass er mich berührt hätte. Ich roch ihn, mein ganzer Körper spürte ihn, verlangte nach ihm, er sollte mich endlich berühren.

»Zieh deinen Rock hoch, ich will deinen Arsch sehen«, hörte ich ihn hinter mir mit seiner tiefen Stimme zischen.

Nein, alles nur nicht das, mein Hintern war doch noch grün und blau von Areia, das konnte er nicht verlangen.

»Aber du verstehst mich schon?«

Mir lief es eiskalt den Rücken hinunter, und ich konnte nur ein heiseres »Ja« hauchen.

»Rock hoch!«, befahl er laut.

Ich erschrak und zog ihn langsam und beschämt nach oben. Mein Kopf schien zu explodieren, er musste förmlich hören, wie mein Herz raste. Nach Minuten, Stunden, Jahren fragte er:

»Was ist das denn?«

Er griff mir in die Haare, sein Mund war ganz dicht an meinem Ohr:

»Schämst du dich nicht, hierherzukommen mit so einem blauen Arsch? Wer war das?«

Ich versank im Boden, ich war einfach nicht mehr da. Wenn ich mich nie wieder bewegte, würde er mich vielleicht gar nicht mehr bemerken. Ich konnte nur *Ares* stammeln und merkte, wie er innehielt, war Ares doch ständig um einiges schneller als er, und nun schon wieder. Er strich sanft darüber und meinte nur, dass er da ja ganze Arbeit geleistet hätte. Als ich ihm offenbarte, dass es eigentlich Areia gewesen wäre, war er dann erstaunt. Er drehte mich um, sah mich an und ich konnte ihm nicht in die Augen sehen denn ich fühlte mich zutiefst gedemütigt. Mir liefen die Tränen, und er zwang mich, ihn anzusehen.

»Warum hat er das getan?«, fragte er.

Ich antwortete ihm, dass ich etwas sagen sollte, was ich nicht sagen konnte und Ares mich deshalb bestraft hätte. Ich fühlte, wie er mich beinahe mitleidig ansah. Dann meinte er:

»Schläge sind doch keine Strafe, weiß das dieser Ares denn nicht? Schläge sind doch eine Belohnung. Was hat er noch mit dir gemacht?«

Ich zögerte und erzählte ihm stockend, dass er seine Hand in mich hineingesteckt hätte. Er ging gar nicht darauf ein, sondern befahl nur barsch:

»Jetzt zieh dein Oberteil aus, aber diesmal etwas schneller!«

Mein Oberteil flog in die nächste Ecke, und ich stand fast nackt vor ihm.

»Umdrehen!«

Mein Hals war wie zugeschnürt, mein Atem überschlug sich, doch ich schaffte es irgendwie, mich umzudrehen. Sein Blick traf mich wie ein Pfeil, unvorbereitet, hart und verächtlich. Sein Griff war immer noch fest in meinen Haaren, er zog meinen Kopf nach hinten und kam ganz dicht an mich heran.

»Und jetzt soll ich dich wohl auch noch küssen?«

Ich versuchte zu nicken, aber es gelang mir nur bedingt, denn genau das wollte ich jetzt.

»Ja«, schrie es in mir, »lass mich deine warmen Lippen spüren!«

»Vergiss es!«, ruckartig ließ er mich los.

Ich klammerte mich hinter mir an der Heizung fest, versuchte dort Halt zu finden. Es vergingen gefühlte Stunden, in denen er mich begutachtete, abfällige Bemerkungen, aber auch Komplimente mach-te. Er fragte mich, ob ich so weitermachen wolle, oder ob ich nicht endlich einem einzigen Herrn gehören wolle, denn schließlich bräuchte ich schlussendlich mal eine anständige Erziehung. Mir flos-sen die Tränen, ich kämpfte mit mir, im Hintergrund spielten die Söhne Mannheims ›Dieses Lied‹ zum tausendsten Mal, und ich versuchte, seine Worte zu begreifen. Plötzlich fasste er mir in den Schritt und brachte mich zielsicher aus dem Stand zum Höhepunkt, so geil war ich. Ich schwebte, flog und landete unsanft, als er ruckartig von mir abließ, mir sehr fest in die Nippel kniff und daran zog.

»Du glaubst doch nicht etwa, dass du zum Vergnügen hier bist. Und in Zukunft hast du zu fragen, bevor du kommst!«

Ich war schlagartig wieder da. Seine Hand strich über meine Kehle, erst ganz sanft, dann immer fester, er blickte mir tief in die Augen und sagte dann sehr ernst:

»Du hast nur noch dieses eine Mal die Wahl. Entweder wirst du dich morgen früh in der *SZ* als meine Sub eintragen und morgen Abend wieder hier erscheinen oder du siehst mich nie wieder, haben wir uns verstanden?«

Ich war gerade dabei, in andere Sphären abzuheben, als er seine Hand wegnahm und ich nach Atem rang.

»Haben wir uns verstanden? Wiederhole es!«

Stockend wiederholte ich seine Worte, versuchte zu begreifen, was er da verlangte, und meine Gedanken zu sortieren. Er hatte mich eiskalt erwischt, mir liefen immer noch die Tränen, und meine Gefühle überschlugen sich. Dieser Mann war eine Waffe, und ich hoffte, dass er auch einen Waffenschein hatte. Mittlerweile war es schon hell, die Zeit lief uns davon und ich stand immer noch wie ein hypnotisiertes Eichhörnchen mit dem Rücken zum Fenster, als er mich unsanft auf die Knie drückte. Er hatte seinen Schwanz herausgeholt, der steil von ihm abstand. Er hielt meinen Kopf fest und stieß in meinen Mund, er stieß gnadenlos hinein, ich war einfach nur sein Loch.

Plötzlich ließ er ruckartig von mir ab.

»Du hast es noch nicht verdient, dass ich in dir komme, das darf nur meine Sub. Also du weißt, was du zu tun hast.«

Er drehte sich um und verließ das Zimmer. Ich kniete verheult, halb nackt und zutiefst gedemütigt in einem fremden Schlafzimmer und nahm erst jetzt die Skurrilität der Situation wahr. Als ich mich etwas gesammelt hatte, zog ich mich an und versuchte mich einigermaßen herzurichten, was aber nicht erfolgreich war. Ich ging ins Wohnzimmer, wo ich ihn pfeifend in der Küche Kaffee kochen sah. Er kam zu mir, nahm mich in den Arm und fragte mich:

»Mit Milch oder Zucker?«

Ich war absolut perplex, er war wie ausgewechselt, als wenn er ein anderer Mensch wäre. Ich stammelte:

»Mit Milch«, und er lächelte mich liebevoll an und meinte, dass er jetzt schnell Brötchen holen würde und ich, derweil das Frühstück vorbereiten könne.

Tausend Gedanken kreisten in meinem Kopf, ich konnte sie nicht sortieren, es war wie Gehirnwäsche. Ja, ich wollte seine Sub werden und noch unendlich viele Nächte, aber auch Tage mit ihm verbringen. Aber ich wollte weiter mit anderen spielen, meine Freiheit haben. Wie konnte er nur so etwas von mir verlangen, nach einer einzigen Nacht? Ich war wie in Trance, durchforstete den Kühlschrank und richtete das Frühstück. Als ich fertig war, setzte ich mich hin und schrieb Ares, mit dem ich am Abend eigentlich verabredet war, eine SMS. Ich schrieb, dass ich jemanden kennengelernt hätte, der mir nicht erlauben würde, mich weiterhin mit den beiden zu treffen. Ich hatte mich also schon entschieden. Es war unglaublich, wo war mein Verstand?

Als Matthias gut gelaunt wiederkam, zeigte ich ihm tränenüberströmt die SMS, er nickte nur und meinte:

»Gut so.«

Ich versuchte irgendwie, ein paar Bissen herunterzubekommen, da verkündete er, dass er es jetzt wirklich eilig hätte, weil er zur Arbeit müsse. Schließlich wäre es schon acht Uhr, und sein Kollege hätte bereits ein paarmal angeklingelt. Acht Uhr? Geklingelt? Wo war ich in den letzten Stunden gewesen? Ich war vollends verwirrt und schlürfte im Stehen meinen Kaffee.

»Alles Okay mit dir? Ich geh dann mal, zieh die Tür einfach hinter dir zu, wenn du gehst«, rief er noch und verschwand.

Ich stand wie ein begossener Pudel da, war wie betäubt und dämmerte bestimmt eine ganze Stunde mit dem kalt gewordenen Kaffee in der Hand auf seiner Couch vor mich hin. Irgendwann raffte ich mich auf, nahm meine Sachen und zog die Tür hinter mir zu. Auf halbem Weg nach Hause kam eine SMS.

Vielen Dank für den schönen Abend, meine Finger riechen immer noch nach dir, wir sehen und hören uns.

Was machte dieser Mann bloß mit mir?

Wenn ich meine Augen schließe,

seh ich mich noch am Fenster stehn,

wie ich unter deinen Händen fast zerfließe,

nie wieder wollt ich von dir gehn.

Du brauchtest mich nicht festzubinden,

ich war gefesselt von deiner Gier,

du hast mich gequält, so sehr konnt ich mich winden,

von dem Tag an gehörte ich dir.

Dein Griff war fest in meinen Haaren,

hast mich zum Wahnsinn fast gebracht,

selbst mit Worten konntest du nicht sparen,

die mich demütigten, so hast du mich willig gemacht.

Die Nacht sollte niemals enden,

doch war sie viel zu schnell vorbei,

ich war wie Wachs in deinen Händen,

doch hoff ich auf eine Zukunft für uns zwei.

Als ich zu Hause ankam, stieg ich unter die Dusche, ließ das Wasser über mich regnen und versuchte, meine Gedanken reinzuwaschen. Was war geschehen, was war aus meinen Vorsätzen geworden, wollte ich für ihn alles aufgeben, wieso hatte diese eine Nacht gereicht, um mich so durcheinanderzubringen? Ich versuchte, die Tragweite seiner Forderungen zu begreifen. Sollte ich mich fallen lassen, mich ihm hingeben? War er es wert? Als ich mich abtrocknete, fasste ich einen Entschluss. Ja, ich wollte es, es fühlte sich gut an, es war richtig so. Mir fiel Carstens Motto wieder ein: Nur, wenn man etwas wagt, kann man gewinnen und man bereut nur Dinge, die man nicht getan hat.

Ich schaltete meinen Rechner an, rief sein Profil auf und klickte, ohne weiter zu überlegen auf *Unterwerfen*. Mein Herz schlug mir bis zum Hals, als ich sah, dass auch er online war. Es kam keine Nachricht von ihm, nur die Bestätigung der Unterwerfung: Ich war seine Sub!

Ich lehnte mich zurück, schloss die Augen und fühlte in mich hinein. Und wenn es mich in den Wahnsinn trieb, dann sollte es halt so sein!

Ein Blick auf die Uhr ließ mich hochschnellen, ich musste auch zur Arbeit. In Windeseile machte ich mich fertig und fuhr los. In der Bahn überkam mich kurzzeitig die Müdigkeit, hatte ich doch in der letzten Nacht nicht eine Minute geschlafen, aber ich war innerlich so aufgewühlt, dass ich nicht ein Auge zumachen konnte. Der Tag verging irgendwie - wie, weiß ich nicht mehr. Wir schrieben uns eine SMS nach der anderen, und als der Feierabend nahte, merkte ich wie meine Kräfte schwanden. Die Fahrt zu ihm war glücklicherweise lang, und ich döste die ganze Zeit vor mich hin. Erst als seine Station angesagt wurde, fuhren die Lebensgeister wieder in mich. Ich stieg aus, es war warm und ich hatte ein leichtes Sommerkleid an. Je näher ich seiner Wohnung kam, desto mehr pochte mein Herz. Plötzlich hörte ich aus weiter Ferne ›Dieses Lied‹. Laut, sehr laut. Als ich um die Ecke bog, sah ich, dass in seiner Wohnung alle Fenster weit offen waren. Die Musik schallte aus seiner Wohnung und ich hörte ihn mitträllern. Die Sonne neigte sich schon dem Horizont zu, der Himmel verfärbte sich, und es versprach ein genauso schöner Untergang, wie der Aufgang am Morgen einer war, zu werden. Ich klopfte an seine Tür, und nach kurzer Zeit öffnete er sie fröhlich und er sah schon wieder so unheimlich gut aus. Er grinste mich an, drückte mir einen Kuss auf die Stirn und gab mir einen Klaps auf den Hintern.

»Na, dann mal hereinspaziert.«

Und schon wirbelte er mit dem Küchentuch in der Hand an mir vorbei. Es roch himmlisch, er brutzelte gerade etwas in der Küche, die Musik hatte er etwas leiser gedreht, überall standen Kerzen, und der Tresen zur Küche hin war schon mit Weingläsern und Servietten gedeckt. Ich sog die Eindrücke in mich auf, was für ein Mann! Als ich ihm gegenüber am Tresen saß, reichte er mir ein Glas Wein und ich bemerkte, dass er sogar meine Lieblingsorte gekauft hatte. Er fragte mich, wie mein Arbeitstag gewesen wäre, ich entspannte mich und wir plauderten genauso ausgelassen wie am Abend zuvor. Er war ein wirklich guter Erzähler, konnte fesseln und begeistern und brachte mich andauernd zum Lachen. Als wir das Drei-Gänge-Menü genossen hatten, wollte ich abräumen, aber er prostete mir zu, schaute mich durchdringend an und sagte:

»Lass das, ich mach das, geh du ins Bad.«

Ich schluckte, hatte er das doch in einer ganz anderen Tonlage gesagt. Ich stellte mein Weinglas ab, stand auf und ging ins Bad. Angst beschlich mich.

In der Tür blieb ich wie angewurzelt stehen. Der Raum war nur von Kerzen erleuchtet, in der Wanne dampfte das Wasser, auf der Ablage standen zwei Flaschen Wein, seine und meine Sorte, zwei Gläser, und sogar an Zigaretten und einen Aschenbecher hatte er gedacht. Ich war überwältigt und merkte gar nicht, dass er dicht hinter mir stand.

»Zieh dich aus.«

Wieder überlief mich ein Schauer. Ich ließ mein Kleid fallen, und er fing an, mich zu streicheln, meine Schultern, meinen Rücken, meinen blauen Hintern. Ich genoss jede seiner Berührungen, gab mich dem einfach hin. Plötzlich hielt er mich fest an den Haaren, zog meinen Kopf zu sich heran und flüsterte mir scharf ins Ohr:

»Glaub mir, meine Süße, diesen benutzten Hintern werde ich so lange nicht zeichnen, bis er seine Ursprungsfarbe wieder hat! Das hättest du dir eher überlegen sollen. Denn damit du gleich eins lernst, Schläge sind keine Strafe, sondern eine Belohnung. Und die hast du ja wohl nicht verdient! Und jetzt dreh dich um.«

Ängstlich drehte ich mich um und sah wieder die Pfeile aus seinen Augen schießen, er blickte in mich hinein, wieder fühlte ich mich zutiefst gedemütigt. Er war so dicht bei mir, es war so intensiv, dass ich einfach aufhörte zu denken.

»Und ich? Soll ich mit Sachen in die Wanne?«, grinste er mich schelmisch an.

Wieder war er wie ausgewechselt, es war ein Wechselspiel der Gefühle. Mit zitternden Händen knöpfte ich sein Hemd auf, ließ es an ihm hinuntergleiten. Ich konnte nicht anders, ich streichelte wie aus Versehen seinen Oberkörper, ertastete sein Tattoo auf dem rechten Oberarm. Er hatte so weiche Haut und er beobachtete mich die ganze Zeit.

»Hat dir jemand erlaubt, mich zu berühren?«

Wie ein ertapptes Kind zog ich ruckartig meine Hände zurück, hielt inne und fing an, an seinem Hosenknopf herumzunesteln und schaffte es auch irgendwann, ihn von seinen Socken und der Unterhose zu befreien.

Aus den Augenwinkeln bemerkte ich, dass er erregt war, sehr erregt, traute mich aber dennoch nicht, direkt hinzusehen.

»Gefällt er dir?«

Ich lief rot an, schon wieder hatte er mich ertappt. Ich schlug meine Augen zu Boden.

»Ja«, säuselte ich.

»Was, ja? Ja, ich möchte gehen? Oder, ja, es wird dunkel? Was, ja?«

Ich schluckte, räusperte mich und versuchte es noch mal,

»Ja, er gefällt mir!«

Wieder hatte ich seine Hand an meinem Hals, diesmal gleich ganz fest und ich rang nach Atem.

»Muss man euch Subs denn alles beibringen? Wer ist *er*, und mit wem sprichst du überhaupt?«

Mir schossen die Tränen in die Augen, wieso tat er das? Ich nahm meinen ganzen Mut zusammen.

»Ja, Herr, mir gefällt dein Schwanz!«

Er ließ meinen Hals los, strich mir liebevoll die Träne aus dem Augenwinkel und küsste mich.

»Und, war das nun so schwer?«, fragte er fast flüsternd, »Und nun ab in die Wanne, das Wasser wird ja kalt.«

Ich atmete erleichtert auf und drehte mich um, spürte noch einen Klaps auf meinem Hintern und stieg in die Wanne. Das Wasser tat mir gut, es war angenehm warm und erholsam. Er setzte sich zu mir hinein und zog mich fest an sich.

»Was bist du nur für eine Frau«, flüsterte er.

Wir blieben bestimmt zwei Stunden in der Wanne, plauderten über unsere gemeinsame Zukunft, träumten von Radtouren und Bootsfahrten im Sommer, die Domi mit seiner Subi und dem Picknickkörbchen machen wollte, aber er erklärte mir auch, was er von mir erwartete. Wir tranken Rotwein, ließen die Seele baumeln und unsere Haut langsam aufweichen.

Als wir uns gegenseitig abgetrocknet hatten, begutachtete er mich von oben bis unten und meinte ganz trocken:

»So, wie du aussiehst, ab ins Bett!«

Nichts lieber als das, ich spürte jeden Muskel meines Körpers, und der Schlafmangel der letzten 48 Stunden machte sich schlagartig bemerkbar. Ich ließ mich ins Bett gleiten, und kurze Zeit später kam er dazu, kuschelte sich an mich und wir schliefen müde und entspannt ein.

Es folgten Tage, an denen wir *kleine glückliche Familie* mit seinem und meinem Sohn spielten. Wir sahen uns an den Wochenenden, aber auch unter der Woche fuhr ich zu ihm, übernachtete dort und fuhr in aller Frühe nach Hause zurück, um mit meinem Sohn zu frühstücken. Matthias war ein sehr weltgewandter Mann, ein guter Erzähler, der einen in seinen Bann zog. Er war auch sehr fürsorglich, er kochte für mich, er sang sogar für mich und er achtete immer darauf, dass mein Lieblingswein vorrätig war. Wir verbrachten eine wirklich schöne Zeit miteinander und ich freute mich jedes Mal auf ein Wiedersehen. Nur verwirrte mich sein absolut gegensätzliches Verhalten, wenn wir uns nicht sahen. Er meldete sich kaum, und wenn, dann nur sporadisch und immer war er kurz angebunden, sodass ich nie wusste, woran ich war.

Ich bin nur ganz, wenn du gerade bei mir bist,

auch wenn du es nicht glauben wirst,

fühl mich geborgen, vielleicht merkst du's nicht,

brauch deine Nähe wie Blumen das Tageslicht.

Wenn du tagelang nichts von dir hören lässt,

ich weiß nicht, wo du gerade bist,

dann zweifle ich an uns und dir

und wünscht mir so sehr, du wärest hier.

Auch wenn ich's dir nur ungern eingesteh,

hab Sehnsucht nur, wenn ich dich mal nicht seh.

Was ich für dich empfinde, kann ich nicht mal genau sagen.

»Wie es bei dir ist?«, würd ich dich zu gerne mal fragen.

»Wie siehst du mich?«, »Was denkst du nur von mir?«

»Gibt es in deiner Zukunft eigentlich ein ›wir‹?«

Ich würd mir wünschen, dass du mich zu jeder Zeit berührst

und mich durch deine dunklen Träume führst,

dich meldest, wenn du an mich denkst,

mir nur ein wenig mehr Aufmerksamkeit schenkst,

mir sagst, wie du mich gerne hättst,

will nur nicht, dass du mich verletzt.

Die Abstände zwischen unseren Treffen wurden immer länger, für mich war das unerklärlich, denn wenn wir uns sahen, fühlte sich alles perfekt an. Ich sprach ihn darauf an, aber bekam keine Antwort. Ich hielt mir anfangs die Wochenenden frei, aber aus jedem Zweiten, an dem wir uns trafen, wurde schließlich jedes Dritte. Ich hoffte, dass er sich melden würde, aber nach dem dritten vergeblichen Warten ließ ich auch das sein. Ich plante wieder, ohne ihn miteinzubeziehen, auch wenn es mir schwerfiel, ich hatte mir mehr erhofft, als nur seine Bettgefährtin zu sein. Unter der Woche sah das anders aus, da bestellte er mich zu sich und wir verbrachten wundervolle Stunden miteinander. Ich war hin- und hergerissen, konnte sein Verhalten nicht einordnen und bekam auf meine Fragen keine befriedigenden Antworten. Irgendetwas schien nicht zu stimmen, nur was war es? War er meiner schon überdrüssig? Fühlte sich real doch alles anders an als in der Vorstellung? War er mit mir überfordert? Oder wollte er damals nur gegen Ares gewinnen?

War es dieses Männerding?

Alles nur, um zu gewinnen?

Mit unsern Gefühlen zu spielen,

ihr Männer müsst echt spinnen,

wenn Ihr euch sicher fühlt,

uns einfach fallen zu lassen,

wie könnt ihr dann noch fragen,

man kann euch doch dann nur hassen.

So von einer Minute zur anderen

ein ganz anderer Mensch zu sein,

was ist nur passiert,

oder war wirklich alles nur Schein?

Wir hatten doch so viele schöne Stunden miteinander erlebt, hatten uns kennen und genießen gelernt. Es waren Stunden voller Ausgelassenheit, Intensität und Hingabe. Immer wenn ich bei ihm war, fühlte ich mich unendlich geborgen und hatte das Gefühl, dass es ihm ebenso ging. Doch er brauchte wohl seinen Freiraum, Zeit für sich, hatte sein eigenes Leben, in dem ich nur bedingt Platz hatte. Aus meiner anfänglichen Leichtigkeit wurde Verzweiflung. Ich hatte ihm schließlich versprochen, nur noch für ihn da zu sein und genau das verlangte er auch. Ich durfte nicht alleine auf Partys gehen, musste ihn fragen, wenn ich mich mit Freunden treffen wollte und hinterher berichten, wie es gewesen war. Für mich war das selbstverständlich, genauso wie die unausgesprochene Vereinbarung, dass ich niemals ohne Aufforderung vor seiner Haustür stehen würde. Auch hielt ich mich an seine Anweisung, es mir nie mehr ohne seine Einwilligung selbst zu machen. Ich fragte an, und wenn keine Antwort kam, blieb es auch bei der Anfrage. Mir gefiel diese Art des Spiels, ich wollte ihm gehören, ganz mit Haut und Haaren. Ich ließ mich also fallen, und zwar absolut, und ich wollte mehr - das nahm ihm wohl den Atem. Es kam, wie es kommen musste, er zog sich zurück und verlangte dasselbe von mir. Ich durfte nicht mehr von mir aus schreiben, durfte nur antworten, wenn er sich meldete. Selbst Anfragen, ob ich es mir selbst machen durfte, hatten inzwischen zu unterbleiben. Erst wenn er es für nötig befand, durfte ich. Was passiert, wenn man etwas verboten bekommt? Man will nichts mehr als das. Alles fokussiert sich darauf, man kann an nichts anderes mehr denken und klammert sich an jeden Strohhalm. Und genau so erging es mir.

Und wieder wendete sich das Blatt. Als er im Urlaub war, schickte er jeden zweiten Tag eine Nachricht. Er dachte an mich und das war doch mehr, als ich verlangen konnte. Aber ich hatte daraus gelernt, dass ich noch viel zu lernen hatte, um eine gute Sklavin zu werden - um die Sub zu werden, die er wollte. Es dauerte nicht lange, und ich verliebte mich in ihn, oder war das schon längst geschehen? Er war Dominanz pur mit einem Schuss Egoismus, und dennoch war er aufmerksam und liebevoll, aber nur, wenn *er* es wollte. Er war so anders als alle Doms, die ich bis dahin kennengelernt hatte. Für ihn war BDSM kein Spiel. Nein, er lebte es. Nachdem es sich zwischen uns eingependelt hatte, fuhren wir zum ersten Mal gemeinsam in den Club, und es kam, wie es kommen musste. Ares und Areia waren auch da. Ich war unheimlich aufgeregt, was man mir sicher auch ansah, Matthias jedenfalls bemerkte es. Ares nutzte die Gunst der Stunde und nahm Matthias unter die Lupe. Auch er war neugierig, für wen ich die Spielbeziehung mit ihm beendet hatte. Als Matthias kurz zur Bar ging, kam Ares zu mir und sah mir tief in die Augen. Ich konnte seinem Blick wieder mal nicht standhalten und flehte stumm, er möge aufhören. Er nickte nur, drehte sich um und ging wieder auf seinen Platz. Ich hatte also sein Einverständnis. Mit Areia hatte ich des Öfteren gemailt und daher hatten wir einige Gesprächsthemen und sogar Ares und Matthias hatten sich manches zu erzählen. Es war eine nette, angenehme Stimmung.

Areia sah schön und unnahbar wie sie es immer tat aus und was Matthias sehr beeindruckte, war ihr Benehmen. Sie fragte Ares, wenn sie zur Toilette musste, und war auch sonst sehr an seinen Wünschen orientiert. In einer unbeobachteten Minute raunte er mir zu:

»Nun, dir müssen wir noch ein paar Benimmregeln beibringen, lass dir mal von Areia ein paar Tipps geben, du hast mich ganz schön blamiert mit deinem Benehmen.«

Ich hatte natürlich nicht gefragt, als ich auf die Toilette musste. Als Strafe dafür befahl er mir, nachdem Ares und Areia gegangen waren, mit in den hinteren Bereich zu kommen. Wir sahen uns dort um und prompt setzte sich ein Kerl uns genau gegenüber, um sich einen runterzuholen. Matthias schaute an mir herunter und sagte:

»Los, zieh deinen Rock hoch, damit der arme Kerl auch was zu sehen hat.«

Ich tat, wie mir geheißen, zum Glück hatte ich seine Anweisungen befolgt und nichts darunter an.

»Und jetzt reib dich«, war seine nächste Anweisung.

Ich tat es, schloss meine Augen und gab mich ganz der Situation hin. Es dauerte nur wenige Sekunden, und schon spürte ich, wie mich fremde Hände berührten, es waren nicht die von Matthias, das fühlte ich sofort. Es war ein geiles Gefühl, von Matthias gehalten und von

96

vier, sechs oder acht Händen zum Orgasmus getrieben zu werden. Ich musste unwillkürlich an die ähnliche Situation mit Carsten denken und war von einem warmen Gefühl voller Glück berührt. Als Matthias aber von mir verlangte, den Schwanz von einem der Kerle anzufassen weigerte ich mich. Leider war er wohl auch noch zu unsicher, um mich tatsächlich dazu zu zwingen. Hätte er es getan – ich hätte es ihm zuliebe gemacht. Irgendwann später eröffnete er mir, dass er es mochte, wenn ich andere Schwänze im Mund hätte. So war Matthias, man ahnte nichts Schlimmes - und es kam schlimmer.

Es war ein ständiges Auf und Ab der Gefühle. Wenn ich ihn sah, war die Welt in Ordnung und ich war glücklich. Aber das geschah meines Erachtens viel zu selten. Letztendlich war es nicht mehr und nicht weniger als eine Spielbeziehung. Wir trafen uns einmal pro Woche, spielten, liebten uns oder er schlief ein, mehr war da nicht. An den Wochenenden sahen wir uns kaum noch. Die Zeit dazwischen war grausam, ich kam mir vor wie bestellt und nicht abgeholt. Dass ich von mir aus keine SMS mehr schreiben durfte, war ich fast schon gewohnt, aber nun durfte ich auch nicht mehr fragen, wann wir uns das nächste Mal wiedersehen würden. Er meinte, meine ständige Fragerei nerve ihn. Und seine letzte Beziehung wäre genau daran gescheitert. Das war pädagogisch wirklich sehr wertvoll! In mir brach eine Welt zusammen. Da war es wieder, das Gespenst, wieder jemand, der mich nicht so akzeptieren konnte, wie ich war. Das erste Wochenende mit dieser Gewissheit war schrecklich, ich weinte und weinte, und mir tat alles weh. Niemand bemerkte es und mit niemandem konnte ich darüber reden.

Es tut so weh, du hast mich verletzt,

genau davor hatte ich Angst,

nun ist es doch geschehen,

wieder einmal hast du mich versetzt.

Du lässt mich allein,

kostbar ist meine freie Zeit,

dich interessiert nicht, wie ich mich fühle,

würd so gern bei dir sein.

Bin das letzte Rad am Wagen,

will demütig sein,

empfinde aber nur Enttäuschung,

bin's wohl nicht wert, Zeit für mich zu haben.

Hab mich so auf dich gefreut,

hab sogar mein Kind allein gelassen,

alles andere ist für dich wichtiger,

hab's wieder einmal bereut.

Darf dich nicht mehr fragen,

wann wir uns wiedersehen,

muss warten, bis es dir beliebt,

auf Dauer werd ich das nicht ertragen.

Wollt nur mit dir glücklich sein,

nicht dieses Auf und Ab der Gefühle,

wollt dir wirklich alles geben,

und nun fühl ich mich wieder nur allein.

Kannst meine Nähe nicht ertragen,

Ich war enttäuscht und verstand nicht, warum. Er erklärte es mir auch nicht. So wurde auch ich immer wortkarger und antwortete nur noch kurz und knapp auf die wenigen SMS, die er mir schickte.

Und auf und ab und auf ...

Wieder einmal hätte mir meine Ungeduld beinahe alles zerstört. Ich konnte von Glück reden, das Matthias so hartnäckig war und meine Nervereien einfach ignorierte. Und ein Glück, dass ich ihm das letzte Gedicht nie geschickt hatte. Wie konnte ich nur annehmen, dass ich entscheiden würde, wie sich unsere Beziehung zu entwickeln hatte? Wie war ich nur auf die Idee gekommen, dass ich etwas von ihm verlangen konnte? Ich, die Sub. Ich war so dumm und hätte beinahe alles kaputtgemacht. Aber er hatte die Geduld, die mir fehlte. Welch ein Glück.

Es war mal wieder ein endlos langes Wochenende, keine Nachricht von ihm und er hatte sich erbeten, dass auch ich die Finger von der Tastatur ließ. Es fiel mir unendlich schwer, ich wollte ihm so viel sagen. Ich versuchte, mich abzulenken, aber es gelang mir nur bedingt, immer wieder wanderten meine Gedanken zu ihm. Was tat er gerade? Wie ging es ihm? Dachte er auch manchmal an mich?

Doch auch dieses Wochenende ging vorbei wie inzwischen so viele und Montagmorgen war endlich eine Nachricht in meiner Mailbox:

»Meine liebe Sklavin, danke, dass du so gut durchgehalten hast, am nächsten Wochenende erwartet dich dafür auch eine Belohnung, nimm dir bitte nichts vor!«

Ich schwebte, mir liefen die Tränen die Wangen herunter, es hatte sich gelohnt. Ich schalt mich selbst für meine Ungeduld, ärgerte mich, gezweifelt zu haben und freute mich unendlich auf das nächste Wochenende. Allein wegzugehen hätte ich mich nie gewagt, das hatte er mir gleich am Anfang verboten und ich gehorchte. Die Woche verging sehr zäh. Ich überlegte, was er mit mir vorhatte, aber er verriet nichts, nur dass er mit mir weggehen wolle. Ich überlegte hin und her, was ich anziehen sollte und durchstöberte mehrfach meinen Kleiderschrank. Nichts erschien mir gut genug, schließlich wollte ich ihm gefallen. Letztlich entschied ich mich spontan für eine dunkelgraue Korsage und einen sehr durchsichtigen kurzen Rock. Dazu wählte ich halterlose Strümpfe und die High Heels, die er so liebte. Endlich war es Samstag, ich war aufgeregt und fragte mich, wann er mich wohl anrufen würde, um mich zu sich zu bestellen.

Gegen 20 Uhr hielt ich es nicht mehr aus und fragte per SMS nach, doch es kam keine Reaktion. Ich tigerte durch die Wohnung und überlegte, was ich nun tun sollte und entschloss mich dazu, mich schon mal umzuziehen. So wäre ich startklar, wenn er anrufen würde. Ich nahm mir viel Zeit, wollte alles perfekt machen, denn er sollte stolz auf mich sein. Als ich eine Stunde später fertig war, hatte er sich immer noch nicht gemeldet, ich überprüfte wiederholt meine Mailbox, mein Handy, nichts. Aber er hatte doch gesagt, dass ich mir dieses Wochenende nichts vornehmen sollte, warum meldete er sich nicht? Gegen 22 Uhr verließ mich der Mut, ich war unendlich traurig, zog mich wieder um und setzte mich an den PC. Ich chattete mit irgendwem über irgendwas, fühlte mich leer, ausgelaugt und einsam. Wieso meldete er sich nicht? Er hatte es doch versprochen! 23 Uhr, nichts.

Plötzlich unterbrach das Klingeln des Telefons die Stille. *Er!* Ich schaute schnell auf die Uhr. Halb zwölf, das konnte doch nicht wahr sein! Er war locker und beschwingt wie immer.

»Entschuldige die späte Störung. Und, wie geht's denn meiner lieben Sklavin?«

Was sollte ich darauf antworten? Ich fragte vorsichtig an:

»Hab ich mich im Wochenende vertan?«

Aber er entgegnete frech:

»Wieso, du Ungeduldiges, das Wochenende ist doch noch gar nicht rum. Also wie sieht's aus? Schaffst du es, in einer halben Stunde am S-Bahnhof zu sein?«

Mein Herz setzte kurz aus, da fuhr er schon fort:

»Aber ich habe auch nichts dagegen, wenn du nicht mehr kommen willst, es ist ja schon sehr spät, und auf meiner Couch ist es gerade sehr gemütlich.«

Schlagartige kochte es in mir, was dachte er sich? Ich hatte die ganze Woche über an nichts anderes gedacht, als ihn zu sehen, das konnte er ganz schnell vergessen, dass ich ihn jetzt seinem Sofa überließ, so nicht! Ehe er noch weiter sprechen konnte, brüllte ich beinahe ins Telefon:

»Nein, nein, ich bin schon auf dem Weg«, und war auch schon dabei, mit dem Hörer in der einen Hand, mich mit der anderen Hand wieder anzuziehen.

Als er aufgelegt hatte, ging alles rasend schnell. Korsage, Rock und Strümpfe an, High Heels in die Tasche, noch schnell etwas Make-up über die verheulten Wangen, dunkelroten Lippenstift und los ging´s.

Ich war auf 195, ich pulsierte, vibrierte, ich flog zu ihm. Als ich aus der S-Bahn stieg, kam schon eine SMS, dass ich mich ja nicht verspäten solle, da sein Sofa auf ihn warten würde. Ich rannte die Treppen hinunter, zum Glück hatte ich flache Schuhe angezogen. Kurz bevor ich um die Ecke bog, bremste ich ab und atmete tief durch. Ich wollte schließlich gelassen wirken. Dann zog ich die High Heels an und schritt auf das Taxi zu, in dem er auf mich wartete. Als ich die Tür öffnete, saß er grinsend da und fragte:

»Na, meine Süße, hattest du einen schönen Abend?«

»Arschloch«, zischte ich, aber er hatte es glücklicherweise nicht gehört oder er wollte es nicht hören.

Gleichzeitig merkte ich, wie ich nass zwischen den Beinen wurde. Schon allein seine Stimme, sein Geruch, sein Grinsen und seine maßlose Arroganz ließen mich alles um mich herum vergessen. In seiner Nähe fühlte ich, dass mein Hirn ausgeschaltet oder zwischen meinen Beinen war und genau das wusste er auch. Das Taxi fuhr los, und als er die Zieladresse nannte, wurde mir klar, wo er mit mir hinwollte.

Als wir am Club ankamen, waren tausend Erinnerungen durch meinen Kopf geflogen. Was hatten wir dort schon alles erlebt und wie oft hatte er davon geschwärmt. Aber er hatte mir auch schon etliche Dinge angekündigt, die ich dort noch erleben würde, welche würden es an diesem Abend sein? Als wir hereinkamen, war es voll, überall wurde gespielt. Es war eine Stimmung von Wollust, Erregung und Ausgelassenheit zu spüren. Wir sahen uns um und fanden einen Platz an der Bar. Falsch, *er* fand einen Platz, ich stellte mich neben ihn. Wir schauten dem regen Treiben eine Weile zu, aber ich merkte auch, wie er mich immer wieder aus dem Augenwinkel beobachtete.

»Und gefällt dir eine?«, riss er mich aus meinen Gedanken.

»Was meinst du damit?«, fragte ich ungläubig.

»Ich fragte, ob dir eine gefällt, das war doch laut und deutlich!«

Ich schaute ihn immer noch ungläubig an, fing aber schon an, mich umzusehen. Zwei oder drei Frauen waren mir schon aufgefallen, das musste ich zugeben. Eine davon hatte einen wirklich schönen Körper, langes Haar und ein hübsches Gesicht. Ja, die wollte ich schon gern mal berühren, ihre Haut spüren und ihr zusehen, wie sie genoss. Ich signalisierte ihm, welche ich auserwählt hatte, und er nickte kurz. Plötzlich fühlte ich einen Schmerz in meiner Hand, er hatte seinen Ellenbogen auf meine Hand gestützt und schaute sich in aller Seelenruhe um. Ich tat, als ob ich nichts merkte, und biss die Zähne zusammen.

»Sag mal, welches Wort hatte ich vorhin zu meiner Begrüßung gehört?«, zischte er mich von der Seite an.

Mir wurde siedend heiß, er hatte es doch gehört. Ich stammelte:

»Das habe ich doch nicht so gemeint, das war aus Versehen, wirklich!«

Aber ich wusste auch, dass das ein Nachspiel haben würde. Und die Antwort kam prompt:

»Tja, damit hast du es dir wohl verscherzt, heute meinen Schwanz zu bekommen.«

Mir traten die Tränen in die Augen, meine Hand tat inzwischen höllisch weh, das konnte er nicht so meinen. Aber mir wurde im gleichen Augenblick bewusst, dass er nicht scherzte. Dann ließ er endlich von meiner Hand ab und grinste mich an:

»Na, alles Okay mit dir? Dann sieh mal zu, dass die Kleine mich heute Abend verwöhnt, denn in einen Mund, aus dem solche Worte kommen, werde ich meinen Schwanz nicht stecken. Aber vielleicht erlaube ich dir ja, uns dabei zuzusehen.«

Ich fühlte mich tief gedemütigt. Nicht ich durfte eine andere Frau genießen, sondern eine andere sollte meinen heiß geliebten Schwanz bekommen. Ich hätte mich ohrfeigen können, dass ich meine große Klappe mal wieder nicht halten konnte, und wünschte mir, die Zeit zurückdrehen zu können.

Ich war so mit mir beschäftigt, dass ich gar nicht merkte, dass meine Auserwählte schon den Raum verlassen hatte. So fiel ich aus allen Wolken, als er mir zuraunte:

»Ab nach hinten, deine Süße wartet auf mich.«

Wir gingen den Gang entlang, an der zweiten Bar vorbei, in den Raum mit den Pferdeställen. Dort war es sehr voll, überall standen und saßen Pärchen, die sich miteinander vergnügten. Es war ein heilloses Durcheinander von Körpern, die sich ihrer Ekstase hingaben. Er steuerte auf eine noch freie Couch zu und bedeutet mir, stehen zu bleiben und ihm den Rücken zuzukehren. Ich spürte, wie seine Hand an meinen Beinen hoch tastete und zwischen meinen Schenkeln an der wärmsten und feuchtesten Stelle ankam. Er schaukelte mich langsam nach oben, ich genoss seine Berührung und die sich zur Schau stellenden, fast nackten Körper. Es dauerte nicht lange, und ich war kurz davor zu kommen, als er plötzlich von mir abließ.

»Vergiss nicht zu fragen«, zischte er.

Mir fiel wieder ein, was mich das letzte Mal erwartet hatte, als ich das vergaß. Und wieder spürte ich seine Hand, gab mich ihr ganz hin. Kurz bevor ich so weit war, fragte ich:

»Darf ich kommen, Herr?«

»Nein!«, war die niederschmetternde Antwort, und schon ließ er ganz von mir ab.

Er stand jetzt dicht hinter mir und hauchte mir mit seinem warmen Atem ins Ohr:

»Das hast du dir nun wirklich noch nicht verdient.«

Ich zog eine Schnute, aber zum Glück konnte er das nicht sehen.

Der Raum leerte sich, und der Blick auf die Pferdeställe wurde frei. Ich sah, wie die besagte Süße mit einem Kerl in einem Stall zugange war. Matthias folgte meinem Blick und sah es auch.

»Na, nun geh schon hin!«, befahl er.

Ich stellte mich an die Gitterstäbe und beobachtete die beiden. Ich konnte einfach nicht anders und steckte eine Hand zwischen die Gitterstäbe, berührte ihre warme weiche Haut und streichelte sie vorsichtig.

»Hallo!«, dröhnte es hinter mir, »hast du gefragt?«

Ich schrak zurück und stammelte eine Entschuldigung, dann fragte ich ganz förmlich erst Matthias und dann den Kerl, der hinter der Süßen zugange war. Hinter mir zischte es:

»Verdient hast du's zwar nicht, aber ich werde mal nicht so sein.«

Als auch der Kerl genickt hatte, gab ich mich ganz meiner Gier nach fremder Haut hin, streichelte, griff zu, fühlte und tastete. Die Süße hatte sich in der Zwischenzeit zu mir hingedreht, sodass ich ihre vollen, prallen Brüste streicheln konnte. Ich saugte daran und war völlig darin versunken und bemerkte nicht, dass Matthias gar nicht mehr hinter mir, sondern hinter der Süßen stand. Erst als ich eine fremde Hand auf mir spürte, drehte ich mich um und sah, dass nun der Kerl hinter mir stand. Ich schaute Matthias an und er bedeutete mir, dass es okay wäre. Wir konnten uns völlig ohne Worte verständigen, ein Blick reichte. Aber es war mir eigentlich egal, so konnte ich ihn sehen, ihn beobachten, ihm zusehen, wie er die Süße küsste, sie streichelte und ihr dann seinen Schwanz in den Mund schob. Sie kniete vor ihm, aber mich sah er dabei sehr gefühlvoll an. Unsere Blicke waren ein unzertrennliches Band, egal was der Kerl hinter mir, mit mir oder die Süße vor mir, mit ihm machte. Es war unwichtig, ich wusste, dass er nur Augen für mich hatte.

Wir kamen beide fast gleichzeitig, er durch den Mund der Süßen und ich durch die Hand des Kerls. Es war sehr intensiv und es war ein Gefühl, als wenn niemand anderes daran beteiligt gewesen wäre. Ganz außer Atem ließen wir alle voneinander ab, sortierten uns, und es entstand eine skurrile Situation. Die Süße streckte mir die Hand entgegen:

»Ach, übrigens, ich bin Vio.«

Wir mussten alle lachen und stellten uns der Reihe nach vor. Danach gingen wir an die Bar und tranken etwas, redeten und lachten. Später, als wir uns voneinander verabschiedeten, flüsterte Vio mir noch zu:

»Übrigens, dein Herr hat einen sehr geilen Schwanz, und er liegt sehr gut im Mund.«

Ich musste in mich hineingrinsen. Ja, das wusste ich.

Als wir im Taxi auf dem Weg zu ihm waren, erzählte ich ihm davon, und er sah mich stolz an.

»Du hast deine Aufgabe sehr gut erfüllt, meine Süße.«

Sprach's, nahm mich in den Arm und drückte mich feste. Vergessen waren die Tränen, sie erschienen mir wie aus einer anderen Welt, ich war glücklich und das war alles, was zählte.

Die darauffolgenden Wochen waren wieder sehr schön, er meldete sich fast täglich, wir sahen uns an fast jedem Wochenende. Man konnte also wirklich sagen, dass eine Besserung eingetreten war. Zwischenzeitlich kam er sogar auf die Idee, eine Party zu veranstalten, zu der einige befreundete Pärchen aus der kleinen Bar kommen sollten. Nur leider sagten alle ab. Da er aber unbedingt eine Party machen wollte, sollte ich meinen Bruder, dessen Freundin und meine beste Freundin und deren Mann einladen. Es wurde ein sehr gemütlicher Abend in kleiner Runde und somit lernte er auch gleich meine Freunde kennen. An einem anderen Wochenende stellte er mir seine Schwester vor und auch mit seinem besten Kumpel und deren Frau verbrachten.wir einen schönen Abend.

Dann war wieder ein Kinderwochenende angesagt, an dem ich mit meinem Sohn bei ihm war und auch sein Sohn durch die Wohnung wuselte. Sprich, wenn wir zusammen waren, war alles in Ordnung. Ich fühlte mich wohl in seiner Gegenwart, und ich glaube, ihm ging es genauso. Nur wurde ich aus ihm immer noch nicht schlau. Er ließ mich nicht wirklich an sich teilhaben, ich hatte immer das Gefühl, er fand es ganz nett, dass ich da war, aber mehr auch nicht. Jede Woche zählte ich die Tage, bis wir uns endlich wiedersahen. Bei ihm hingegen kam es mir so vor, als ob es für ihn nur ein, ›*Ach du Schreck, ist ja schon wieder Freitag, welche Ausrede fällt mir denn nun wieder ein*‹, war. Selbst wenn ich ihn darauf ansprach, sagte er, dass er es auch immer ganz nett mit mir fände und hinterher auch froh sei, wenn ich ihn wieder mal überredet hatte. Aber letztlich wäre die Woche so stressig für ihn gewesen, dass er auch mal ganz froh sei, allein zu sein. Manchmal sagte er wiederum:

»Wenn du damit nicht klarkommst, dann lassen wir es.«

Das war mir einfach zu hoch. War ihm das alles egal, oder tat er nur so? Ich verstand ihn nicht, ich verstand mich nicht. Warum war er so ignorant, und warum war ich so blöd? Warum konnte ich nicht einfach auch mal seine SMS ignorieren? Warum lechzte ich nur so nach ihm? War es genau das, was er wollte, oder merkte er nicht, was er da tat?

Es war, als wenn er austesten wollte, wie weit er bei mir gehen konnte, denn wir waren schon seit Wochen nicht gemeinsam im Bett. Er ließ mich einfach nicht an seinen Schwanz und nannte es Keuschhaltung. Die nächste Steigerung war, dass er es damit begründete, dass ich ihm eine zweite Sub suchen solle. Erst wenn er die vor meinen Augen befriedigten hätte, dann wäre meine Aufgabe erfüllt. Da er mich aber ansonsten immer befriedigte, fand ich das gar nicht so schlimm, nur eigenartig. Einmal nahm ich allen Mut zusammen und setzte mich einfach nachts auf ihn. Er tat so, als ob er schliefe, aber irgendwann konnte auch er sich nicht mehr beherrschen. Es war ein Spiel. Irgendwann würde auch er mal die Geduld verlieren und die Regeln brechen, ich musste einfach nur mitspielen. Ich suchte also nach einer Frau, die bereit dazu wäre, mit uns beiden zu spielen.

Sobald ich eingewilligt hatte, wurde er wieder zutraulich und aufmerksam. An einem dieser Tage bekam ich gegen 18 Uhr eine SMS, ob ich schon Feierabend hätte. Welch Wunder, denn sonst war nach jedem Treffen mindestens ein bis zwei Tage Funkstille. Als ich ihm zwei Stunden später antwortete, dass ich jetzt Feierabend hätte und noch was trinken gehen würde, kam die nächste SMS:

»Mit wem denn? Wieso weiß ich davon nichts?«

Ich hätte jauchzen können, er war eifersüchtig. Das war die erste Gefühlsregung, die ich bei ihm bemerkte. Ich ließ ihn noch ein bis zwei Stunden zappeln und redete noch ein bisschen um den heißen Brei herum. Dann klärte ich ihn auf, dass ich nur mit einer Freundin was trinken würde. Als ich am nächsten Tag von ihm zu hören bekam, ob ich ihm verheimlichen würde, mit wem ich alles per Messenger schreibe, da er von seinem Rechner aus nicht meine *Yahoo*-Archive überprüfen konnte, war ich platt. Aber ich merkte das erste Mal, dass ihm wohl doch etwas an mir lag, denn sonst würde ihn das nicht interessieren.

Es lief immer besser, wir telefonierten zwei- bis dreimal in der Woche, simsten täglich und sahen uns jedes Wochenende. Sogar mit unseren Kindern verbrachten wir das eine oder andere Wochenende und wir sprachen auch darüber, gemeinsam Weihnachten zu feiern. Aber das war dann wohl doch zu viel des Guten. Komm her – geh weg, und wieder kam das nächste Tief. Mittlerweile war dieses, ›*Wir haben erst wieder Sex, wenn du eine zweite Frau für mich gefunden hast*‹, so weit ausgeartet, dass er mich nicht einmal mehr anfasste, wenn wir uns sahen. Er schlief auf der Couch ein, und ich schlief im Schlafzimmer und wurde immer frustrierter. Ich versuchte krampfhaft, über das Internet eine Sub zu finden, damit der Bann endlich gebrochen wäre. Es gab etliche, die auf den ersten Blick passend gewesen wären, aber entweder stellten sie sich als Fakes heraus, oder sie waren von SM abgeschreckt. Ich gab es schon fast auf, als ich endlich Laura und ihren Herrn, ein DS-Pärchen, kennenlernte. Es war zwar nicht wirklich das, was wir suchten, aber Matthias ließ sich nach dem Erlebnis im Club doch auf ein Pärchen ein.

Es war an einem Montag nach einem wirklich schönen und gemütlichen Familienwochenende. Ich hatte mich mit Laura verabredet, und es wurde ein richtig schöner Abend. Wir hatten hundert Themen, lachten viel und entdeckten viele Gemeinsamkeiten. Leider wurden wir dann wohl etwas übermütig. Wir fragten beide unsere Herren, ob wir uns denn gleich schon mal antesten dürften. Matthias meinte:

»Klar, viel Spaß.«

Doch ihrer verlangte als Gegenleistung meinen Slip. Daraufhin antworteten wir ihm, dass ich gar keinen anhätte, und unterrichteten auch Matthias über den Stand der Dinge. Der wollte natürlich sofort wissen, wer mir erlaubt hätte, ohne Slip zu dem Date zu gehen, und mir fiel nix Blöderes ein, als zu antworten:

»Sorry, es ist so stürmisch, da hab ich ihn wohl verloren.«

Das war dann zu viel des Guten, denn Matthias bedankte sich für den dämlichen Spruch und tauchte für die nächsten Tage sang- und klanglos unter. Erst merkte ich das gar nicht, der Tag danach war anstrengend, und ich machte mir keinen Kopf, er würde wohl wieder zu tun haben. Mittwoch kam mir dann langsam der Gedanke, dass die SMS vielleicht doch etwas zu frech gewesen war und er sich deshalb nicht meldete. Also war Abbitte zu leisten angesagt. Donnerstag kam dann endlich eine Nachricht, aber der Inhalt war einfach nur eklig.

»Vielleicht sollte ich mir eine andere Sklavin suchen, die besser funktioniert«.

In diesem Moment dachte ich mir zum ersten Mal:

»Na toll, wenn er sich wegen einer frechen SMS schon eine andere suchen will, dann soll er doch.«

Freitag ging alles drunter und drüber, und er schickte nur eine SMS, die ich überhaupt nicht einordnen konnte:

»Und? Hattest du viel Spaß?«

Meinte er das Treffen mit Laura? Oder hatte er wieder etwas verwechselt? Oder meinte er, ob es mir meine Frechheit wert war, die ganze Woche nichts von ihm zu hören? Zu allem Übel hatte ich noch frei und reichlich Zeit, mir den Kopf zu zermartern. Was war nur schon wieder los? Ich drehte mich ständig im Kreis, und die Gedanken schlugen von einem Extrem zum anderen. Ich wurde immer wütender, sprich, ich kochte. Da schlug ich ihn das erste Mal mit seinen eigenen Waffen, ich zog mich zurück. Am Montag darauf kam dann die erste halbwegs normale SMS, in der er mir mitteilte, dass er sich abends telefonisch melden würde, was er natürlich nicht tat.

Irgendwann normalisierte sich alles wieder, wir landeten wieder auf dem alten Level, zwei bis vier nichtssagende SMS pro Woche. Inzwischen hatte ich mir angewöhnt, ihn nicht mehr davon zu unterrichten, wann ich am Wochenende frei hatte und von ihm kam auch nichts. Ich unterrichtete ihn aber ständig über meine seelische Verfassung. Ich erklärte ihm, wie traurig ich darüber wäre, dass er mich so gar nicht mehr sehen wolle, aber das ließ ihn scheinbar unberührt. Irgendwann schrieb ich ihm, dass mir seine SMS sehr fehlen würden, vor allem die geilen, und ob er mich denn wirklich als Nonne haben wolle, worauf prompt seine Antwort kam:

»Um Himmels willen, keine Nonne, mag schon meine kleine Sklavin, wie sie ist.«

Er war also noch am Ball, las auch meine SMS sofort, nur antwortete er eben nicht. Ich versuchte ihn dann zu überreden, dass wir uns doch mal mit Laura und ihrem Herrn treffen könnten. Vielleicht gefiel ihm Laura ja und vielleicht könnte ich so meine Aufgabe endlich erfüllen. Ich hatte es schon beinahe aufgegeben, als er endlich in ein Treffen einwilligte.

Wir verabredeten uns genau einen Tag vor seinem Geburtstag. Ich hatte wunderschöne Fotos von mir machen lassen, von denen ich drei als große Abzüge in Schwarz-Weiß entwickeln ließ. Im passenden Bilderrahmen sahen sie einfach umwerfend aus und ich konnte sie schon vor meinem inneren Auge in seinem Schlafzimmer hängen sehen. Laura und ihr Herr kamen erst zu mir, nahmen mich und die Bilder mit, und wir fuhren gemeinsam zu Matthias. Vor seiner Tür schlug mir das Herz bis zum Hals. Wie würde es wohl werden? Ich klingelte, und er öffnete sofort. Mir gegenüber war er eiskalt, ignorierte mich einfach, hieß aber die beiden herzlich willkommen. Er hatte alles schön hergerichtet, hatte gekocht, und die ersten Worte, die er an diesem Abend an mich richtete, waren:

»Geh zur Tankstelle, Brötchen holen, ich habe vergessen, welche zu besorgen.«

Ich schaute aus dem Fenster. Es regnete in Strömen, und ich hatte mich doch extra schön für ihn gemacht. Als ich zum Schirm greifen wollte, meinte er:

»Den brauchst du nicht.«

Dann gab er mir Geld und schickte mich zur Tür. Ich trottete wie ein begossener Pudel los und besorgte die Brötchen. Klatschnass überreichte ich sie ihm, aber er würdigte mich keines Blickes, nahm die Brötchen und fror sie ein. Ich war wie gelähmt, was war das denn? Ich gab meine passive Haltung auf und provozierte ihn, wo ich nur konnte. Ich wollte einfach nur, dass er mich wahrnahm. Lauras Herr bemerkte die Spannung zwischen uns und versuchte die Situation aufzulockern. Er präsentierte Laura auf dem Barhocker, bäuchlings, mit hochgezogenem Rock, sodass man ihren knackigen Hintern sah. Währenddessen unterhielt er sich mit Matthias über belangloses Zeug. Später sprachen sie über mich, aber immer in der dritten Person, als ob ich überhaupt nicht da wäre. Die Krönung war, dass Matthias auf die Frage hin, warum er so hart zu mir wäre, antwortete:

»So unerzogen, wie sie ist, muss man sie so behandeln.«

Und ich saß daneben und war fassungslos. Irgendwann reichte es mir, und ich wurde richtig frech, fuhr ihm über den Mund, sodass er endlich auf mich reagierte. Doch er stellte mich sinngemäß vor die Wahl, mich endlich zu benehmen oder zu gehen. Ich konnte es nicht glauben, mir schossen Tränen in die Augen und ich konnte mich nur schwer beherrschen, um nicht laut loszuheulen. Nun merkte er wohl, dass er zu weit gegangen war, endlich stand er auf, kam zu mir herüber, nahm mich in den Arm und meinte:

»Schatz, ich muss schon immer zu anderen nett sein, da kann ich das nicht auch noch bei dir. Halte durch, das Ergebnis lohnt sich.«

Es war schlagartig alles wieder gut, ich fing an, mich zu entspannen, es war alles nicht so gemeint. Er wollte mich noch, ich musste mich nur gedulden, ihm nur beweisen, dass ich die Richtige für ihn war. Der Abend wurde noch richtig nett, Laura und ich fingen irgendwann an, uns zu küssen und von da an übernahmen die Herren die Führung. Ich fingerte Laura, Laura leckte mich, ihr Herr steckte seine Hand in mich hinein und Matthias befriedigte Laura. Es war einfach nur ein geiles Drunter und Drüber, sodass ich um Mitternacht sogar vergaß, Matthias zum Geburtstag zu gratulieren. Als ich ihm dann endlich sein Geschenk überreichte, war er sichtlich gerührt, er freute sich wirklich darüber und fand die Fotos sehr schön. Laura und ihr Herr verabschiedeten sich bald, und wir gingen ins Bett, zusammen! Es war eine wunderschöne Nacht, ich durfte mich sogar kurz auf ihn draufsetzen. Schließlich hatte ich meine Aufgabe fast erfüllt, und als ich ihm sagte, dass ich ihn sehr lieb hätte, antwortete er sogar:

»Ich dich auch.«

Ich war total glücklich und wollte, dass diese Nacht nie endete.

Am nächsten Tag bedankte ich mich bei ihm, indem ich diese Zeilen in mein Profil in der SZ stellte:

Um mich herum war es dunkel, ich versuchte, den Weg zu finden, irrte herum. Ging mal hierhin, mal dorthin, merkte aber bald, dass es mich nicht ans Ziel brachte. Du nahmst dich meiner an, aber ich dachte immer noch, es allein schaffen zu können, wollte es einfach nicht zulassen. Oft war ich nahe am Abgrund, aber immer warst du genau im richtigen Moment da, um mich zu halten, zurückzuholen. Deine Geduld, deine Nähe und deine Kraft erfüllen mich mit Wärme und Zuversicht, und mittlerweile sehe ich ein schwa-

Und dann folgte wieder eine lange Zeit der Funkstille. Aus Tagen wurden Wochen, ich fühlte mich immer schlechter, bis ich mich irgendwann auch nicht mehr bei meldete. Dann widersetzte ich mich seiner Anweisung und schickte ihm eine SMS, dass wir reden müssten, und er meldete sich sogar. Ich ließ meinen ganzen Frust ab, sagte ihm, dass das für mich keine Beziehung wäre, dass man wenigstens ab und an mal telefonieren könne. Irgendwann ließ er sich breitschlagen und erlaubte mir, am nächsten Tag zum Reden zu ihm zu kommen.

So richtige Lust hatte ich zwar keine, weil ich dieses Gefühl nicht loswurde, dass er mich nur einlud, weil ich gedrängelt hatte und nicht, weil er es wollte, aber ich fuhr trotzdem hin. Es war nötig, endlich mal in Ruhe mit ihm zu reden und die vielen Unklarheiten in meinem Kopf zu beseitigen. Hätte ich es lieber nicht getan.

Als ich ankam, wuselte sein Sohn durch die Wohnung. Er hatte natürlich nicht erwähnt, dass er da sein würde und gegen zehn Uhr brachte er ihn endlich ins Bett. Es kam kein vernünftiges Gespräch zustande, der Fernseher lief die ganze Zeit und ich ließ es über mich ergehen. Nach dem dürftigen Abendbrot - er hatte nicht mal eingekauft und auch meinen Wein nicht da - machte er es sich auf der Couch bequem und schlief ein. Ich sah mir den Film noch zu Ende an und ging dann allein ins Bett. Gegen vier Uhr morgens kam er auch ins Bett und fing an, mir den Rücken zu streicheln. Ich drehte mich um, kuschelte mich an ihn und fing an, an ihm rumzugrabbeln. Er forderte mich daraufhin auf, endlich ruhig zu liegen zu bleiben. Aber ich konnte seine Nähe nicht ertragen, ohne ihn zu berühren und drehte mich weg. Irgendwas überkam mich dann und ich fragte ihn, ob ich es mir wenigstens selber machen dürfe. Er reagierte empört, das sei ja wohl der absolute Blödsinn, dass er daneben liegen und zusehen würde. Als ich entgegnete, dass ich das aber brauchen würde und es zum Glück noch andere Männer gäbe, die mich wollen würden, sprang er wie von der Tarantel gestochen auf. Er meinte, solche Diskussionen müsse er sich nicht antun und ging wieder ins Wohnzimmer, um weiter zu schlafen. In mir kochte es, das war doch nicht zu fassen. Was wollte dieser Kerl? Mich jedenfalls wohl nicht mehr!

Am nächsten Morgen ging er, ohne sich zu verabschieden, und ließ mich einfach weiterschlafen. Ich packte all meine Sachen, die sich nach und nach bei ihm angesammelt hatten, zusammen und verabschiedete mich von seiner schönen Wohnung. Wütend, gedemütigt und enttäuscht fuhr ich nach Hause.

Ein paar Tage später telefonierten wir, redeten aber nur über belangloses Zeug und die wenigen SMS, die er noch schickte, fielen äußerst wortkarg aus. Er schob alles auf zu wenig Zeit und zu viel Stress. Meine Antworten wurden immer wehmütiger, da ich das nicht verstehen konnte. Er sollte mir doch bitte sagen, was los sei, aber er reagierte nicht. Ich dachte mir so manchen Blödsinn aus, um das Handy Vibrieren zu lassen, ich hatte schließlich Zeit und so einfach gab ich mich nicht geschlagen. Eine Variante war, eine an die beste Freundin gedachte SMS »zufällig« an die falsche Nummer zu schicken. Das hat auch geklappt, aber nur einmal. Ein zweites Mal würde das nach Mutwilligkeit aussehen und das wollte ich auf keinen Fall. Auch die Methode, an das andere Handy eine SMS mit dem Wortlaut, »Liebes Handy, bitte richte Deinem Besitzer doch aus, dass er mir fehlt«, zu schicken, klappte nur einmal. Denn auch Handys sind schlau und kommen schnell dahinter, dass sie nur ausgenutzt werden damit der Besitzer reagiert. Selbst sich beim Gegenüber über ein angebliches Funkloch zu beschweren, das einen permanent verfolge, klappte nicht mehrmals. Das alles hatte ich probiert. Auch mehrere Tage hintereinander die gleiche SMS zu schicken hatte ich versucht - ich war eben erfinderisch geworden in den letzten Wochen.

Eine Woche vor Weihnachten stellte ich meine SMS-Schreiberei völlig ein. Bis dahin hatte ich noch einen winzigen Schimmer Hoffnung, dass er mich nur schmoren lassen wollte, um mich irgendwann zu erlösen - aber auch in dieser Beziehung wurde ich enttäuscht. Daraufhin wurde meine schlimmste Befürchtung immer realer, ich würde Weihnachten alleine verbringen. Selbst mein Sohn war bei seinem Vater und das war zu viel für mich. Ich brach zusammen, heulte wie ein Schlosshund, verstand die Welt nicht mehr und wollte nur noch sterben. Und doch hoffte ich bis zuletzt. Das Telefon lag wie immer neben mir. Seit ich ihn kannte, war es ständig in meiner Nähe. Meine Kolleginnen machten sich schon lustig darüber, dass ich es mir doch eigentlich auch implantieren lassen könne, aber ich machte mir nichts daraus. Schließlich könnte in jeder Sekunde eine SMS kommen oder es würde gar klingeln – nicht auszudenken, was passieren würde, wenn ich es dann nicht hören würde. Sicher, in letzter Zeit schwieg es öfter, als mir lieb war, auch wenn ich es noch so oft anstarrte, es streichelte oder mit ihm redete. Aber das würde schon seinen Grund haben, es musste einfach einen logisch erklärbaren Grund geben, nur war ich wohl noch nicht dahintergekommen, welcher das war.

Ich saß vor dem Telefon, das seit nunmehr einer Woche von beiden Seiten ungenutzt blieb, und flehte es stumm an, heute musste es klingeln! Hatte ich doch so lange auf diesen Tag gewartet, hatte ihn mir so oft gedanklich in den schönsten Farben ausgemalt. *Er* hatte diese Farben gemischt, hatte gesagt, dass ich nur eine Weile durchhalten müsse, weil sich das Ergebnis lohnen würde. Hatte mich gefüttert mit Bemerkungen, wie wohl meine Eltern denn seine Kochkünste finden würden und dass es ihm an so einem besonderen Abend erst recht Spaß machen würde, sie zu bekochen und sie endlich kennenzulernen. Auch, wenn er mich nun doch nicht an der Ausschmückung seiner Wohnung hatte, teilhaben lassen, er es vorgezogen hatte, dies allein zu tun, war ich berauscht von vorweihnachtlicher Stimmung.

Ich hatte mich sehr gefreut, diesen Tag nicht allein verbringen zu müssen, sondern mit ihm, und hatte mir lange vorher darüber Gedanken gemacht, was ich ihm schenken würde. Es sollte so besonders sein wie dieser Abend.

Und genau dieses Geschenk lag nun unausgepackt, jungfräulich vor mir auf dem Küchenfußboden. Ich musste nur aufpassen, dass es nicht von den Tränen die mir über die Wangen liefen, durchnässt wurde, denn vielleicht klingelte das daneben liegende Handy doch noch. Laura hatte versucht mich abzulenken, sie wollte mich mit auf eine Weihnachtsparty nehmen. Aber unsere Suche danach endete in einem Döner-Imbiss, das Einzige, was an diesem Abend noch offen hatte. Ich musste jetzt stark sein, ich musste gegen diese schrecklichen Schmerzen im Magen ankämpfen, denn er hatte gesagt, dass ich nur durchhalten müsse. Er würde sich melden, er *musste* sich melden, er konnte mich doch nicht an diesem Abend so alleine lassen. Meine Gedanken schweiften ab, wollten zu ihm, versuchten zu sehen, was er gerade tat, woran er dachte, aber ich erreichte ihn nicht. Die Verbindung war unterbrochen.

Kurz nach Mitternacht trat ich auf den Balkon. Aus der Wohnung unter mir erklang ›Stille Nacht‹, alle Fenster waren festlich beleuchtet und es roch nach Braten und Gebäck. Ich fröstelte, in der einen Hand das Geschenk und in der anderen das immer noch schweigende Handy.

So viel Hoffnung hatte ich in diese Beziehung gelegt, hatte ihm mein Herz geschenkt, meine Seele geöffnet, meinen Körper zu Füßen gelegt, mich ihm völlig hingegeben und er trat all das mit Füßen. Der Heiligabend, den ich heulend auf dem Küchenfußboden verbrachte, war zu viel für mich und ich konnte verstehen, dass es Menschen gab, die sich wegen Weniger das Leben nahmen. Wie konnte ein Mensch, den man so sehr liebte, dem man alles gegeben hatte und dem man so vertraut hatte, so etwas tun? Wieso war er so feige, warum konnte er mir nicht sagen, dass er mich nicht mehr wollte? Es wäre nach sieben Monaten nicht zu viel verlangt gewesen. Ich war am Boden zerstört, ich heulte, fluchte und war nur noch ein Nervenbündel. Egal wie ich es drehte, dieses Verhalten war für mich das Letzte.

Am nächsten Morgen bekam ich eine niederschmetternde E-Mail von ihm, die mehr als unpersönlich war:

»Hallo Siri, es tut mir leid, dass ich mich so blöd verhalte und mich nicht bei dir melde, komme aber zurzeit mit mir und meiner Umwelt nicht so richtig klar. Ich bekomme das nur alleine hin und brauche einfach meine Zeit, um alles in meinem Kopf klar zu bekommen, noch mal ein großes Sorry.«

Ich änderte bei all meinen Profilen, zu denen er bis dahin Zugang hatte, die Passwörter und löschte ihn in der *Sklavenzentrale* als meinen Dom. Ich war am Ende meiner Kräfte, ich war wieder herrenlos!

Unendlich traurig bin ich,

nun ist er aus der Traum,

hab das Glück dicht vor mir gesehn,

auch wenn's sehr hoch hing am Baum

der Hoffnung, der Sehnsucht,

doch war's wohl zu weit weg,

denn ich konnt's nicht halten,

das bisschen Glück.

Ich kann's nicht verstehen,

weiß nicht, warum,

vielleicht war ich zu blind,

oder einfach nur dumm?

Hab deinen Versprechen geglaubt,

hab so sehr gehofft,

und wurde enttäuscht,

wie schon so oft.

Der Schmerz sollte meinen Körper treffen,

ich wollte lieben und nicht weinen,

und nicht meine Seele,

denn die hat genug vom Leiden.

Ich glaub, dein Beweggrund ist,

nicht Dominanz sondern Egoismus.

Aber wer will mir vorschreiben,

dass ich damit leben muss?

Hab dir alles gegeben,

hab dir unendlich vertraut

und du hast dich von mir entfernt,

hab wohl auf Treibsand gebaut.

Ich war wohl nicht das, was du suchst,

wär's so schwer gewesen, mir das zu sagen?

Und warum das Drumherum?

Werd ich mich ewig fragen!

Leb wohl, werde glücklich,

in deiner eigenen Welt,

Laura und ihr Herr versuchten mich abwechselnd aufzubauen, aber es half nicht, ich litt wie ein verwundetes Tier. Ich hörte nichts mehr von Matthias. Erst Mitte Januar kam eine SMS, in der er sich entschuldigte, sich nicht gemeldet zu haben. Er könne mir auch nicht erklären, was gewesen sei und dass ich es in meiner *unendlichen Vereinnahmung* nicht verstehen würde. Es war einfach unglaublich, er setzte voraus, dass ich seine Probleme sowieso nicht verstehen würde, doch er sagte mir nicht, welche das waren. Er warf mir vor zu übertreiben und streute ständig Salz in die Wunde. Irgendwann musste er allerdings kapiert haben, wie sehr mir sein Verhalten zusetzte, denn er schlug vor, dass wir uns für ein ausführliches Gespräch treffen sollten. Komisch fand ich das schon, denn wenn er mich nicht mehr wollte, warum dann ein Treffen? Also irgendetwas musste ihm noch an mir liegen, nur was? Ja, ich wollte ihn sehen, wollte wissen, ob er immer noch diese Wirkung auf mich hatte und was es war, das ihn veranlasste, sich mir gegenüber so zu verhalten. Ich wollte Antworten, ohne die ich mich sonst immer im Kreis drehen würde, aber er ließ mal wieder auf sich warten.

Dein Foto liegt vor mir, ich seh es an,

als ob du mir ein Fremder wärst,

und doch zieht es mich in seinen Bann,

hätt doch so gern für immer dir gehört.

So oft hab ich dir beim Schlafen zugesehen,

konnte davon gar nicht genug bekommen,

schon lange war's um mich geschehen,

aber nun hat wohl jemand anders gewonnen.

Ich weiß nicht, was die Zukunft bringt,

ob ich dich je vergessen kann,

die Trauer wird vielleicht vergehen

und auch der Schmerz, irgendwann.

Es ist so viel, was wir zusammenhatten,

konnt mein Glück gar nicht richtig fassen,

noch nie war's für mich so intensiv,

doch auch das wird bald ganz verblassen.

Wirklich schade, denn es fing einfach super an,

hat Spaß gemacht, mit dir zu spielen,

doch irgendwann kommt ein anderer Mann,

egal, irgendeiner von den vielen.

Ich weiß, es wird nie wieder so,

das war einmalig, jedenfalls für mich,

und vielleicht bin ich auch irgendwann froh,

Natürlich kam ich wieder aus meinem Loch hervor, schließlich hatte mich Matthias über Monate ausgehungert. Ich hielt mich an jedem Strohhalm fest und willigte recht schnell ein, mich mit einem anderen Dom, Oskar, zu treffen. Wir hatten bereits seit Weihnachten Kontakt und auch schon telefoniert. Er war sehr verständnisvoll, hörte zu, wollte alles über die Beziehung zu Matthias wissen und tröstete mich. Das Treffen war sehr prickelnd, ich zuckte bei jeder Berührung zusammen und natürlich landeten wir bei ihm. Es ging alles sehr schnell, schon bald lag ich gefesselt auf seinem Wasserbett und ließ mich nach Strich und Faden verhauen und nehmen. Aber dabei dachte ich die ganze Zeit an Matthias. Er hätte genau das mit mir tun müssen und wie schön wäre es, wenn er an Oskars Stelle wäre. Ja, es war sehr geil, und ja, ich genoss es, aber es fühlte sich falsch an. Ich konnte mich nicht völlig fallen lassen. Morgens fuhr ich dann mit zerschundenem Körper, passend zu meiner Seele, nach Hause, war aber auch nicht sonderlich überrascht, dass sich Oskar danach nicht meldete. Es machte mir auch nicht wirklich etwas aus.

Nach einer Woche hatte ich mich damit abgefunden, den ersten ONS meines Lebens gehabt zu haben. Doch dann meldete er sich plötzlich wieder und warf mir vor, dass ich meinen Pflichten als Sub nicht nachkäme, da ich mich nicht melden würde. Was dachten diese Kerle alle nur? Ich überlegte hin und her und kam zu dem Schluss, doch lieber den Spatz in der Hand zu nehmen, und spielte sein Spiel mit. Mein Selbstwertgefühl war so sehr am Boden, dass ich mich beinahe gebauchpinselt fühlte. Also verhielt ich mich so, wie er es erwartete, doch ich machte es ohne Überzeugung und eher zurückhaltend. Er bemerkte das natürlich und es brachte ihn zur Weißglut. Aber ich konnte nicht anders.

Auch sonst war ich kein Unschuldsengel. Ich schrieb und mailte viel mit Lauras Dom. Als wir uns damals bei Matthias trafen, es hatte ganz schön zwischen Laura und mir geknistert und ich wollte wissen, was das war. Wir verabredeten uns an einem Freitag bei mir, aber just einen Abend davor stand Oskar vor meiner Tür. Es war zwar nur ein kurzer Besuch, doch ich sagte Lauras Dom ab. Zwei Dates innerhalb von 24 Stunden, das war mir dann doch zu viel des Guten, abgesehen davon wollte er plötzlich ohne Laura kommen.

Zwischenzeitlich meldete sich auch Matthias wieder, er wollte noch ein Treffen mit mir, um alles aufzuarbeiten. Ich war wie vom Blitz getroffen und willigte freudestrahlend ein. Nur hatte ich mich ein paar Tage vorher mit Laura und ihrem Herrn verabredet, und so bat ich darum, meinen Hintern zu verschonen, um nicht wieder mit einem blauen vor Matthias aufzutauchen. Das Treffen war nett, mehr aber auch nicht, ich konnte mich nicht fallen lassen, mein Kopf war bei Matthias. Das wiederum merkte Lauras Herr und war sauer, weil er mich wieder nur eingeschränkt benutzen konnte. Doch mir war das egal, er sollte sich nehmen, was er bekam, und sich nicht darüber beschweren.

Von Oskar hatte ich schon bald genug, er war mir zu aufdringlich, wollte ständig wissen, wo ich mit wem unterwegs war, meldete Besitzansprüche an, die ihm gar nicht zustanden, überwachte und kontrollierte mich, wo er nur konnte. Das war mir zu viel, zumal ich ihn als alles andere, aber nicht als meinen Dom ansah. Ich schrieb ihm also kurz und knapp, dass ich keine emotionale Nähe zu ihm aufbauen könne und ihm auch nichts vormachen wolle und es besser wäre, wenn wir uns nicht mehr treffen würden. Natürlich kam daraufhin der Vorschlag von ihm, dass wir uns doch wenigstens noch ab und an mal zum *Spaßhaben* treffen könnten, aber das lehnte ich kategorisch ab. Was sollte das denn? So nötig hatte ich es auch nicht und alleine ums Vögeln ging's mir ebenfalls nicht.

Es war eigenartig. Oskar benahm sich genauso, wie ich es mir bei Matthias gewünscht und erträumt hatte. Aber ich konnte mich auf ihn nicht einlassen, mein Herz war noch ganz bei Matthias. Vielleicht würde ich es irgendwann bereuen, aber zu diesem Zeitpunkt konnte ich mich nicht für Oskar öffnen.

Und dann, fast genau einen Monat nach Heiligabend, fuhr ich zu Matthias. Er hatte wie immer gekocht, es war sehr romantisch, und wir redeten lange, über alle Dinge, die die ganze Zeit unausgesprochen in der Luft gelegen hatten. Wir hatten viele Fehler gemacht, ich mit meinem Übereifer und meiner unendlichen Vereinnahmung und er mit seiner Unfähigkeit, darüber zu reden und seinem daraus resultierenden Rückzug. Er entschuldigte sich etliche Male für die Art und Weise, konnte es aber schwer rückgängig machen, es war nun einmal geschehen. Ich fühlte mich rundum wohl, wie zu Hause angekommen und genoss jede Sekunde mit, und bei ihm.

Wir machten genau da weiter, wo wir aufgehört hatten und es war eine wunderschöne Nacht. Er brauchte mich nur anzusehen oder sich dicht hinter mich zu stellen, und ich wurde nass und hätte ihn sofort anspringen können. Dieser Kerl war Begehren pur! Er nutzte das natürlich schamlos aus, demütigte, quälte und benutzte mich, wo er nur konnte. Er fragte mich, mit wem ich denn in der Zwischenzeit alles zusammen gewesen wäre, ob es mir Spaß gemacht hätte und ob ich dabei an ihn gedacht hätte. Und wie ich das hatte, natürlich, in jeder Sekunde meines Lebens, wie konnte er nur daran zweifeln? Aber ich merkte auch, wie hin- und hergerissen er war. Sein Kopf sagte ihm, ›Lass die Finger von ihr‹, aber aus seinem Mund kam der Satz:

»Du bist und bleibst meine Sklavin, egal was und wer in deinem Profil steht. Und du wirst immer zu mir kommen, wann immer ich dich rufen werde.«

Dieser Satz prägte sich mir ein, denn genau das fühlte ich auch. Ich war ihm hoffnungslos verfallen. Am nächsten Morgen war mein erster Gedanke: ›Ja, ich bin wirklich wieder hier.‹ Es fühlte sich gut an, aber ich wusste auch, dass es nur geliehene Zeit war. War es ein Neuanfang oder war es das Ende? Wie es weitergehen würde mit uns, würde erst die Zeit zeigen.

Danach meldete ich mich über eine Woche nicht bei ihm, was bei ihm ein, »Herzlichen Glückwunsch«, und »Hättest du das Mal früher schon so gemacht« hervorrief. Denn er hatte beim Verabschieden mit mir wetten wollen, dass ich doch gleich vor der Haustür die erste SMS abschicken würde. Doch ich hatte mir fest vorgenommen, mich nicht mehr von mir aus zu melden und ich hielt mich daran. Er war es auch, der mich dann im Chat wieder ansprach, wir chatteten über fünf Stunden und schwelgten in alten Erinnerungen. Es lief natürlich wieder darauf hinaus, dass ich mich nicht zurückhalten konnte und ihn fragte, ob er am Wochenende schon was vorhätte. Er meinte, dass wir das Mal im Hinterkopf behalten könnten, und prompt kam Donnerstag eine SMS, dass er am Samstagmittag Besuch bekäme und er nicht wüsste, wann die Person wieder gehen würde. Ich reagierte so, wie er es niemals erwartet hatte. Ich bedeutete ihm, dass das doch kein Problem wäre, da ich damit schon gerechnet und mich mit jemand anderen verabredet hätte. Seine Antwort war göttlich.

»Du Miststück«, war eines der Worte, die er verwendete und, »Natürlich kannst du tun und lassen, was du willst, aber immer schön an meinen Schwanz dabei denken.«

Ich feierte innerlich, das ging runter wie Öl, ein Orgasmus konnte nicht schöner sein. Überhaupt hatten sich Austausch und Inhalt unserer SMS und Mails drastisch verändert. Sie waren härter geworden, was mir aber nicht missfiel.

Der Samstag nahte, und als ich Feierabend hatte, fragte ich dumme Pute dann bei ihm an, ob ich ihm meinen Hintern präsentieren könne oder ob durch das Aufwärmen alter Erinnerungen seine Brille so beschlagen sei, dass er das nicht mehr sehen könne. Die Antwort war, dass seine Bekannte noch da wäre und wir es besser verschieben sollten. Ich schluckte einmal, ich schluckte zweimal, schüttelte mich kurz und wünschte ihm dann noch viel Spaß und einen schönen Abend. Ich weiß nicht, was dann in mir passierte, ich hätte es dabei belassen sollen, aber nein, ich musste noch hinten anhängen, dass er Bescheid sagen könne, wenn er noch Lust auf den Club hätte. Er antwortete lapidar, dass er sich melden würde. Ich nahm das natürlich wieder wörtlich und blieb brav zu Hause und wartete auf eine Reaktion von ihm. Gegen elf fragte ich vorsichtig an, ob es denn noch was werden würde, was seinerseits mit Schweigen beantwortet wurde. Ich war bei 180 angekommen und dachte mir:

›Heute gehst du nicht wieder heulend ins Bett!‹

Ich zog mich an, schnappte meine Beischlafutensilien und machte mich auf zum S-Bahnhof. Als ich fast da war, kam von ihm eine SMS, ob ich ihn schon wieder unter Druck setzen wolle, dass sein Besuch übernachten würde und die Kinder schon schlafen würden. Ich hätte mich von der Brücke stürzen wollen, es schnürte mir den Hals zu, ich machte kehrt und ging tränenüberströmt zurück nach Hause.

Zu Hause setzte ich mich an den Rechner und traf im Chat auf eine, nicht weniger aufgelöste Laura. Wir heulten uns gegenseitig aus und beschlossen, alle Vorsicht zu vergessen und Laura kam postwendend zu mir. Das, ohne ihren Herrn vorher gefragt zu haben, denn *das* war schließlich ein Notfall. Wir fielen uns heulend in die Arme, schimpften über alle Männer dieser Welt und ertranken unseren Kummer mit Glühwein. Gegen drei Uhr nachts schickte ich dann in meinem Suff eine SMS an Matthias:

»Vielen Dank, dass es mit uns mal wieder nicht geklappt hat, weil mir doch sonst ein wirklich schöner Abend entgangen wäre.«

Als er fragte, warum das so sei, schrieb ich:

»Stör uns mal nicht, ich habe Besuch, mit dem ich grad Spaß habe.«

Gegen vier schrieb ich noch eine SMS hinterher, dass ich mehrmals so richtig schön gekommen wäre, und er reagierte prompt:

»Ganz schön dünnes Eis, deine SMS.«

Schließlich durfte ich, als ich noch seine Sub war, niemals ohne seine Genehmigung kommen. Ich ignorierte seine Verärgerung und bestellte ihm schöne Grüße von Laura. Er wünschte uns doch tatsächlich viel Spaß miteinander. Dennoch verlangte er, mit Laura zu sprechen, da er es mir anscheinend nicht glaubte. Danach hörten wir nichts mehr von ihm, bis es plötzlich an der Tür klingelte. Es war unfassbar. Er hatte sich wirklich in ein Taxi gesetzt, um zu uns zu kommen. Laura war hin- und hergerissen, aber sie war sauer genug auf ihren Herrn, um all ihre guten Vorsätze zu vergessen und willigte in ein Spiel zu dritt ein. Nach anfänglich zwanglosem Geplauder und wiederholtem Schwelgen in Erinnerungen seinerseits kam es dann auch wirklich dazu.

»Steh auf und geh in die Küche!«, befahl Matthias, »Such dir einen der Rohrstöcke aus und mach dich bereit.«

Ich war verwirrt, hatte er tatsächlich Rohrstöcke mitgebracht? Mit hochgezogenem Rock stand ich nun da, und er trat von hinten an mich heran. Mir lief es kalt den Rücken herunter, es war wie früher. Seine Nähe, seine Stimme, seine Berührungen! Dann schlug er zu - wie ich das liebte!

»Das sollte jetzt Belohnung genug sein«, hauchte er mir ins Ohr.

Danach befahl er mich ins Wohnzimmer zurück, schließlich hatte ich ihn mit Laura hergelockt und nun wollte er auch etwas sehen. Ich hockte mich neben sie und fing an, sie zu küssen, es dauerte nicht lange und er stand neben uns, streichelte zuerst mich und dann sie. Es war sehr prickelnd und es endete mit wildem hemmungslosem Sex: Jeder mit jedem, drunter und drüber. Es war wunderschön, ihn und seine Hände spüren zu dürfen, ihn zu beobachten, zuzuschauen, wie Laura ihn küsste, während ich auf ihm ritt und wie sie ihm einen blies, während ich sie leckte. Gegen zehn Uhr morgens verabschiedete er sich, schließlich warteten zu Hause sein Besuch und sein Sohn auf ihn. Dass der Abend so verlaufen würde, hatte ich mir in meinen kühnsten Träumen nicht ausgemalt.

Aber es war, was es war, eine Episode, nicht mehr und nicht weniger. Ich durfte mir keine weiteren Hoffnungen machen, es war vorbei. Er war nur aus reiner Lust gekommen. Auch wenn ich endlich seine Bedingung erfüllt hatte, eine zweite Frau zu besorgen, war es Belohnung genug, ihn wiedergesehen und gespürt zu haben. Mehr konnte ich nicht erwarten.

Ich fand mich also damit ab und fing an, mein Leben ohne ihn zu arrangieren. Ganz ungewohnt war das nicht, denn in den letzten beiden Monaten, war ich quasi schon allein gewesen. Wenn ich die Augen schloss, sah ich ihn vor mir, immer und überall. Ich roch ihn, ich spürte ihn, da er mich aber nicht wollte, musste ich mich damit abfinden. Ich musste es akzeptieren, so schwer es auch fiel. Doch er war immer noch in mir, die Erinnerungen konnte mir keiner nehmen, und so holte ich ihn mir hervor, wann immer mir danach war. Rein äußerlich war ich ruhig und erweckte wohl den Eindruck, alles gut verarbeitet zu haben. Doch tief in mir baute ich in mir eine Scheinwelt auf.

Sporadisch meldete er sich sogar bei mir, doch wir sprachen nur über belanglose Dinge. Er fragte, wie es mir ginge, doch ich spürte, dass es ihn nicht wirklich interessierte. Der gelbe Smiley neben seinem Namen, der bei *Yahoo* anzeigte, dass er online war, wurde langsam zum Symbol der Beruhigung, sagte mir, es ging ihm gut, er war noch da, irgendwo da draußen. Aber es schmerzte mich immer noch, dass ich nicht bei ihm sein konnte. Doch ich lernte auch, damit zu leben, meine Lebensgeister wurden wieder wach, ich tauchte aus dem Sumpf der Gefühle auf, schloss neue Kontakte, lernte wieder zu atmen. Ich lernte auch andere Männer kennen, schrieb mit ihnen. Das

Gefühl, dass es falsch war, weil ich immer noch Matthias gehörte, wurde schwächer, auch wenn es nie ganz wegging. Allerdings gab es mit ihm nur halbherzige Schreibereien, etwas fehlte und ich vermisste es sehr. Aber damit musste ich mich wohl abfinden.

Doch auf einmal war der gelbe Smiley nicht mehr da, erst Stunden, dann Tage. Was war passiert, musste ich mir Sorgen machen? Er tauchte wieder in meinen Träumen auf, war greifbar nahe, lies mich schlaflos wach liegen. Eines Nachts wurde mir bewusst, dass es auch sein könnte, dass er sich nur vor mir versteckte. Aber warum sollte er das tun? Ich sprang aus meinem Bett, schaltete den Rechner an und loggte mich ein. Um diese Zeit war er immer online, aber da war nichts.

Plötzlich hatte ich eine Idee. Mir fiel ein, dass ich noch mein uraltes Zweitprofil aus der Zeit mit Carsten hatte. Ich suchte und fand sehr schnell den Nick und das dazugehörige Passwort. Ich loggte mich damit ein und rief das Profil von Matthias auf. Und da war er, der gelbe Smiley. Ich war empört, Wut kochte in mir hoch.

›So nicht, mein Lieber, nicht mit mir! Es war deine Idee, dass wir Freunde bleiben, aber Freunde versteckten sich nicht voreinander!‹, dachte ich.

Ich wollte losschreiben, ließ dann aber die Finger von der Tastatur. Wenn ich ihn anschrieb, würde er auch dieses Profil ignorieren, also durfte er nicht wissen, dass ich dahinter steckte. Ein Plan entwickelte sich in meinem Kopf, ich wurde aktiv. Erst änderte ich mein Profil so, dass es genau in sein Beuteschema passte. Aber ich wusste auch, dass er sehr auf Bilder achtete, nur, woher sollte ich die nehmen? Er kannte alles an mir, würde jedes Detail wiedererkennen, also durfte nicht ich auf den Fotos sein. Skrupel tauchten in mir auf, aber andere taten es schließlich auch - Engelchen und Teufelchen diskutierten miteinander. Teufelchen gewann und ich durchstöberte das Netz. Es mussten mehrere Fotos von ein und derselben Frau sein und ich brauchte auch nicht lange zu suchen. Als ich fertig war, meldeten sich noch einmal kurz die Bedenken, aber was hatte ich schon zu verlieren? Ihn nicht mehr!

Mein erstes Anschreiben war belanglos und locker verfasst und es dauerte nicht lange, bis er antwortete. Mir schlug das Herz bis zum Hals, ich durfte keinen Fehler machen. Ich gab mich reserviert, aber trotzdem interessiert und merkte schnell, dass sich seine Art zu schreiben geändert hatte. Er war nicht mehr so offen wie damals, als wir uns kennengelernt hatten, aber das gefiel mir. Offensichtlich hatte er dazugelernt. Er hatte begriffen, dass es ein Fehler war, sich so schnell in eine Beziehung zu stürzen, die für uns beide unweigerlich im Chaos enden musste. Als ich merkte, dass er angebissen hatte, war meine Neugier befriedigt und ich verabschiedete mich bald. Mit einem Lächeln im Gesicht schlief ich ein.

Es vergingen Tage und ich schrieb ihn nicht an. Ich wusste nun, dass ich immer, wenn mir danach war, einfach in mein zweites Ich schlüpfen konnte. Diese Gewissheit reichte mir vorerst. Doch immer wenn das Verlangen nach ihm so stark wurde, dass ich körperlichen Schmerz verspürte, sich mein Magen verkrampfte, gab ich meiner Sehnsucht nach und ging online. Ich verhielt mich wie eine Süchtige, die ihre Drogen brauchte. Ja, er war meine Droge, ich wusste, dass ich damit aufhören musste, dass es mich zerstören würde, aber ich war zu schwach. Die Chats häuften sich, aus wöchentlich wurde täglich, und aus einem belanglosen Austausch wurden intensive Gespräche, die später in Intimitäten mündeten. Es war einfach himmlisch. Wie hatte ich das vermisst, wie hatte ich *ihn* vermisst! Doch ich merkte auch, wie sehr ich mich damit selbst betrog, schließlich meinte er nicht mich, sondern eine andere. Aber es fühlte sich doch so gut an, ich konnte einfach nicht aufhören. Insgeheim hoffte ich, dass er merken würde, dass ich es war, doch trotz vieler Hinweise, die ihn eigentlich hätten aufmerksam machen müssen, merkte er nichts. Sicher wunderte er sich ab und an darüber, wie identisch viele unsere Vorstellungen und Fantasien waren, aber erkannte er wirklich nichts, wollte er nichts merken?

Irgendwann wollte Matthias mehr und ich bekam Angst. Was, wenn er mit mir telefonieren wollte oder noch schlimmer, sich mit mir treffen? Ich musste mir etwas einfallen lassen, damit er nicht den Rückzug antrat, ich wollte nicht das bisschen Verbindung, das ich zu ihm hatte, wieder aufgeben müssen. Ich war verzweifelt. Ich erinnerte mich daran, dass wir mal darüber gesprochen hatten, wie prickelnd es sein müsste sich mit einer wildfremden Person in einem Hotelzimmer zu treffen und erst danach zu entscheiden, ob man sich wiedersehen wolle oder nicht. Nein, das war zu gewagt, das konnte ich nicht tun. Doch irgendwann, als es wieder um den Austausch von Fantasien ging und er immer mehr nach einem Treffen drängte, schlug ich ihm genau das vor. Er war begeistert, und wir malten uns zusammen so ein Treffen aus. Die Details wurden verabredet und auch ein Termin war schnell vereinbart. Als ich nach diesem Chat im Bett lag und darüber nachdachte, wurde mir immer mehr bewusst, dass ich nicht mehr zurückkonnte oder wollte. Die Vorstellung daran, ihn wiedersehen zu können, überrollte jeden Vernunftgedanken.

Es gab nur ein Problem. Er wollte tatsächlich vorher mit mir telefonieren. Ich überlegte und kramte mein altes Handy mit der Prepaid-Karte heraus und weihte eine Freundin ein. Mit einem Augenzwinkern erklärte die sich auch gleich bereit das Telefonat zu führen und so war auch diese Hürde überwunden. Er telefonierte kurz mit ihr und war dann zufrieden. Dass er mittlerweile das Hotelzimmer gegen seine Wohnung getauscht hatte, störte mich nicht wirklich, so konnte ich mir wenigstens sicher sein, dass er auch kam. Immer wenn ich daran dachte, wie er reagieren würde, wenn er mich dort sähe, überzog ein breites Grinsen mein Gesicht. Ich freute mich diebisch, ihn in die Falle locken zu können. Was konnte schon passieren? Er konnte mich ohrfeigen, na und. Er konnte mich dafür bestrafen, ja, gerne. Er konnte mich ignorieren, aber ich war in seiner Nähe. Das Schlimmste, was passieren konnte, war, dass er mich hinauswarf. Aber ich schätzte eher, dass er von meiner Aktion sehr beeindruckt sein würde, auch wenn er es sich nicht anmerken lassen würde.

Der Tag kam näher, ich suchte die gewünschten Utensilien und die passende Kleidung zusammen. Wie in einem Ritual bereitete ich alles vor. Ich ließ mir Zeit mit den Vorbereitungen, machte mich schön, stylte mich so, wie er es mochte. Die Fahrt zu seiner Wohnung war wie eine Fahrt nach Hause. Wie hatte ich es mir gewünscht, diesen Weg wieder gehen zu dürfen und nun tat ich es, wenn auch unter falschen Voraussetzungen.

Es war schon dunkel, als ich bei ihm ankam und ich fand den hinterlegten Schlüssel nicht gleich. Mir zitterten die Knie, aber er half mir mit einer SMS auf die Sprünge, und als ich in seiner Wohnung stand, war ich überwältigt. Überall standen Kerzen, Kaminfeuer prasselte im Fernsehen, Musik lief, und auch eine Flasche Wein und zwei Gläser standen schon bereit. Erinnerungen wurden wach, Erinnerungen an Zeiten, als er das noch für mich getan hatte. Doch ich musste mich beeilen, umziehen, alles bereitlegen und mich wie gewünscht mit verbundenen Augen in der Mitte des Wohnzimmers drapieren. Als ich fertig war, atmete ich tief durch und schickte ihm die SMS.

»Ich bin bereit für dich.«

Es vergingen qualvolle Minuten, er ließ sich Zeit, ich hörte mein Herz bis zum Hals pochen. Die Schritte im Hausflur kamen näher, seine Schritte, der Schlüssel wurde ins Schlüsselloch gesteckt und dann war da nur Stille. Endlich schloss er auf, und wieder war es absolut ruhig.

»Na, das hätte ich mir doch auch gleich denken können, dass du es bist, so verrückt ist doch sonst niemand«, dröhnte es von der Tür zu mir.

Ich musste grinsen und hörte an seiner Stimme, dass er ebenfalls grinste. Ich lauschte. Was würde er tun? Er zog seine Jacke aus, warf seinen Schlüssel auf den Tresen, wie er es immer tat, nahm sich eine

Zigarette, zündete sie an und ließ sich aufs Sofa fallen. Stille, ich hörte nur seinen Atem, mein Herz und das Auspusten des Zigarettenqualms. Er schien zu überlegen, was er nun mit mir anstellen sollte. Meine Beine begannen einzuschlafen, aber ich wagte es nicht, mich zu bewegen. Ich kniete mit gesenktem Kopf, die Hände auf dem Rücken und herausgestreckter Brust auf dem Boden und wusste, dass er mich ganz genau beobachtete. Wie gerne hätte ich seinen Gesichtsausdruck gesehen. Plötzlich wurde die Stille vom Klingeln des Telefons unterbrochen. Ich war beinahe erleichtert, weil dadurch die beklemmende Situation beendet wurde. Er ließ sich Zeit, telefonierte ausgiebig, und als er fertig war, stand er auf, ging in die Küche und machte sich etwas zu essen. Er tat das wortlos, als wenn ich nicht da wäre, aber mit einer solchen Reaktion hatte ich gerechnet. Er setzte sich wieder auf die Couch und beobachtete mich weiter.

»Wozu hast du eigentlich diesen Mörderschwanz mitgebracht?«, fragte er mich kauend.

Ich antwortete: »Weil du es so wolltest«, antwortete ich.

»Na, dann zeig mal, ob der überhaupt in dich reinpasst«, befahl er und ich hörte, wie er sich zurücklehnte.

Wie ich das hasste, mich so zu präsentieren, aber ich nahm mich zusammen und ertastete den Dildo und nahm ihn in die Hand. Ich fing an, mich selbst zu streicheln, immer in dem Bewusstsein, dass er mich beobachtete. Dann führte ich den Dildo in mich ein, erst langsam, aber als ich von meiner Lust übermannt wurde, immer schneller. Ich stöhnte und merkte, wie sich ein erster Orgasmus anbahnte und ich gab mich ganz meinen Gefühlen hin. Plötzlich spürte ich einen stechenden Schmerz auf meinen Armen. Wachs! Ich stöhnte auf und gab mich diesem wundervollen Schmerz hin, spürte, wie das Wachs erkaltete und fest wurde, doch ich konnte mich nicht mehr auf mich konzentrieren.

»Du wolltest doch nicht etwa gerade kommen?«, fauchte er mich an, »Und dann vielleicht auch noch, ohne zu fragen?«

132

Ich zuckte zusammen und fühlte mich ertappt, schlagartig war meine Geilheit verschwunden, und ich fühlte mich klein und schmutzig.

Ich hörte, wie er um mich herumging, er war höchstens eine Armeslänge von mir entfernt, und mich überlief erneut ein Schauer. Er war mir so nahe. Wie lange hatte ich auf diesen Moment gewartet! Ich versuchte, nach seinen Beinen zu fassen, ihn zu berühren, aber er ging einen Schritt zurück, sodass meine Hände ins Leere griffen. Wie gern hätte ich ihn doch berührt, statt ihn nur zu riechen und zu wissen, dass er mir ganz nahe war. Und dann ließ er es endlich zu. Ich schmiegte mich, wie ein Kätzchen das nach Streicheleinheiten bettelt, an ihn. Ich spürte seine Muskeln unter der Hose, seinen Hintern, der sich so gut anfühlte, doch als ich nach vorn zu seinem Schwanz wanderte, trat er abrupt einen Schritt zurück.

»Hab ich dir erlaubt, meinen Schwanz zu berühren?«, maßregelte er mich.

Ich schmunzelte in mich hinein, wie hatte ich das vermisst. Demütig senkte ich den Kopf und murmelte eine Entschuldigung. Gott, wie gut wir uns doch kannten, wie sehr wir doch wussten, was der andere erwartete und dennoch war es jedes Mal irgendwie neu. Ich versuchte erneut, nach ihm zu tasten, aber er war außer Reichweite. Plötzlich spürte ich einen Lufthauch, ich fröstelte und bekam Gänsehaut. Ich genoss diese Berührung, die doch keine war, und legte meinen Kopf in den Nacken. Etwas Kaltes tropfte auf mich herab und schon glitt es meinen Hals hinunter in mein Dekolleté. Die Tropfen liefen an mir hinunter und sammelten sich in meinem Schoss. War es Eis oder kühler Wein? Ich wusste es nicht und es war mir auch egal. Es kam von ihm und nur das war wichtig. Wie automatisch öffnete ich den Mund und genoss das kalte Nass, das er mir hineingoss. Es schmeckte fruchtig und herb, ich schmeckte es sofort, es war australischer Shiraz. Eigentlich hätte nicht mehr passieren müssen, ich war zufrieden und hatte alles, was ich wollte. In seiner Nähe sein, ihn berühren, und das alles in Verbindung mit diesem wunderbaren Wein, der Musik in dieser Atmosphäre. Es war Genuss pur. Plötzlich riss er mich an den

Haaren nach oben, weil meine Beine eingeschlafen waren, konnte ich mich kaum halten. Ich schwankte, aber er hielt mich und zerrte mich mit sich fort. Taumelnd folgte ich ihm und ließ mich so wie früher über die Lehne seiner Couch gleiten, machte unbewusst die Beine breit und streckte ihm den Hintern entgegen.

»Das hast du dir so gedacht, du glaubst doch nicht im Ernst, dass ich dich jetzt mit deinem heiß geliebten Stöckchen belohne«, grummelte er mich an.

Er strich mir über den Hintern und massierte ihn fest.

»Na, wenigstens kommst du diesmal ohne Spuren hierher.«

Schon spürte ich einen breitflächigen heftigen Schmerz auf meinem Hintern. Dieser Mistkerl! Hatte er doch wirklich das Paddel genommen, obwohl er wusste, wie sehr ich es hasste. Und dennoch bewegte ich mich keinen Millimeter beiseite, dabei war ich weder festgebunden noch anderweitig fixiert. Allein seine Nähe reichte aus, um standhaft zu bleiben. Und wieder holte er aus, heftig, kraftvoll, ich war versucht, mit den Beinen einzuknicken, aber ich riss mich zusammen. Schließlich wollte ich, dass er stolz auf mich war. Ich konzentrierte mich vollkommen auf den nächsten Schlag, aber der folgende Schmerz war nur wohltuend - er war zentral, stechend und wohl platziert. Mir schossen Tränen in die Augen, er hatte mich erhört, ich durfte mein Stöckchen spüren. Seine Hand strich sanft über die sich hochwölbende Haut, fuhr den Strich entlang und ertastete die Konturen. Wieder hörte ich das wohlbekannte Zischen in der Luft und gab mich nun vollends dem Genuss hin.

»Na, du kleine geile Sklavin, kannst du wieder nicht genug bekommen?«, hörte ich es dicht neben mir.

Ich schmiegte meinen Kopf an seinen, und er küsste mich wild und gierig.

»Und nun werden wir dir mal ein schönes Muster verpassen«, tönte er hinter mir.

»Wie viele Wochen haben wir uns nicht gesehen?«

Wie aus der Pistole geschossen kam sofort mein:

»Vierzehn.«

Ich hörte, dass er grinste.

»Na, wusste ich doch, dass du fein mitgezählt hast!«

Und schon spürte ich den nächsten Schlag.

»Ich hab nichts gehört, hast du inzwischen alles vergessen?«, zischte er.

Ich nahm mich zusammen und konzentrierte mich aufs laut Mitzählen. Zwischen den Schlägen ließ er mir immer wieder Zeit, um den Schmerz wegzuatmen und ertastete die Striemen, die sich gleichmäßig über meinen Hintern verteilten.

Beim Letzten wanderte er zielgerichtet zwischen meine Beine und erspürte meine Nässe.

»Du kleine geile Sau wirst immer noch nass, hab ich dir das erlaubt?«

Ich schüttelte den Kopf und entschuldigte mich brav. Er massierte mich bis kurz vor den Höhepunkt und diesmal vergaß ich nicht, ihn zu fragen. Doch er verweigerte mir den Orgasmus und ließ von mir ab. Ich grummelte vor mich hin.

»Ja, bist du zu deinem oder zu meinem Vergnügen hier?«, herrschte er mich gereizt an.

Er griff mir mit der einen Hand in die Haare, mit der anderen an die Kehle und ich rang nach Luft. Als ich kurz davor war, Sternchen zu sehen, zog er mich von der Couchlehne hoch und drückte mich vor sich auf die Knie.

»Mach auf!«, befahl er, und ich fing sofort an, an seinem Reißverschluss herumzunesteln.

Ich durfte seinen Schwanz bekommen? Wirklich? Ich war in diesem Moment der glücklichste Mensch auf Erden. Als ich ihn endlich in meinem Mund spürte, saugte und leckte ich ihn hingebungsvoll.

Währenddessen kniff er mir heftig in die Nippel, zog und zerrte daran und ich konnte nicht anders, als eine Hand zwischen meine Beine gleiten zu lassen. Schließlich konnte ich ihn ja nicht fragen, denn mit vollem Mund spricht man nicht. Wir gaben uns beide unserer Lust hin und kamen gleichzeitig. Laut, ekstatisch und erfüllend.

Er zog seinen nun erleichterten Schwanz aus meinem Mund, schloss seine Hose und ließ sich auf die Couch fallen. Ich kniete glücklich und zufrieden immer noch an Ort und Stelle.

»Komm her«, forderte er mich liebevoll auf.

Ich brauchte einen Moment, nahm die Augenbinde ab, blinzelte und ließ mich über die Lehne zu ihm auf die Couch gleiten. Er nahm mich in den Arm und drückte mich fest an sich.

»Du bist schon eine Verrückte«, flüsterte er mir zu, und ich schmunzelte in mich hinein.

Nachdem wir den restlichen Wein ausgetrunken und noch ein paar Stunden über dies und das geplaudert hatten, kuschelten wir uns in sein Bett und schliefen ineinander verschlungen ein. Nachts wurde ich wach und beobachtete ihn, wie er dalag, so verletzlich, so sanft. Wie ich diesen Mann liebte, ich hätte alles für ihn getan, *alles*. Vielleicht war er tatsächlich die Liebe meines Lebens, und doch wusste ich, dass ich ihn niemals haben konnte. Am nächsten Morgen hatte er es wie immer eilig, trank hastig seinen Kaffee, hielt aber kurz inne und gab mir einen Kuss.

»War wirklich schön, dass du da warst.«

Dann hastete er zur Tür hinaus und ich wusste instinktiv, dass er das wohl jeder sagen würde.

Als ich meinen Kaffee ausgetrunken und mich angezogen hatte, nahm ich noch ein aktuelles Bild, auf dem er zu sehen war, aus dem Rahmen an der Wand, verabschiedete mich von seiner Wohnung und auch von dem Gedanken, jemals wiederzukommen. Denn ich wusste, dass es kein nächstes Mal geben würde. Ich liebte ihn zu sehr, als dass er es ertragen hätte. Ich wollte mich nur verabschieden und ihn so in Erinnerung behalten. Auf dem Heimweg liefen mir stille Tränen die Wangen hinunter, aber ich spürte, dass es richtig so war.

Ich hörte lange nichts von ihm, der gelbe Smiley blinkte wieder auf wie eh und je, aber das Gefühl, ihn nun zu sehen, war ein anderes. Da war nichts Trauriges mehr, sondern die Erinnerung an eine schmerzlich-schöne Zeit mit einem geliebten Mann, dem ich nie wirklich gehören würde.

VI

Ich änderte also wieder einmal meine Profile, ich wollte mir beweisen, dass es doch jemanden geben musste, der mich wirklich wollte. Ich fing an, fleißig zu chatten und traf mich mit dem einen oder anderen, um dann festzustellen, dass die meisten nur Spielbeziehungen suchten und meine Vorstellungen von einer DS-Partnerschaft sie doch eher abschreckten. Irgendwann gab ich es auf und nahm mir vor, die Dinge zu nehmen, wie sie kamen.

Ich verabredete mich mit David, mit dem ich vorher schon ein paar Tage gechattet hatte, in der kleinen Bar. Er kannte den Laden und war auch öfter dort. Was also war näherliegend? Wir hatten per Chat eine Menge rumgeflachst, aber auch normal geredet, es war nett und lustig mit ihm, völlig locker und leicht. Wir wollten uns um elf Uhr abends treffen und er hatte mir schon am Telefon angekündigt, dass ich für jede verspätete Minute zehn Schläge mit dem Rohrstock verdient hätte. Ich habe das natürlich als Scherz aufgefasst, so was macht doch keiner beim ersten Date!

Prompt fiel eine S-Bahn aus, und ich schaffte es ganz knapp kurz nach elf da zu sein, um genau zu sein, ich war zwei Minuten zu spät. Als ich die kleine Bar betrat, war es richtig voll, und ich war froh, dass Ares und Areia und auch sonst niemand, den ich kannte, da war. Ich stand also im Eingang und suchte den Raum nach David ab. Irgendwie waren alle Blicke auf mich gerichtet, und keiner sah dem Foto, das ich von ihm hatte, ähnlich. Auf meine SMS hin, wer und wo genau er denn sei, reagierte er natürlich nicht. Als sich die ersten Blicke wieder abwendeten, blieb letztendlich nur einer übrig und ich ging zu ihm und fragte, ob er David sei. Er grinste breit und meinte, er hätte mich *»gegen das Licht«* gar nicht richtig gesehen. So ein Mistkerl! Welches Licht? Er hatte ein sehr angenehmes Äußeres, war sehr gepflegt, zuvorkommend und recht ruhig und zurückhaltend, so schien es zumindest. Aufgrund des Lärmpegels kam aber kein wirkliches Gespräch zustande, abgesehen davon fraß er mich mit den Augen fast auf und ich konnte mich nicht konzentrieren. Plötzlich stellt er sich dicht hinter mich, zog mit dem Finger mein Tattoo nach und flüsterte mir zu, dass ich nun wegen meiner Verspätung noch Bekanntschaft mit seinem Rohrstock machen würde. Ich hielt das wieder für einen Scherz, aber als er mir in den Nacken griff, fing ich dann doch zu zweifeln an. Von da an ließ er keine Sekunde seine Hände von mir, bestellte sich Eiswürfel an der Bar und ließ sie auf meinem Körper entlang gleiten, flüsterte mir die ganze Zeit ins Ohr, was er am liebsten mit mir anstellen würde, zog meinen Rock nach oben, um meinen Hintern zu begutachten. Und das alles an der Bar! Ich wollte mich nicht dagegen wehren, ich wollte mich einfach treiben lassen, genießen und Matthias vergessen.

Irgendwann meinte er dann:

»Du kommst jetzt schön artig hinter mir her, ich möchte hier keine Gewalt anwenden müssen.«

Und er ging nach hinten in den Raum. Dann ging alles schnell, Hände auf den OP-Tisch, Rock hoch, Beine breit, Hintern blau! Ich war geil wie Nachbars Lumpi, und der Mistkerl hatte mir nicht einmal zwischen die Beine gefasst, aber mich überall gestreichelt, nur nicht da, wo ich es am meisten wollte. Zur Belohnung, weil ich weder gezuckt noch besonders gejammert hatte, durfte ich ihm noch einen blasen. Als er fertig war, zog er mir den Rock wieder herunter und wir gingen, als ob nichts gewesen wäre, zur Bar zurück. Dann meinte er, er wäre jetzt müde, und wir würden jetzt gehen. Klar, er war ja befriedigt. Draußen fragte er mich:

»Kann ich dich noch irgendwohin mit hinnehmen?«

Da er in die entgegengesetzte Richtung musste, lehnte ich dankend ab.

»Ich ruf dich an«, raunte er, zwinkerte mir verschwörerisch zu, gab mir einen Kuss und verschwand.

Was sollte man nun dazu sagen? Ich war gespannt, ob da noch was kommen würde.

Aber dabei blieb es dann auch. Drei Tage lang hörte ich gar nichts von ihm, und dann kamen nur lapidare Mails.

»Es war schon etwas Besonderes, schließlich verhaut man nicht jeden Tag eine Frau in einer Bar und lässt sich einen blasen. Dieses geile Erlebnis werde ich mir deshalb nicht durch Banalitäten vernebeln lassen.«

Irgendwann hörte ich aus seinem ganzen geschwollenen Gequatsche heraus, dass es für ihn das Größte war, was er je erlebt habe, aber es keine Fortsetzung geben würde. *Abgehakt!*

Ich chattete also weiter und traf mich mal mit diesem und mal mit jenem, die Kriterien, nach denen ich die Männer auswählte, wechselten. Mal sprach mich das Foto an, aber der Typ sah in Wirklichkeit ganz anders aus und dann waren die Chats sehr nett, aber in der Realität hatten wir uns nichts mehr zu sagen. Im Nachhinein waren alle unsterblich in mich verliebt, einer wollte mir sogar ein paar lange schwarze Handschuhe schenken, was ich aber ablehnte.

Und dann passierte etwas absolut Unerwartetes. Carsten, mein Lieblingsdom, mit dem alles angefangen hatte, meldete sich. Zwar tat er das die ganze Zeit sporadisch, in größeren Abständen, doch er war immer sehr reserviert. Dieses Mal überhäufte er mich mit Liebenswürdigkeiten, virtuellen Küssen und Herzchen. Ich war platt und fragte ihn, ob er bei klarem Verstand sei und seine Antwort erschütterte mich dann doch, ich fühlte mich wie in einem Déjà-vu.

»Ich wollte dir schon die ganze Zeit sagen, dass ich erst zu spät gemerkt habe, dass ich dich doch geliebt habe und in meinem tiefsten Innern immer noch liebe. Wenn ich gewusst hätte, dass ich dich irgendwann mal kennenlernen würde, hätte ich meine Kleine niemals angesprochen, sondern ich hätte auf dich gewartet!«

War das zu glauben? Fast vier Jahre später bekam ich so eine Mail? Glaubten die Kerle, ich sammelte so etwas? Erst mein Exchef Dirk mit so einer Offenbarung und dann Carsten? Ich war beinahe wütend und fragte ihn, was er jetzt wolle und ob er wüsste, was er damit anrichten würde. Er entgegnete, er wäre sich dessen bewusst, was mir natürlich den Gedanken in den Kopf trieb, dass mit seiner Kleinen wohl was schieflaufen müsse, wenn das wirklich sein Ernst war. Aber nein, angeblich lief alles bestens, er wollte nur mal seiner Seele Luft verschaffen. Es war einfach nicht zu glauben!

Ich chattete weiter und lernte schnell etliche Kerle kennen. An einem Abend traf ich mich mit Konrad. Er war 49 und alles andere als schlank, was ich nicht wirklich als unwichtig abtun konnte. Aber er war sehr nett, gebildet und durchaus sympathisch. Wir trafen uns mehrere Male, ohne dass etwas passierte. Ich fand das zur Abwechslung mal angenehm, suggerierte es mir doch, dass er nicht nur an Sex mit mir interessiert war. Doch irgendwann landeten wir dann bei ihm.

In seiner Wohnung hatte er begonnen, eine kleine SM-Ecke zu bauen und ich war neugierig, was *Mann* sich da so zusammengeschustert hatte. Wir verabredeten uns erst in einer Cocktailbar, unterhielten uns angeregt und gingen anschließend zu ihm. Doch kaum war die Tür hinter mir zugefallen, verwandelte Konrad sich vom liebenswürdigen Mann zum Brutalo.

Er band mir die Hände und Füße zusammen und kommandierte mich kriechend durch die Gegend. In seiner SM-Ecke fixiert fielen seine letzten Hemmungen und er schlug mit allem auf mich ein, was er angesammelt hatte. Er war ein typischer *Hau-Doll-Dom*, ohne Gefühl und Rücksicht auf das Gegenüber. Ich versuchte, mich zu wehren und schrie, er solle aufhören, aber es interessierte ihn nicht. Als er fertig, und ich am Ende meiner Kräfte, war, warf er mich auf sein Bett, band mich dort fest und nahm mich, wie es ihm gerade gefiel. Anschließend drehte er sich einfach um und schlief ein. Ich fühlte mich benutzt und schmutzig und wollte nur noch weg. Was war bloß in diesen Kerl gefahren? Nachdem er wohl genug von meinem lautstarken Widerstand hatte, wurde er wach, band mich los, schob mich auf den Flur hinaus, warf mir meine Sachen hinterher und schloss die Tür. Ich sammelte alles zusammen, zog mich an und fuhr frierend und körperlich am Ende nach Hause.

Am nächsten Tag bekam ich doch tatsächlich eine Mail von Konrad.

Ich möchte mich in aller Form bei dir entschuldigen. Ich weiß nicht, was in mich gefahren ist, aber ich würde das gern wiedergutmachen. Bitte erlaube mir, dich zum Zeichen meiner Wiedergutmachung zum Essen einzuladen.

Ich war fassungslos und fühlte mich wie eine verprügelte Ehefrau, deren prügelnder Mann, am nächsten Tag reumütig um Entschuldigung bettelt. Ich antwortete ihm ein letztes Mal.

Hallo Konrad, wenn ich solche Reaktionen in dir auslöse, werde ich den Teufel tun, mich dir auch nur auf hundert Meter zu nähern. Ich werde von einer Anzeige absehen, aber auch nur, wenn ich nie wieder etwas von dir höre!

Mein Hintern war danach noch wochenlang blau, obwohl ich fleißig mit *Mobilat* cremte. Mein Urlaub nahte und ich wollte nicht mit blauem Hintern am Strand liegen. Ich hätte ihn wegen Körperverletzung anzeigen können, aber was hätte ich davon gehabt? Ich glaube wirklich, dass wir beide einfach nicht zusammenpassten, denn im Grunde seines Herzens war er doch ein netter Kerl. Offensichtlich löste ich, oder auch die Situation, in ihm wohl einen tief verwurzelten Reflex aus, den er nicht rational steuern konnte. Deshalb war es besser ihn nie mehr wieder zu sehen und es darauf beruhen zu lassen.

Jedenfalls zog ich meine Schlüsse daraus, ich wurde vorsichtiger. So schnell würde ich nicht wieder zu jemandem nach Hause fahren und wollte mich zukünftig nur noch in der Öffentlichkeit verabreden, schließlich gab es genug Clubs, in denen man die ersten Male spielen konnte.

Währenddessen ging und ging mir Matthias weiterhin nicht aus dem Kopf. Je mehr ich versuchte, ihn aus meinem Leben zu verbannen, desto weniger gelang es mir. Jede Faser meines Körpers, alle meine Gedanken verzehrten sich nach ihm. So vieles erinnerte mich an ihn, ob es bestimmte Musik war oder ein Glas Wein, ein Mann mit Brille oder ein Kind im Alter seines Sohnes, ständig dachte ich an ihn. Ich sah oft, dass er online war, schrieb ihn aber nie an. Er meldete sich regelmäßig im Abstand von zwei bis drei Wochen, wohl um zu sehen, ob ich nun endlich über den Berg wäre oder um zu testen, ob ich noch auf ihn anspringen würde. Ab und an schickten wir uns heiße SMS, die oft damit endeten, dass wir uns mal wieder treffen müssten, doch dazu kam es nie. *Er* wollte nicht. Ich war immer noch nicht über ihn hinweg und dafür hasste ich mich immer mehr. Jedes Date, das ich mit einem anderen Mann hatte, scheiterte kläglich, weil ich eigentlich nur *ihn* wollte.

Irgendwann, es war fast auf den Tag genau ein Jahr her, dass wir uns kennengelernt hatten, schrieb er mir.

»Wie traumhaft ist doch so ein Singleleben, und wie glücklich bin ich doch auf meiner Terrasse allein mit meinen Geranien.«

Ich rastete aus und antwortete ihm:

»Warum schreibst du mir so etwas? Warum schreibst du mir dann überhaupt noch?«

Seine Reaktion fiel aus, wie es zu erwarten war.

»Ich muss dir auch nicht mehr schreiben, brauchst es nur zu sagen!«

Ich konnte nicht anders, als ihm zu antworten, dass es wohl besser sei, damit ich ihn endlich vergessen könne. Er könne sich melden, wenn er vernünftig mit mir reden wolle. Seine Antwort darauf war niederschmetternd und widerlich, ich kann sie bis heute nicht begreifen.

»Alles klar, du dumme Kuh, ich werde mich nicht wieder melden, weiß nicht, woher du solche Antworten holst, aber auch das ist ja deine Entscheidung, M.«

Ich war fassungslos. Der Mensch, den ich so sehr liebte, bezeichnete mich als *dumme Kuh*. Alle Namen, die er mir bis dahin gegeben hatte, standen im Zusammenhang mit Geilheit, diesmal aber hatte es rein gar nichts damit zu tun. Ich hatte ihn offenbar tief getroffen, und er wusste sich nicht anders zu wehren. Und um dies noch zu unterstreichen, unterschrieb er nur mit *M.* Zwei verletzte Egos, allein auf dieser Welt!

Dann sollte es so sein, denn das war ein sauberer Schnitt, der besser heilen würde, als dieses Hin und Her davor. Ja, es tat weh, und wie es wehtat! Aber da er sich nun nicht mehr meldete, ging es mir tatsächlich von Tag zu Tag besser. Das eine oder andere Mal war ich nahe daran, ihn um Verzeihung zu bitten, doch ich blieb hart. Ich musste mich selbst schützen.

Genug jetzt!
So viele Tränen wegen dir,
so viele Monate gelitten,
so viele Hoffnungen in mir,
so viele unerfüllte Bitten.

Jetzt ist Schluss damit!
Ich reiß dich raus aus meinem Herzen,
geh weg von mir du böser Geist,
genug gelitten, genug der Schmerzen,
will dich nicht mehr, damit du's weißt!

Such dir ein neues Opfer!
Lass mich in Frieden ruhn,
kann deine E-Mails nicht ertragen,
die haben mit Freundschaft nichts zu tun,
die treffen mich nur tief im Magen.

Lass gut sein!

Ich kann's nicht hören, dass du glücklich bist,

wie soll das gehen ohne mich?

Will, dass du mich ewiglich vermisst,

möcht endlich sagen, du fehlst mir nicht!

Die blöde Kuh

Ja, ich blieb hart, ganze drei Wochen. Er schrieb mir wieder, sogar regelmäßig, und ich ignorierte es regelmäßig. Bis eines Nachts eine SMS kam, dass er es schade fände, dass ich nicht mal mehr auf ein nettes ›Guten Abend‹ reagieren würde. Ich hatte schon zwei oder drei Weinchen intus und es folgte ein SMS-Wechsel, der in nichts anderem endete, außer dass mein gerade wiedergewonnenes Wohlgefühl in Bauchschmerzen umschlug. Warum tat er das, immer noch? Nach alldem?

Aber es war nicht mehr ganz so schlimm, denn inzwischen hatte ich Rückhalt. Ich hatte einen Dom kennengelernt, der mir sehr viel Halt gab. Barney hatte mich in der *SZ* angeschrieben und war ein paar Tage später in der kleinen Bar aufgetaucht. Ich war eigentlich mit einem Freund dort, der ganz sicher die Hoffnung hegte, bei mir zu landen. Ich hatte ihm aber unmissverständlich klargemacht, dass da nichts laufen würde. Umso erstaunter war er dann, als mir Barney schon nach kurzer Zeit in den Nacken griff, um mir meinen vorlauten Mund zu verbieten.

Barney war mir gegenüber sehr ehrlich. Nach unserem ersten Abend, an dem nur wir beide in ein Café gingen, wo er mich schon sehr direkt auf meinen Platz verwiesen hatte, erklärte er mir, dass er auf keinen Fall an einer Beziehung interessiert sei. Nach sieben Jahren Partnerschaft wäre er erst seit drei Monaten Single und er könne noch nichts Festes anfangen. Er wolle seinen Spaß haben und endlich seine Neigungen ausleben. Zudem wäre er Pet-Player, und ich wäre weder Hund noch Katze, auch wenn ich ›*nen Vogel*‹ hätte. Daraufhin teilte ich ihm mit, dass es keine weiteren Treffen geben würde, da ich kein Spielzeug wäre, sondern nur an einer ernsthaften DS-Beziehung Interesse hätte. Er akzeptierte das, und doch, oder gerade deshalb, willigte ich ein paar Tage später ein, mich noch einmal mit ihm zu treffen. Seine ehrliche Art sprach mich an, irgendwie erinnerte er mich an Carsten. Wir trafen uns am *Hackeschen Markt*. Dort hatte ich auch mein erstes Treffen mit Matthias, nur war es diesmal gleich um einiges erotischer. Barney hatte angeordnet, dass ich keine Unterwäsche zu tragen hätte, und kontrollierte das auch prompt. Wir gingen essen, und als ich auf die Toilette musste, sollte ich mich vor ihn knien, um darum zu bitten. Ich spielte sein Spiel mit, sollten die anderen Gäste doch denken, was sie wollten. Er hatte überhaupt kein Schamgefühl, und es scherte ihn einen Dreck, was die anderen Leute dachten. Er kam mir sogar auf das Klo hinterher, um mich dort kräftig gegen die Wand zu drücken, es war einfach unglaublich. Irgendwann meinte er dann, dass es genug war und er jetzt nach Hause fahren würde, ob ich mitkommen wolle. Mein Sohn wusste, dass ich lange wegbleiben würde, aber ich konnte mich dennoch nicht entscheiden. Er ließ nicht locker, und letztendlich kniete ich auf offener Straße vor ihm, um ihn zu bitten, mitkommen zu dürfen.

Er hatte eine tolle Wohnung, 200 Quadratmeter, sechs Zimmer und alles modern eingerichtet. Aber viel bekam ich davon nicht zu sehen, da er mich gleich an seinem Bett festband, um mir kräftig den Hintern zu versohlen und mich zu nehmen. Später durfte ich sogar in seinem Bett schlafen, was für einen Pet-Player doch eher ungewöhnlich war, denn Tiere gehören schließlich nicht ins Bett, und durfte mich an ihn ankuscheln.

Am nächsten Morgen fuhr ich früh nach Hause. Es ging mir gut, genau das hatte ich mal wieder gebraucht, schließlich war mein letztes Mal, mit Matthias, schon zwei Monate her. Trotzdem blieb ich dabei, ich wollte nicht schon wieder eine Spielbeziehung. Doch Barney wollte genau das. Er wollte keine Verantwortung übernehmen, war ein großer Junge, der spielen wollte und das nicht nur mit mir. Er wollte zwar, dass ich ihn als meinen Dom ins Profil eintrug, allein um Matthias zu signalisieren, dass er mich nun ein für alle Mal in Ruhe lassen sollte. Aber ich blieb standhaft, ich wollte jemanden, mit dem ich auch die Wochenenden zusammen verbringen konnte, gemeinsame Urlaube, regelmäßige Treffen, und ich wollte schon gar nicht eine von vielen sein. Kurz, ich wollte jemandem gehören, und zwar ganz! Genau das sagte ich auch Barney und er akzeptierte es.

Jedenfalls bis zum nächsten Wochenende, da veranstaltete er eine Party bei sich und ich war eingeladen. Die Stimmung war ausgelassen und ich traf die Fotografin wieder, die damals meine Bilder für Matthias geschossen hatte. Sie hatte ihre Fotoausrüstung dabei und wollte von allen Anwesenden eindeutige Fotos mit einem jeweiligen Lieblingsgegenstand machen. Natürlich ging es gar nicht, dass mein Hintern ohne Spuren auf ein Foto kommt und so erbarmte sich Barney. Er verpasste mir ein schönes Muster, sodass mein Lieblingsstöckchen richtig gut zur Geltung kam. Je später der Abend, desto ausgelassener wurde die Stimmung, und irgendwann spürte ich eine Hand in meinem Nacken und Barney schleppte mich in sein Schlafzimmer, warf mich aufs Bett und nahm mich dort. Danach schliefen wir halb angezogen ein und wachten erst am nächsten Morgen aneinander gekuschelt auf. Mit ihm war es unkompliziert und ohne Verpflichtungen, einfach nur Lust verspüren, quatschen und Spaß haben. Ein verspieltes Miteinander, es war die Leichtigkeit, die meine geschundene Seele brauchte. Sicher dachte ich das eine oder andere Mal daran, dass es falsch sei, denn wie konnte ich ohne Matthias das alles genießen? Ich fühlte mich ihm immer noch ihm zugehörig und hatte ein schlechtes Gewissen. Doch ich versuchte, diese Gefühle zu verdrängen und einfach nur zu genießen.

Als mein Sohn wochenends mal wieder bei seinem Vater war und niemand Zeit zum Weggehen hatte, fragte Barney, ob ich nicht Lust auf ein Glas Champagner bei ihm hätte. Ich ließ mich nicht lange bitten, setzte mich in die Bahn und fuhr zu ihm. Eine seiner Regeln war, sich direkt an der Tür auszuziehen; wenn einem kalt wurde, legte er einfach Hand an, und schon wurde einem warm. Der Abend war sehr schön, viel reden, viel Erniedrigung, viel Champagner und sogar eine Überraschung, etwas was ich bisher noch nicht erlebt hatte. Er tat immer das, wonach ihm gerade war. Er zog mich an den Haaren ins Bad, stellte mich in die Wanne und spritzte mich mit seinem Natursekt ab. Obwohl ich darauf nicht vorbereitet war, zuckte ich nicht zurück, selbst als er mir den Strahl in den Mund hielt. Es schmeckte gar nicht so schlecht und war eigentlich nur warm und angenehm. Auch die Ohrfeigen, die er mir mit Vorliebe gab, machten mir nichts aus. Das Einzige, was ich nicht tun wollte, war sein Pet zu sein. Das war nichts für mich und würde es nie sein! Ansonsten fühlte ich mich bei ihm sehr wohl, hatte Vertrauen zu ihm und wusste, dass er nichts tun würde, was ich nicht wirklich wollte. Im Gegenteil, es war sehr wohltuend und angenehm, mit ihm zusammen zu sein, auch wenn es auf eine sehr freundschaftliche Art war.

Ich ging wieder viel unter die Leute, mal in die kleine Bar, zu den Stammtischen sowieso und auch in den neu eröffneten Hedonistentempel, der sehr edel und frivol war. Barney traf ich überall, wir alberten herum und hatten viel Spaß, denn er hatte denselben Humor wie ich. Nur einmal war es mir nicht wirklich recht, dass er einfach auf mich zugriff. Ich war mit Areia, zu der ich immer noch guten Kontakt hatte und die mal wieder eine Lektion von Ares lernen musste und deshalb ausnahmsweise allein weggehen sollte, im Club. Es war ein sehr schöner Abend mit einer sehr prickelnden Bondage-Show, als plötzlich Barney auftauchte. Er schnappte mich und wollte mir ohne Vorankündigung den Hintern versohlen. Mir war das unangenehm, da niemand mitbekommen sollte, dass wir irgendwas miteinander hatten, schließlich war er bekannt als Spieler, der alles nahm, was nicht bei drei auf den Bäumen war. Ich wollte aber nicht als eine seiner vielen Liebschaften einsortiert werden. Ich sagte ihm das auch und er akzeptierte es, wieder einmal.

Als ich dann sah, dass plötzlich eine Sub in seinem Profil eingetragen war, war ich nicht wirklich begeistert davon. Ich sagte ihm das auch genauso und verbat mir jedes weitere Spiel mit ihm. Er akzeptierte es,

148

aber schon beim nächsten Tief wegen Matthias befahl er mich zu sich und tröstete mich. Es war zum Verrücktwerden, ich bekam Matthias nicht aus dem Kopf. Schließlich hatte ich mich einmal dazu entschieden, seine Sklavin zu sein, und tief in meinem Innern war ich das immer noch. Bei allem, was ich mit irgendwem tat, dachte ich ständig an Matthias. Und das nach inzwischen sieben Monaten, ich war ihm immer noch verfallen. Als ich das Barney sagte, meinte er nur:

»Du wirst ihn nie bekommen, er ist ein Jäger, und du warst eine leichte Beute für ihn, warum sollte er dich wieder wollen? Er hat sein Ziel doch schon längst erreicht!«

Das war ein harter Brocken, aber er hatte recht, dennoch hatte Matthias sich tief in meiner Seele eingenistet. Der Abend mit Barney wurde jedenfalls noch sehr nett, wie immer, unkompliziert und ohne Verpflichtungen und morgens fuhr ich mit einem guten Gefühl nach Hause. Er schaffte es, dass ich meine Prinzipien über Bord warf, und half mir dabei, meine Gedanken zu ordnen. Doch mehr wollte ich nicht. Unser Verhältnis war auch zu freundschaftlich geworden, als dass da irgendwelche anderen Gefühle Platz gehabt hätten. Ich hätte mich eigentlich glücklich schätzen müssen, ihn kennengelernt zu haben, und dennoch war ich nicht glücklich, weil das Herz fehlte. Matthias hatte sich zu tief in meine Seele gegraben, da war noch kein Platz für jemand anderen.

VII

Und dann traf es mein Herz ganz unerwartet. Es war auf einer wunderschönen Party im neuen Hedonistentempel. Barney und ich hatten mittlerweile eine Vereinbarung. Wir gingen zusammen auf Partys und vermittelten uns gegenseitig potenzielle Partner. Wenn ihm ein Mädel gefiel, versuchte ich, mit ihr ins Gespräch zu kommen, und wenn ich einen Kerl im Blick hatte, dann verwickelte Barney ihn in eine Unterhaltung. Hatten wir letztendlich kein Glück an diesem Abend, gingen wir zusammen in die Kiste. Ich hatte mich also schick gemacht, Korsage, Seidentuch um die Hüfte und High Heels. Es war eine traumhafte Atmosphäre, die Musik, die Leute, die ausgelassene Stimmung, die stilvolle Kleidung und das Stöhnen aus allen Ecken. Es war ein Fest, eine wahre Orgie, auf der so ziemlich jeder auf seine Kosten kam. Und dann war da Johann, ich hatte ihn schon beim letzten Stammtisch bemerkt. Doch da erzählte er von einer Mitbewohnerin und sprach die ganze Zeit in der Wir-Form, sodass ich annahm, dass er eine Sub hätte. Ich fragte Barney, warum Johann denn alleine da wäre und der sah mich grinsend an:

»Johann hat keine Sub. Warum fragst du denn?«

Ich erzählte ihm, dass wir uns gerade mit Blicken auffressen würden und Barney fackelte nicht lange. Er ging zu Johann hinüber, sprach kurz mit ihm und schon kamen die beiden herüber. Ich hatte eigentlich mit Barney vorher ausgemacht, dass ich diesmal keinesfalls öffentlich mit ihm spielen wollte. Eventuell wäre mein zukünftiger Dom da und es sollte dann nicht zu irgendwelchen Missverständnissen kommen. Nun war das aber eine andere Situation. Johann hatte Peitschen und eine Gerte dabei und so schnappte mich Barney und bat Johann mitzukommen, da er die Werkzeuge hatte. Barney drückte mich auf eine Liegefläche.

»Knie dich hier hin und halte still!«

Dann übergab er Johann die Gerte und bat ihn weiterzumachen. Er blieb die ganze Zeit dabei und fragte auch regelmäßig nach, wie es mir gehen würde. Es war sehr schön, ich konnte mich völlig fallen lassen und Barney wischte mir die eine oder andere Träne aus den Augen. Danach gingen wir gemeinsam an die Bar und Johann bestellte mir etwas zu trinken. Wir unterhielten uns angeregt und ungezwungen, bis ich wieder mal zu frech wurde, er mich kurzerhand an den Haaren packte und mich vor aller Augen durch den Saal hinter sich herzog. Im Separee musste ich mich mit dem Hintern nach oben positionieren und er verabreichte mir die angekündigten zwanzig Schläge. Zwischendurch prüfte er regelmäßig, ob alles gut und ich auch anständig nass war. Danach nahm er mich fest in den Arm, wischte meine Tränen weg und küsste mich leidenschaftlich. Es sollte für lange Zeit das letzte Mal sein. Danach zog er mich, wieder an den Haaren, quer durch den Saal zurück an die Bar und bestellte uns Champagner, weil auf diesen wunderbaren Abend angestoßen werden musste. Er war wirklich sehr beeindruckend, seine Art zu reden, wie er sich bewegte und was er wie tat. Und ich konnte ihm nicht in die Augen sehen, dieser Blick erinnerte mich an Ares! Früher war er Offizier und so hatte er den Befehlston perfekt drauf. Ich bedauerte es sehr, dass er gegen drei Uhr gehen musste, denn sowohl er als auch ich waren für die nächsten drei Wochen im Urlaub und es gab keine Möglichkeit, dass wir uns vorher noch einmal sehen konnten.

Aber mir blieb nicht lange Zeit zum Bedauern, denn schon kurz darauf kam Barney und fragte, ob ich noch ein Leckerli möchte. Er hatte seine Sub im Separee positioniert und ich durfte sie verwöhnen. Sie war in dieser Beziehung völlig unerfahren, sodass ich sehr vorsichtig und liebevoll mit ihr umging. War das mal wieder ein Genuss, Brüste in der Hand zu haben, Nippel zu streicheln und sie zu lecken. Ja es war wirklich ein Leckerli! Gegen vier setzte mich Barney in ein Taxi und ich fuhr glücklich, und voller Erwartung nach Hause. Morgens hatte ich schon eine Mail im Postfach, Johann bedankte sich für den wundervollen Abend und meine Hingabe, und er hinterließ seine

Handynummer. Schon am nächsten Abend telefonierten wir, obwohl mir Barney eine dreiwöchige Funkstille prophezeit hatte. Ich war sehr gespannt auf ihn, aber auch vorsichtig und musste ich mich mal wieder in Geduld üben.

Mein Urlaub war sehr schön und erholsam, Johann schrieb mir regelmäßig per SMS, und wir telefonierten oft, was mir gut tat. Eine Woche konnte ich richtig gut abschalten, bis ich eine gelbe Harley sah und dadurch Matthias wieder in meinem Kopf präsent war. Es war einfach zum Kotzen. In der zweiten Woche zählte ich die Tage, bis ich wieder nach Hause konnte, um Johann endlich richtig kennenzulernen und um zu sehen, was für ein Mensch hinter dem Dom steckte. Wir trafen uns gleich am Samstag, als ich aus dem Urlaub wiederkam. Es war ein schöner Abend, er erzählte mir seinen kompletten Lebenslauf in Kurzform, was mir sehr schmeichelte, denn mehr Offenheit konnte ich nicht erwarten. Befremdlich fand ich, dass er erwartete, dass ich aufspringen und gehen würde, weil auch er schon einige gescheiterte Beziehungen hinter sich hatte und zwei Kinder sein Eigen nannte. Aber wie konnte ich über etwas urteilen, was mir doch selbst passiert war?

Wir sahen uns immer öfter, in der kleinen Bar zum Feiern oder zum Reden, auch zu mir nach Hause kam er. Ich drängte ihn nicht, wartete auf seine Aktion, aber sobald ich erwähnte, dass ich mit Barney etwas unternehmen würde und er sich anschließen könne, war er sofort dabei. Ich glaube, er war eifersüchtig auf Barney. Aber ich war immer noch vorsichtig, nur keine Gefühle zulassen, sich nur nicht zu weit hinauslehnen, denn das Ergebnis war mir hinreichend bekannt.

Und dann geschah etwas, was nicht vorhersehbar war und was mich tief traf. Ich bekam von Matthias eine SMS, in der er mir schrieb, dass er sich in den letzten Wochen nicht hatte melden können, weil er wegen eines Schlaganfalls im Krankenhaus war. Ich war fertig, fing zu heulen an und brach zusammen. Meiner großen Liebe ging es schlecht, und ich konnte und durfte nicht bei ihm sein! 38 Jahre und schon ein Schlaganfall? Gut, er hatte mit seinem Körper Schindluder getrieben, war ein Workaholic, trank nicht wenig Alkohol und rauchte viel, aber gleich so etwas? Ich hatte furchtbare Angst um ihn, aber auf meine Nachfragen bekam ich mal wieder keine Antwort. Und wer war für mich da? Barney und Johann. Sie hörten zu, der eine wollte mich ablenken und der andere Halt geben. Ich war ihnen sehr dankbar, zumal ich von Matthias weiterhin keinerlei Angaben bekam, die seinen Gesundheitszustand betrafen. Er wollte mich selbst in dieser Situation nicht an seinem Leben teilhaben lassen und ließ mich mit diesem Halbwissen verrecken. Aus der Angst um ihn wurde Wut. Wie konnte er mich so behandeln? Selbst seine Putzfrau würde wohl mehr erfahren als ich. Wie konnte man so stur und verbissen sein? Nur keine Schwäche zeigen, es war unfassbar. Aber es hatte auch sein Gutes. Ich fasste endgültig den Entschluss, mit ihm abzuschließen und mich Johann voll und ganz hinzugeben. Wieder änderte ich mein Profil in der *SZ* und ließ alle Welt, aber vor allem Matthias wissen, wie es um mich stand. Denn selbst Tage später wusste ich nichts Neues von ihm, er war nicht bereit, sich zu öffnen oder auch nur eine Spur Nähe zuzulassen. Doch ich ließ es an mir abprallen. Wenn jemand keine Hilfe wollte, konnte man ihn nicht zwingen.

@Johann: JA, ich bin jetzt wirklich frei für dich!!!

Vertrauen, Schmerzen, Zärtlichkeit,

ein langer Weg - ich bin bereit,

hinabzutauchen ganzheitlich,

mich hinzugeben, nur für dich.

Neue, unbekannte Wege gehen,

neue Prüfungen bestehen,

neue Ziele gemeinsam haben,

sich an neuen Gefühlen laben.

Alte Wunden heilen lassen,

alte Geschichten ruhen lassen,

alte Kraft gemeinsam aktivieren,

altes Leben neu zu buchstabieren.

Neu und alt gehörn zusammen,

Altes verarbeiten und neu aufzuflammen,

wieder leben, lieben, lachen,

große Tiefe und auch Dummheiten machen.

Ich möchte mich bei dir bedanken,

für das Aufheben von Schranken,

für deine Wärme und deine Offenheit,

und freue mich auf die Zeit zu zweit!!!

@Matthias: Ich möchte mich endgültig mit ganzem Herzen von dir verabschieden! Denn wer nicht einmal in schlechten Zeiten bereit ist, sich zu öffnen und Nähe zu zulassen, will überhaupt geliebt werden! Schwach sein heißt Stärke zeigen!
Ich wünsche dir gute Besserung und alles Liebe dieser Welt und dass auch du endlich findest, was du suchst!
Wie sagtest du mal zu mir: Bleibt stark!

»In unserer Sanduhr fällt das letzte Korn,

ich habe gewonnen und hab ebenso verlor'n.

Jedoch missen möcht ich nichts,

alles bleibt unser gedanklicher Besitz.

Und eine bleibende Erinnerung,

zwischen Tag und Nacht legt sich die Dämmerung.«

(c) SiriS

Natürlich kam daraufhin auch von Matthias eine SMS:

»Es ist alles wieder in Ordnung mit mir. Ich danke dir dafür, dass du dir Sorgen gemacht hast und mir gleich helfen wolltest, aber ich komm schon selbst klar.«

Das bestärkte mich nur in meinem Beschluss, denn dieses Verhalten war wirklich das Letzte!

Auf Johann hingegen war Verlass, er tat alles, damit ich mein Vertrauen zu ihm aufzubauen konnte, wenn auch anders, als ich es erwartet hatte. Mein Sohn war mit meinen Eltern verreist und ich hatte mir in der zweiten Woche weniger vorgenommen, um mir ein bis zwei Abende für Johann freizuhalten. Einmal trafen wir uns zum Essen, aber ansonsten hatte er den Terminkalender voll. Am Ende der Woche war ich mit meinen Freundinnen verabredet, was er auch wusste.

»Klar geh ruhig, ich bin eh beschäftigt, wir telefonieren aber noch mal«, war sein Statement.

Am Morgen rief er mich noch einmal an und fragte, ob ich nun zu dem Treffen gehen würde, worauf ich entgegnete, dass es nicht unbedingt sein müsse und ich auch für ihn da sein könne.

»Sag mir einfach bis 16:00 Uhr Bescheid«, war seine Aufforderung.

Der Tag verging wie im Flug und ich schrieb ihm später in einer SMS:

»Ich fahre nachmittags zu meinen Freundinnen, du wärst ja wenn, dann erst ab 21:00 Uhr bei mir. Gib mir einfach Bescheid, wenn du losfährst.«

Ich starrte danach in fünfminütigem Abstand auf mein Handy, weil ich nun dachte, dass er ja bald mal anrufen müsse, wann er denn losfährt. Gegen neun Uhr brach ich auf und schrieb ihm eine SMS:

»Ich finde es sehr schade, dass du dich nicht gemeldet hast, ich hätte mich gefreut, dich noch zu sehen. Hab einen schönen Abend.«

Daraufhin klingelte das Telefon und er fragte, wo ich denn gerade wäre. Als ich ihm sagte, dass ich in der S-Bahn sitzen würde, meinte er nur:

»Warum bist du nicht um neun Uhr zu Hause gewesen?«

Mir wurde schlecht. War er von sich aus zu mir gekommen, ohne vorher anzurufen? Nein, dann wäre er ja noch unterwegs, und ich würde Fahrgeräusche hören, also konnte das nicht sein. Als er dann sagte, dass Kommunikation wohl eine schwierige Sache wäre und einfach auflegte, war ich völlig verwirrt. Die Stationen zogen sich nur so dahin, und als ich aus der S-Bahn heraus war, klingelte, ich ihn sofort an, aber er ging nicht ans Telefon. Ich hätte das Telefon am liebsten auf die Gleise geworfen. Als dann noch eine SMS mit meinem Wortlaut von mittags und dem Zusatz, »Ich wünsche dir viel Glück und alles Gute auf deinen weiteren Wegen«, kam, da rastete ich total aus. Ich ließ sein Handy Sturmklingeln und kochte vor Wut, weil er wieder nicht dranging. Als ich zu Hause ankam, fiel ich völlig vom Glauben ab, weil vor meiner Tür eine Flasche Wein mit einem Zettel stand.

Schade und viel Glück. Johann!

Ich rief sofort Barney an und beschimpfte ihn aufs Übelste. Was für Idioten denn Doms seien, nur wegen eines verpeilten Termins gleich alles Hinzuwerfen, und dass es doch wohl nicht so schwer sei, auch mal auf die Termine der Subs einzugehen und überhaupt! Den genauen Wortlaut bekomme ich nicht mehr zusammen, ich war ziemlich erregt. Barney meinte, ich solle mich erst mal beruhigen und der Reihe nach erzählen, was mir aber unmöglich war. Er legte auf, sagte vorher jedoch, er würde mich gleich noch mal anrufen, ich solle inzwischen runterkommen und dann in Ruhe, alles der Reihe nach, erzählen. Als das Telefon dann klingelte, hatte ich mich etwas beruhigt und er sagte, er würde Johann anrufen und sich anschließend noch mal melden. Ich tobte. Ich trampelte mit den Füßen und schlug mit meinen Fäusten gegen die Wand, als es plötzlich an der Tür klopfte. Ich riss sie auf und wollte gleich mal meinen Nachbarn, den ich dort vermutete, beschimpfen, als Johann vor mir stand und mich angrinste.

»Na, du stehst wohl nicht auf Psychospielchen?«

Ich fiel ihm um den Hals und war total erleichtert. Mein ganzer Körper pulsierte, ich war trotz des anstrengenden Tages mehr als wach und pumpte wie ein Maikäfer. Nachdem ich mich wieder einigermaßen beruhigt hatte, wurde es ein sehr schöner Abend, und er blieb sogar über Nacht. Er hielt mich fest und ließ mich nicht aus seinen Armen. Das war ich nicht gewohnt, es war befremdlich, doch es fühlte sich sehr gut an.

Wir hatten noch viele solcher schönen Abende und Nächte. Er kam zu mir, wir kochten, redeten, schliefen miteinander, und ich schlief in seinen Armen ein. Nur eins kam mir immer komischer vor, er spielte nie mit mir. Am Anfang wunderte ich mich darüber, aber er sagte:

»Wir müssten uns erst besser kennenlernen und uns Freificken, bevor wir wirklich miteinander spielen können.« Befremdlich war allerdings, dass er bei einer Party im Hedonistentempel andere mit mir spielen ließ. Es war sowieso ein skurriler Abend.

Barney wünschte sich von mir, dass ich ihm Buletten mitbringe, weil er am Einlass arbeitete. Ich versuchte ihm zu erklären, dass ich dafür keine Zeit hätte, da ich arbeiten müsse und direkt danach zur Party kommen würde. Aber er entgegnete, dann müsse ich halt früher aufstehen, es wäre ihm egal, er wolle Buletten haben. Barney hatte zu diesem Zeitpunkt drei Subs. Eine, die davon hörte, bot sich gleich freiheraus an, die Buletten für mich zu machen und sie mir dann kurz vorher zu übergeben, damit alles glatt liefe und er nichts merken würde. Wir telefonierten vorher, weil sie wissen wollte, wie ich meine immer machen würde, und sie versprach mir, pünktlich zu sein! Alles klappte, nur – sie war nicht pünktlich! Nach einer halben Stunde unendlichen Wartens und aufsteigender Wut auf alles und jeden schrieb ich Johann und auch Barney eine SMS. Ich teilte ihnen mit, wie das mit den Buletten wirklich war und dass ich keinen Bock mehr auf diese Party hätte und jetzt wieder nach Hause fahren würde. Daraufhin klingelte das Telefon und Johann war dran. Er versuchte mich zu beruhigen, fragte mich, wie das denn nur passieren konnte, und befahl mir, genau da stehen zu bleiben, wo ich gerade war, er würde mich abholen kommen. Als er dann endlich kam, war ich in Tränen aufgelöst. Wie lange hatte ich mich schon auf diese Party gefreut. Wir fuhren erst noch eine Runde um den Block, redeten und ich beruhigte mich langsam wieder. Letztendlich gingen wir dann doch auf die Party.

Im Vorraum angekommen zog ich mich um und genau in diesem Moment kam von hinten eine Plastiktüte auf mich zugeflogen, die verdächtig nach Buletten roch. Ich war immer noch stinksauer und warf das Paket in genauso hohem Bogen zu Barney. Der war natürlich verdattert und wusste gar nicht, was los war, aber das war mir scheißegal. Groß weiterärgern konnte ich mich auch gar nicht, weil ich plötzlich von Johann an den Händen festgehalten wurde. Handschellen klickten, ich wurde nach vorn gedrückt und ich bekam eine Augenbinde um. Mir wurde ein Halsband aus Eisen, an dem eine schwere Kette befestigt war, die über den Oberkörper zwischen meinen Beinen hindurch nach hinten durchgeführt wurde, umgelegt. Es ging alles viel zu schnell, als dass ich mich hätte wehren können. Und das war gut so, denn es lenkte mich schlagartig von dem Bulettenärger ab. Als Nächstes merkte ich, wie mir etwas um den Fuß gelegt wurde und Johann mich am Rücken streichelte, um mir Sicherheit zu geben. Da wir immer noch mitten im Vorraum standen, liefen viele Leute an uns vorbei und einige gaben Kommentare ab. Irgendjemand drückte mir einen Negerkuss in den Mund, wogegen ich mich in dieser Situation nicht wehren konnte. Dann merkte ich plötzlich, wie mir jemand in die Nippel kniff und laut aufkreischte:

»Ja, was hat denn der Johann da Feines angebracht!«

158

Es war eine weibliche Stimme, aber da ich sie nicht kannte, konnte ich auch nicht einordnen, um wen es sich handelte. Johann und diese Frau begrüßten sich überschwänglich, unterhielten sich über mich und begutachteten Johanns Werk. Ich war wie auf einem anderen Stern und verfolgte das ganze Geschehen fast wie abwesend. Es kam mir so vor, als wenn ich die ganze Szenerie von außen beobachtete. Als die Frau dann genauso unbemerkt wieder verschwand, wie sie erschienen war, kümmerte sich Johann wieder voll und ganz um mich. Er führte mich an der Kette zwischen meinen Beinen die Treppe nach oben, hielt mich, als ich beinahe drohte zu stürzen und führte mich in den Saal. Da ich nicht sehen konnte, horchte ich in den Raum und versuchte auszumachen, wie voll es war. Dem Stimmengewirr nach schien es sehr voll zu sein. Er führte mich weiter und durch einen kurzen Ruck an der Kette, zwang er mich stehen zu bleiben. Dann nahm er mir die Augenbinde ab, und als sich meine Augen an das Licht gewöhnt hatten, sah ich genau vor mir eine Frau auf einem Barhocker sitzen. Nein, sie lag fast, mit gespreizten Beinen und eine andere Frau hockte davor und steckte ihre Hand in die Frau auf dem Barhocker. Johann verkündete lautstark:

»Darf ich dir vorstellen – das ist Olivia!«

Und damit meinte er nicht die Frau auf dem Barhocker, sondern die davor. Besagte Olivia sah mich an.

»Ich würde dir ja gern die Hand geben, aber momentan geht das aus ersichtlichen Gründen nicht.«

An ihrer Stimme erkannte ich die Frau aus der Vorhalle wieder und war beim Anblick dieser Szenerie etwas verwirrt. Später erklärte mir Johann, dass Olivia Domse sei und in alles, was irgendwie nach Loch aussah, ihre Finger stecken würde - ich würde das auch noch spüren. Inzwischen wunderte ich mich über gar nichts mehr und genoss den Abend. Es war wie immer ein rauschendes Fest, es wurde gelacht und getanzt, gestöhnt und gespielt, es war wie beim letzten Mal, eine Orgie. Ich unterhielt mich gut und wurde des Öfteren auf meinen *netten* Schmuck angesprochen. Mittlerweile hatte mir Johann die Handschellen abgenommen und gegen Klammern zwischen meinen Beinen ausgetauscht, die durch Gewichte ergänzt wurden. Es fiel mir schwer, damit zu laufen. Aber ich war stolz, stolz darauf, mit ihm da zu sein und stolz, von ihm so geschmückt worden zu sein. Doch ich war froh, dass er seine Ankündigung, mich auf der Party die ganze Zeit knien zu lassen, nicht wahr machte. Er hatte mir dies kurz zuvor angedroht, als ich mich beschwerte, wie anstrengend es sei bei der Arbeit elf Stunden stehen zu müssen.

Etwas später nahm Johann mich beiseite und fragte, warum ich ihm den ganzen Abend eigentlich nichts zu trinken besorgt hätte. Ich war sprachlos, war er doch andauernd unterwegs und unterhielt sich mit anderen. Er ließ natürlich keine Ausrede gelten, multiplizierte dieses Vergehen mit meinem Alter, steckte mir einen Ballknebel in den Mund und – schwupps – hatte ich wieder die Handschellen dran. Genau so führte er mich dann, mit der Kette zwischen meinen Beinen, quer durch den Ballsaal. Ich muss nicht erklären, wie peinlich mir das war! Alle starrten mich an, denn auf so etwas hatte die Meute nur gewartet. Ich wurde im Separee quer über eine Liege geworfen, und - schwupps - stand Olivia auch schon parat. Johann übergab ihr das Zepter, in Form einer Gerte, und Olivia tobte sich hingebungsvoll an meinem Hintern aus. Ich konnte in dieser Situation die Schläge nur schwer ertragen. Irgendwie wehrte sich alles in mir, von einer Frau geschlagen zu werden, die das von sich aus tat. Und ich fing an, mich zu wehren, mir liefen die Tränen und ich dachte tatsächlich:

›So etwas hätte Matthias mir nie angetan!‹

Als Nächstes stülpte sie sich einen Gummihandschuh über und versenkte ihre Hand in mir. Nein, ich verspürte keine Lust, nur Schmerz und Wut darüber, dass Johann ihr nicht Einhalt gebot. Ich wollte nicht, dass eine wildfremde Frau mit mir spielte. Ich wollte, dass *er* das tat! Vor Wut zerbrach ich sogar die, mir inzwischen in meine gefesselten Hände gegebene, Gerte. Irgendwann schaffte ich es dann, mich in eine Position zu bringen, in der sie ihre Hand aus mir ziehen musste. Nun schien Johann endlich zu bemerken, dass es mir nicht so

160

gut ging. Sofort bedeutete er Olivia aufzuhören und nahm mich fest in seine Arme. Es war ein blödes Gefühl, ich hasste mich dafür, dass ich mich der Situation nicht hingeben konnte. Dabei war Johann doch so lieb zu mir, aber ich hütete mich, ihm das zu sagen. Ich schob es auf die Bulettenaktion, was er mir auch glaubte. Als wir uns beruhigt hatten, versuchte ich mich herzurichten und sah, dass ich einen dicken schwarzen Fleck von meinen verheulten Augen auf seinem Hemd hinterlassen hatte. Ich versprach, es zu Hause sofort zu reinigen, was er dankend annahm. Wieder an der Bar bestellte er Prosecco auf Eis, für uns und unsere erhitzten Gemüter. Später durfte ich mir sogar wünschen, dass er nach der Party noch mit zu mir kommen würde. Im Nachhinein war es ein schöner Abend, aber er hätte noch schöner werden können, wenn dieses Gespenst, Matthias endlich aus meinem Kopf verschwunden wäre!

Noch eine Woche danach hatte ich ständig das Gefühl, auf Toilette gehen zu müssen. Ob das nun von der Kette oder vom Fisten kam, weiß ich nicht, aber es war ein sehr unangenehmes Gefühl. Doch, neben den blauen Flecken, blieb mir auch eine sehr schöne Erinnerung an diesen Abend. Es war der Fußreif, den Johann mir angelegt hatte. Er war aus massivem Edelstahl, sah sehr schön aus und hatte nur einen kleinen Schönheitsfehler, nur Johann hatte den Schlüssel und konnte ihn öffnen! Am ersten Tag war ich sehr stolz darauf. Johann hatte gemeint, dass es unsere Verbundenheit bezeugen sollte, aber schon am zweiten Tag merkte ich, wie sehr Verbundenheit schmerzen kann. Da er massiv war, war er sehr schwer, und weil ich den ganzen Tag stehen musste, wurde es bald unerträglich. Am dritten Tag bat ich Johann eindringlich darum, mir den Reif wieder abzunehmen, da sich mein Spann schon blau verfärbt hatte. Und ein Schatz, wie er einer war, holte er mich auch gleich am nächsten Tag von der Arbeit ab und befreite mich. Ja, sicher war ich traurig, weil ich doch die Symbolik sehr schön und die Idee ganz witzig fand.

Johann meldete sich regelmäßig, wir telefonierten oft und hatten auch einen schönen Abend in der kleinen Bar, bei dem Olivia wieder mal eine bedeutende Rolle einnahm. Auch ansonsten waren die Abende und Nächte mit ihm sehr schön. Eigentlich war alles so, wie es sein sollte. Doch wir hatten auch nach Wochen nicht alleine miteinander gespielt. Er kündigte es zwar öfter an, aber irgendetwas hemmte ihn. Und er hatte merkwürdigerweise nie an den Wochenenden Zeit. Egal ob ich frei hatte oder nicht, ich saß alleine zu Hause. Immer wenn ich ihn darauf ansprach, sagte er, er hätte so viel zu tun, doch was das war, erklärte er nicht. Er wollte mich auch nicht als Sub in seinem Profil haben. Ich fragte auch nie danach, weil ich, ehrlich gesagt, vor der Antwort Angst hatte. Das Gedicht für ihn stand immer noch in meinem Profil und das reichte mir.

An einem Wochenende, an dem ich nicht arbeiten musste und auch mein Sohn nicht da war, fragte ich ihn, ob wir es nicht gemeinsam verbringen wollten. Er sagte auch zu, kam aber erst am Samstagabend zu mir. Dafür brachte er sogar die kompletten Zutaten für das Essen mit und kochte sehr lecker für uns. Es war wie immer mit ihm, sehr schön, aber ich merkte auch, dass er irgendwie Abstand nahm. Am nächsten Morgen hatte er es dann sehr eilig und fuhr nach dem Frühstück wieder los. Ich war sauer, hatte ich mich auf dieses Wochenende doch besonders gefreut. Dann wurden seine SMS plötzlich weniger, er hatte keine Zeit für ein Treffen und seine Anrufe wurden spärlicher. Er jammerte nur noch rum, wie schrecklich doch alles wäre und ich verstand rein gar nichts mehr. Irgendwann bekam ich dann einen Anruf von einer Frau, von der er mir erzählt hatte, dass sie nur eine Freundin wäre. Ich nahm das auch so hin, aber als ich hörte, dass er Zeit hatte, sich mit ihr zu treffen, aber nicht mit mir, fing es in mir zu brodeln an. Auch wenn das mit ihr rein freundschaftlich war: Er sollte doch mal seine Prioritäten überdenken! Ich nahm das Gedicht aus meinem Profil und brauchte nicht lange zu warten, bis er mich anrief. Er war stinksauer und fragte mich, was das solle. Ich erklärte ihm meine Sichtweise, und er schob es darauf, dass ich eifersüchtig wäre, was absolut nicht stimmte. Kurz darauf bekam ich wieder einen Anruf von dieser Frau, die mir berichtete, dass er ihr erzählt habe, er würde einen Job in Bonn annehmen. Ich fiel aus allen Wolken und reagierte nicht mehr auf seine Versuche mich zu erreichen. Erst vor Kurzem hatte er mit mir in meinem im Bett gelegen und gesagt, wie wohl er sich mit mir fühle, und dass er sich entschlossen hätte, nur noch Jobs in der Umgebung anzunehmen! Und nun das?

Irgendwann erwischte er mich dann doch am Telefon und erzählte mir das mit Bonn selbst. Ich ließ meinen ganzen Frust an ihm ab. Ich schmiss ihm an den Kopf, dass ich es eine Sauerei fände, dass er ihr so etwas persönlich sagen würde und mir nur nebenbei am Telefon. Nun wüsste ich, warum er sich zurückgezogen hatte und dass er ein feiges Arschloch wäre, mir das nicht ins Gesicht zu sagen. Er entschuldigte sich, stellte aber auch klar, dass er sich diesen Job nicht entgehen lassen könne. Ich verstand das, aber die Art und Weise, wie ich das erfahren hatte, fand ich eklig.

»Dann komm mit, meine Kleine!«, war sein letzter Satz, doch das konnte ich nicht.

Ich hatte meine Wohnung in Berlin, meinen Job, und auch mein Kind ging hier zur Schule.

Danach hielt ich mich sehr bedeckt, meldete mich überhaupt nicht mehr und antwortete nur noch sporadisch auf seine Nachrichten. Irgendwann fragte er mich, ob wir uns nicht doch noch mal sehen könnten, bevor er umzog. Ich willigte ein, auch, um für mich einen Abschluss zu finden. Der gemeinsame Nachmittag war sehr schön, wir schliefen noch einmal miteinander und er kochte für mich. Er versuchte mich noch einmal zu überreden, doch mit ihm mitzukommen. Aber für mich war das Thema Johann damit erledigt. Sollte er in Bonn glücklich werden!

VIII

Ich rappelte mich diesmal ziemlich schnell wieder auf, die Sache mit Johann lief nur drei Monate und so steckte ich noch nicht allzu tief drin. Zwar hatte ich mein Herz ein wenig an ihn verloren und fand es schade, dass nicht mehr daraus geworden war, aber er hatte nie wirklich mit mir gespielt. Das machte es erheblich leichter, nun wieder ohne ihn zu leben. Es ist schon ein großer Unterschied, ob man diese emotionale und auch körperliche Abhängigkeit in eine Beziehung einbringt oder nicht. Die dabei ausgeschütteten Hormone machen, in einem nicht unerheblichen Maß, süchtig. Bei mir spielte allerdings die emotionale Abhängigkeit eine größere Rolle, das Spiel mit der Psyche. Johann hatte das bewusst nicht eingebracht, sicher, weil er wusste, dass er irgendwann gehen würde. Aber ein anderer machte davon immer noch regen Gebrauch, und ich konnte nicht anders, als seine Marionette zu sein.

Ich hatte Matthias nun monatelang nicht mehr gesehen, er schrieb zwar wöchentlich und wir chatteten auch ab und an, aber es lief nie auf ein Treffen hinaus. Das war mir auch recht, denn ich wollte mir nicht erneut die Finger verbrennen. Ja, er fehlte mir, sehr sogar, aber ich wusste, dass unsere Zeit vorbei war. Ich fand mich also damit ab, über kurz oder lang allein zu bleiben und mir das, was ich brauchte, zu nehmen. Keine tiefen Gefühle zuzulassen, um nicht verletzt zu werden.

Irgendwann, bei einem nächtlichen Chat mit Matthias, fiel eine Bemerkung, die mich aufhorchen ließ:

»Ich glaube, ich habe damals mit dir was ganz Besonderes gefunden.«

Ich war sprachlos, was sollte das bedeuten? Wollte er mich nur wieder testen oder hatte er inzwischen wirklich nachgedacht? Vielleicht war ihm bewusst geworden, was er an mir hatte, aber ich nahm es so hin und sagte nichts dazu. Er hatte mich schon wieder am Haken! Von da an meldete er sich wieder fast täglich bei mir, was mich zwar verwunderte, ich aber nicht überbewertete. Es folgte wieder ein nächtlicher

164

Chat, in dem er andeutete, dass ich jederzeit zu ihm kommen könne. Doch ich müsse dann, wie ich wüsste, eine zweite Sub mitbringen. Ich war enttäuscht, dass er ein Wiedersehen an solch eine Bedingung knüpfte, dachte mir allerdings nach dem ersten Schock:

›Gut, warum nicht?‹

Spiele zu dritt gefielen mir schon immer und ich wollte sowieso nur meinen Spaß, der mit ihm garantiert war. Ich hatte durch Barney diverse Kontakte zu weiblichen Subs, die teilweise herrenlos waren. Cat kannte ich von meiner ersten Begegnung mit Johann, damals war sie noch Barneys Sub. Ich fragte sie also, ob sie nicht Lust auf einen unverfänglichen Abend zu dritt habe. Am folgenden Tag berichtete ich Matthias, dass ich jemanden gefunden hätte. Er setzte sich mit Cat in Verbindung und es wurde ein Termin ausgemacht. An den folgenden Tagen chatteten wir die Nächte durch, mal zu zweit und mal zu dritt. Wir spannen uns die tollsten Szenarien aus, wir chatteten uns geil. Der Tag unseres Treffens nahte und ich war sehr aufgeregt, ich würde ihn endlich, nach vier langen Monaten, wiedersehen. Ich war gespannt darauf, wie er wohl reagieren würde. Wie immer hatte ich mich auf ihn vorbereitet, hatte mir passende Kleidung ausgesucht und mich so, wie er es liebte zurechtgemacht.

Ich traf mich mit Cat an der S-Bahn, wir wollten zusammen zu ihm fahren, aber es kam, wie es kommen musste. Die S-Bahn verspätete sich. Ich schrieb ihm eine SMS, dass wir später kommen würden und seine Antwort war richtig gemein. Ob Subs das wohl mit Absicht machen würden, um sich schon vor dem Essen eine Abreibung einzufangen. Ich versuchte, die Situation zu entschärfen und antwortete mit Humor.

»Ja klar, ich habe mir sehr große Mühe gegeben, den Zugführer zu bestechen, damit er extra langsam fährt.«

Die ganze Fahrt über plauderten wir, und ich bereitete Cat auf ihn vor. Ich wusste, dass es ein schöner Abend werden würde, aber ich wusste auch, dass es wohl für lange Zeit mein Letzter mit ihm sein würde. Woher sollte ich schon wieder eine neue Sub für das nächste Treffen besorgen? Es war jedes Mal etwas ganz Besonderes zu ihm zu fahren, weil die Vorfreude und diese Anspannung einfach unübertrefflich waren. Diesmal allerdings fühlte ich das Kribbeln in meinem Bauch nicht so stark wie früher. Aber ich redete mir ein, dass es daran lag, dass ich nun abgelenkt war und mich nicht voll darauf konzentrieren konnte.

In der geöffneten Tür stehend erwartete er uns und sah wie eh und je gut aus. Seine Haare waren etwas länger geworden, aber ich liebte das an ihm. Die Wohnung war anheimelnd mit Kerzen geschmückt, es lief leise Musik und es duftete nach leckerem Essen. Wie ich das liebte, wie ich ihn dafür liebte, alles war so vertraut. Wir setzten uns an den Tresen und plauderten über dieses und jenes, er hatte extra meinen Wein besorgt, und als das Essen fertig war, genossen wir die wundervoll zubereiteten Speisen. Es war ein schöner Abend, und wir fühlten uns alle wohl.

Cat, die ich mitgebracht hatte, spielte am liebsten als Pet und konnte von einer Minute zur anderen in die Rolle eines Kätzchens schlüpfen. Als Nachtisch servierte er ihr also in einem Schälchen Katzenfutter, das sie auch begierig auf dem Boden kniend wegputzte. Ich kniete mich daneben und streichelte sie währenddessen, so wie man es auch mit einem richtigen Kätzchen macht. Nur dass ein echtes Kätzchen neben dem Schnurren keine keuchenden Laute von sich gibt, wenn man ihm über die Brust streichelt.

»Hol die Titten raus«, kam es von über mir, und ich tat wie befohlen.

Ich streichelte und leckte die Nippel des Kätzchens, massierte ihre Titten und küsste sie. Es war ein sehr erregender Moment, denn ich wusste, dass er uns dabei beobachtete und genau aufpasste, dass ich ja seinen Anweisungen folgte. Nachdem das Kätzchen seinen Nachtisch verputzt hatte, befahl er ihm, ins Wohnzimmer zu kriechen. Und da Katzen im Allgemeinen keine Hosen anhaben, musste sie ihre ausziehen. Da das Kätzchen gut erzogen war, tat es wie geheißen und streckte seinen prächtigen Arsch in die Höhe. Ich kniete mich dahinter, streichelte und fingerte das Kätzchen und es schnurrte, es schien ihm also zu gefallen.

»Ich kann deinen Hintern nicht sehen, Rock hoch«, befahl er mir.

Ich tat, was er wollte und spürte den ersten Schlag. Mein Stöckchen, wie mir das gefehlt hatte! Er strich zärtlich mit seinen Händen über die Konturen und befahl mir, das Kätzchen zu lecken. Ich gab mich ganz meiner Aufgabe hin und empfing währenddessen seine Liebkosungen mit dem Stöckchen. Ich genoss die Situation und ließ mich ganz in das Geschehen fallen. Das Kätzchen war auch überaus zauberhaft, es genoss und schnurrte, und als es kam, mauzte es sogar. Als der Abend zur Neige ging und wir alle geschafft, aber glücklich, auf der Couch saßen, schaute er mich beinahe rührselig an.

»So, ihr Süßen, jetzt ab ins Bett.«

Sein Bett war zwar groß genug für uns drei, aber irgendwann in der Nacht wurde es mir doch zu eng, und ich schlief auf der Couch weiter. Eingekuschelt in seine Decke, die so gut nach ihm roch! Erst als Cat nach Hause fuhr, kroch ich wieder zu ihm ins Bett, und wir schliefen noch zwei Stündchen. Irgendwann schreckte er hoch, da es schon spät war. Er zog sich an und verabschiedete sich wie immer mit »Tschüss, Puppe« von mir. Ich kochte mir noch einen Kaffee, räumte die Reste des Abends weg und fuhr glücklich und zufrieden nach Hause.

Mir ging es nach diesem Treffen gut. In mir manifestierte sich der Gedanke, dass kommen konnte, was wolle, ich könnte immer wieder zu ihm zurückkommen. Egal wer auch dazwischen kam, wie viel Zeit verging oder wer auch immer mit dabei war. Wir waren eine Einheit, etwas ganz Besonderes verband uns.

Am Tag vor diesem Treffen bekam ich eine Nachricht von einer Sub, die mir schrieb, dass ich mich nicht wundern solle, denn auch sie habe Kontakt zu Matthias. Ich war reserviert, aber dennoch neugierig und so telefonierten wir miteinander. Sie berichtete mir, dass sie seit Mai Kontakt zu Matthias und genug von seinen Schwärmereien von mir habe. Er redete angeblich ununterbrochen von mir und sie könne unter diesen Umständen keine vernünftige Beziehung zu ihm aufbauen. Sie habe langsam genug von ihm, wäre aber neugierig, was an mir so besonders wäre. Ich war überrascht, so etwas wäre mir im Traum nicht eingefallen. Aber mir war nicht wirklich klar, was sie von mir wollte, und so wartete ich ab.

Clara, so hieß sie, meldete sich immer regelmäßiger bei mir und berichtete mir, wann er sich wieder gemeldet hatte. Sie schrieb mir wörtlich, was Matthias ihr geschrieben hatte. Es wurde immer merkwürdiger, schließlich wollte sie sogar ein Treffen mit mir. Vorerst verschwieg ich ihr, dass auch ich wieder Kontakt mit ihm hatte und sogar bei ihm gewesen war. Mir war das alles zu skurril.

Matthias meldete sich gleich am nächsten Tag nach unserem Treffen und schrieb mir, dass ihm der Abend sehr gefallen hätte. Wir schrieben hin und her, und es endete damit, dass er es sich überlegen wollte, mich auf seiner Liste wieder ein Stück höher zu setzen. Ich antwortete, dass ich darüber sehr glücklich und dankbar wäre. Er entgegnete, dass ich ihm meinen Dank beweisen könne, indem ich ihm jede Woche eine neue Sub präsentieren würde. Ich glaubte, nicht richtig zu lesen. Dann dachte ich allerdings, dass es für ihn ein guter Weg wäre, mich regelmäßig sehen zu können, ohne mir allzu viele Zugeständnisse machen zu müssen.

Ich versuchte also mein Möglichstes, schrieb einige befreundete Subs an und fand dann auch schnell eine, die sich kurzfristig bereit erklärte. Inzwischen hatte ich mich mit dieser Clara getroffen und sie erzählte mir, dass er sich mit ihr am kommenden Donnerstag verabredet hätte. Ich verstand gar nichts mehr, wieso wollte sie nun doch zu ihm, und warum traf er sich noch mit ihr? Es ließ mir keine Ruhe. Und als die Sub, die ich organisiert hatte, absprang, erklärte er mir, das käme ihm sogar sehr gelegen, so könne er wenigstens zu seinem Herrenabend gehen. Da rief ich diese Clara an und erzählte ihr, was er sich so in den letzten Wochen alles geleistet hatte. Sie war stinksauer, sagte ihr Treffen mit ihm wutentbrannt ab und löschte all seine Telefonnummern und IDs in sämtlichen Foren. Beinahe ließ ich mich anstecken und entwarf eine saftige Mail an Matthias, dass er mich nun auch verloren hätte. Er solle sich zum Teufel scheren, aber als ich mit schreiben fertig war, war alle Wut verraucht, und ich versuchte, wieder klar zu denken.

Was war passiert? Ich war verletzt, weil er mir absagte und weil ich keine Sub heranbekam. Doch das war meine Aufgabe und ich hatte sie nicht erfüllt. Außerdem war ich eifersüchtig, weil er sich mit dieser Clara traf, doch dieses Thema hatte sich nun erledigt. Also tief durchatmen und abwarten, was weiter passieren würde. Das mit den Subs konnte er jedenfalls vergessen, das war nicht zu realisieren, nur musste ich ihm das noch beibringen. Wenn ihm wirklich was an mir lag, würde er mich auch so wiedersehen wollen. Dies war eine gute Chance, es herauszufinden.

Am Nachmittag dann rief mich Clara wieder an und fragte, ob wir stattdessen nicht etwas gemeinsam machen wollten. Da sie den Abend sowieso schon verplant hätte, könne man ihn schließlich sinnvoll nutzen. Ich überlegte kurz und hielt das für keine schlechte Idee, denn so hatte ich die Gewissheit, dass sie wirklich nicht zu ihm fuhr. Wir verabredeten uns und gingen tanzen. Als Highlight machten wir ein Foto von uns beiden und ich schickte es ihm als MMS mit dem Untertitel, »Die Sub für unser nächstes Treffen.« Sie war eine sehr komische Person, gab vor devot zu sein, aber sprang mit den Männern um, wie es ihr beliebte. Mir war mittlerweile klar, warum Matthias nicht einmal ansatzweise den Versuch unternommen hatte, sie ins Bett zu bekommen, das musste ihm vergangen sein. Nur warum traf er sich trotzdem immer wieder mit ihr?

Er rief sie am nächsten Tag an und machte sie am Telefon nieder. Bei mir meldete er sich tagelang nicht mehr, aber diese Art der Strafe kannte ich inzwischen zur Genüge und nahm sie hin. Da er auch danach keinerlei Anstalten unternahm, mich wiederzusehen, wurde mir immer klarer, dass er mal wieder überfordert war. Er hatte wohl von Anfang an nicht vor, wieder etwas Ernsthaftes mit mir anzufangen. Es war wohl einfach nur bequem mit mir, ich war immer da, wenn er mich rief. Bestätigt wurde diese Vermutung auch, als ich feststellte, dass er weiterhin mit Cat chattete und sich sogar mit ihr alleine treffen wollte. Zum Glück war ich emotional mittlerweile gefestigt und konnte es als ›Na, war ja klar‹ abtun. Diesmal hatte er es nicht geschafft, mich in die Gosse zu treten. Ich war aber enttäuscht, dass er mich angelogen hatte. Bisher hatte ich mir immer noch einreden können, ihn immer falsch verstanden zu haben. Aber diesmal war es offensichtlich, er sagte mir nicht mehr die Wahrheit, und das war etwas, was ich nicht einfach wegstecken konnte. Irgendwann chattete er mich doch wieder an und versuchte mir zu erklären, dass er mich nur angelogen hätte, um mir nicht wehzutun. Ich sei mittlerweile zu einem der wichtigsten Menschen in seinem Leben geworden und er wolle mich auf keinen Fall verlieren. Ich glaubte ihm nur die Hälfte davon, denn sein Verhalten bewies mir genau das Gegenteil. Selbst mit Freunden ging man nicht so um, und schon gar nicht mit Menschen, die einem wirklich etwas bedeuteten. Ich war enttäuscht, er hatte in den letzten Monaten immer mehr kaputtgemacht und das war nicht mehr zu kitten. Sollte er glücklich werden in seiner kleinen beschränkten Welt, ich hatte wieder einmal genug von ihm. Ich war nun frei, frei von sehnenden Gedanken nach ihm, frei von Emotionen und frei von Vertrauen ihm gegenüber. Er hatte es geschafft!

IX

Wie gut die neue Freiheit war, merkte ich erst später. Ich hatte schon ein paar Wochen zuvor im Forum der SZ einen Mann kennengelernt, der einfach ein ganz anderes Kaliber war. Er war Mensch, durch und durch. Es fing mit einer wirklich chaotischen Foren-Trollerei an, wir alberten herum, was das Zeug hielt. Das setzte sich uneingeschränkt in PNs und Mails fort. Wir schrieben mindestens 529 Mails, die irgendwann sehr intim und persönlich wurden und natürlich auch ernsthafte Themen enthielten. Unsere Mails waren mit zwinkernden Smileys gespickt und das Faszinierende daran war, dass es nicht eine einzige missverständliche Situation gab. Auch ohne Smileys oder Anmerkung traten wir uns nie auf die Füße, es war erfrischend und erleichternd, dass es so etwas überhaupt gab. Wir entdeckten viele Gemeinsamkeiten, von der Vorliebe für Gedichte und Geschichten bis hin zu unserem einzigartigen Humor.

Es dauerte nicht lange, da trafen wir uns das erste Mal, wenn auch nur kurz, weil er auf der Durchreise zu einer Freundin in Rostock war. Ja, Horst sah genauso aus wie auf seinen Bildern. Nicht gerade der Typ Mann, von dem ich träumte, viel zu dünn und auch von der Kleidung her eher schluderig, aber er hatte das gewisse Etwas. Ich weiß nicht, was es war, der verschmitzte Blick oder diese fahrige Hilflosigkeit, doch es gefiel mir. Zwei Wochen war er fort, wir standen die ganze Zeit über in Kontakt, und als er wieder in Berlin war, trafen wir uns sofort zu unserem ersten Date. Horst wollte in die kleine Bar aber ich wollte das nicht, ich wollte SM-freien Boden. Obwohl er über eine halbe Stunde zu spät kam, und ich inzwischen körperlich und auch stimmungsmäßig ein Eisklotz war, wurde es dennoch ein schöner Abend. Wir verstanden uns real genauso gut wie virtuell und legten recht schnell die anfängliche Scheu ab. Wir alberten herum, entdeckten noch mehr Gemeinsamkeiten und verabschiedeten uns überschwänglich. Der nun folgende Mailwechsel wurde schnell intensiver und bald verabredeten wir uns erneut, diesmal in einem Schwulen-SM-Club, der einmal im Monat auch für Paare geöffnet hatte. Ich wusste bis dahin nicht annähernd, wie er mir gegenüber empfand, und hatte irgendwie das Gefühl, es könnte auf, »Wir verstehen uns so gut, also lass uns einfach so gute Freunde bleiben« herauslaufen. Umso überraschter war ich, als er anfing, mit mir zu spielen.

Der Club war eine alte Fabriketage, die liebevoll zu einem Spielplatz für Erwachsene ausgebaut worden war. Alles war sehr martialisch, handfest, robust. Wir waren beide zum ersten Mal dort und sahen uns erst einmal um. Als wir auf einem Podest standen, fing Horst an, mich mit seinen Augen zu fixieren. Ich konnte mich nicht mehr auf die um uns herum Spielenden konzentrieren, an nichts anderes mehr denken, als daran, dass er mich doch endlich berühren sollte. Und dann war es so weit, er streckte seine Hand nach mir aus und streichelte meinen Arm. Plötzlich fasste er hart zu und zerrte mich in den angrenzenden Raum. Dort stellte er mich an das Kettenspinnennetz und fing an, mich abwechselnd zu streicheln und zu schlagen. Er war zwar nicht sicher im Umgang mit dem Rohrstock, den er extra mir zuliebe mitgebracht hatte, aber er hatte Potenzial. Es wurde ein sehr schöner Abend, der damit endete, dass er mich auf dem Bett fistete. Er selbst hatte rein sexuell betrachtet recht wenig davon, trotzdem genoss er es sehr.

Ein paar Tage später trafen wir uns erneut, diesmal um in die kleine Bar zu gehen. Dort fixierte er mich auf dem Gynstuhl und ich durfte das erste Mal seinen Schwanz berühren. Das Geile daran war, dass er gepierct war, oben an der Eichel und unten am Sack. Es fühlte sich komisch an, aber ich war neugierig darauf, wie es sich in mir anfühlte. Nicht viel später tat er mir den Gefallen und nahm mich, während ich über dem Bock lag, was das Zeug hielt. Ich hatte schon lange keinen so geilen Sex mehr, es war einfach unglaublich!

Der Kontakt zu ihm wurde immer enger, er meldete sich täglich und wir schrieben viele Stunden miteinander. Wir tauschten unsere Wünsche aus und versuchten uns gegenseitig kennenzulernen und zu verstehen. Und wir hatten endlos viel Spaß miteinander, sein Humor war beispiellos. Wir konnten uns nach Herzenslust verarschen, ohne auf

172

den anderen sauer zu sein und es tat unendlich gut, mit ihm zu lachen. Immer öfter trafen wir uns, gingen weg oder er kam zu mir, blieb über Nacht und fuhr mich morgens zur Arbeit. Etwas Sorgen machte ich mir um seine Hunde, er hatte zwei Windhunde, die deshalb oft und lange allein blieben. Aber wenn ich ihn darauf ansprach, reagierte er gereizt und ich ließ es bald bleiben. Es war einfach perfekt, und das Schöne war, dass ich die Befürchtung, ihm nicht zu genügen, die ich bei Matthias hatte, nie spürte. Ich war mir sicher, dass Horst mich genau so wollte, wie ich war. Eines störte mich allerdings schon zu diesem Zeitpunkt. Er war unpünktlich, kam manchmal erst spät nachts und verlangte dann selbstverständlich trotzdem meine volle Aufmerksamkeit. Aber man geht ja Kompromisse ein. Begeistert war ich davon, wie er mir, gemeinsam mit Barney, der inzwischen ein sehr guter Freund geworden war, bei der Vorbereitung auf mein anstehendes Assessment-Center half. Sie machten mich beide so fit, dass ich den zweiten Platz erreichte und dafür die Teilnahme an einem übergeordneten Seminar bekam. Ich wollte beruflich aufsteigen, denn immer die kleine Verkäuferin zu sein reichte mir schon lange nicht mehr. Früher hatte ich in meinen eigenen Laden und davor in gehobener Position gearbeitet. Nun war ich bereit, das weiterzuführen. Es ging also bergauf.

Aber nicht nur beruflich, sondern auch privat lief alles gut. Horst und ich waren ein Team. Unser nächster großer Abend war wieder in diesem Schwulen-SM-Club. Er hatte mir schon seit Tagen angekündigt, dass ich mich gut darauf vorbereiten solle, und zwar komplett. Ich versuchte, ihn durch die Blume darauf hinzuweisen, dass so ganz komplett nicht ginge, denn er meinte damit anal. Seit Jochen war das kein Thema mehr für mich, selbst Matthias durfte das nie bei mir.

Wie immer holte er mich zu spät ab, aber darauf war ich inzwischen vorbereitet und wir fuhren zum Club. Zum Glück waren nicht so viele Leute dort, die ich kannte. Da er in der Szene unbekannt war, hatten wir viel Zeit für uns. Er war in richtig domiger Laune, ließ es an mir aus und zitierte mich in den Raum mit dem Kettenspinnennetz. Dort quälte er mich zuerst verbal und dann setzte er den Gürtel, die Gerte und das Stöckchen ein. Das eine oder andere Mal wurde ich wütend, da er aufgrund seiner mangelnden Erfahrung nicht wusste, wie er die Gerätschaften zu dosieren hatte. Als er dann versuchte, mir anal einen Dildo reinzustecken, bin ich ausgetickt und flüchtete in eine Ecke, wo ich mich verkroch. Er bemerkte zum Glück, dass etwas nicht stimmte, und brach sofort ab. Während ich heftig schluchzte, hielt er mich im Arm und tröstete mich. Später, an der Bar, stellte er mit Schrecken fest, dass er mich gar nicht gefragt hatte, ob ich das überhaupt mochte. Er hatte keine Ahnung, wie unangenehm das für mich war! Etliche Male entschuldigte er sich und sagte immer wieder, wie wichtig es doch sei, dass wir uns über solche Dinge unterhielten. Ich kuschelte mich an ihn und war froh, so einen verantwortungsbewussten Mann kennengelernt zu haben. Ich war so begeistert, dass ich folgenden Text auf meinem Profil verewigte:

Herein

Ich hab dich eingeladen, und du trittst ein. Du scheinst dich wohlzufühlen, obwohl du vorher noch nie hier warst. Schaust dich vorsichtig um und spähst in alle Winkel. Du lauschst dem Ticken und staunst über das, was du siehst, hörst und fühlst. Sogar Geschenke bringst du mit und nimmst jede dargereichte Willkommensgabe gerne an. Es ist schön, dich dazuhaben und dich kennenzulernen. Du wirst noch lange brauchen, bis du dich zu Hause fühlst und jede Ecke erkundet hast. Es wird nicht immer ein Zuckerschlecken sein, aber die Mühe wird sich lohnen, das spüre ich. Und wenn du richtig suchst, wirst du dich auch selbst finden. Also setz dich und mach es dir bequem …
… IN MIR!

Danach folgten wieder 529 Mails zu diesem Thema und ich offenbarte ihm meine innersten Wünsche. Ich erzählte ihm alles, was ich bisher erlebt hatte und was sonst noch in meinem Kopf vor sich ging. Er ließ

174

nicht locker und fragte, fragte, fragte. Aber von sich selbst gab er wenig preis, sondern er kommentierte nur meine Gedanken. Bis dahin hatte er immer behauptet, nicht wirklich dominant zu sein, doch eine Situation bewies mir, dass er es sehr wohl war.

Vor einem Treffen hatte ich ihm eine provokante SMS geschickt.

›Warum hab ich auch mal wieder meine Klappe nicht halten können?‹, war das Einzige, was ich denken konnte, als er mir gegenübersaß und mich abwartend anschaute. Es kam so überraschend, denn er verlangte:

»Lies mir die SMS noch einmal vor, und sag mir genau das direkt ins Gesicht.«

Erst dachte ich, er wollte mich nur foppen, mich maßregeln für meinen Tonfall, aber nein, es ging ihm um mehr.

Das Gefühl, das sich in mir ausbreitete, als er sagte, »Nun hast du die Gelegenheit, mir das Angekündigte vorzuführen«, war unbeschreiblich. Es pendelte zwischen Fassungslosigkeit, Gedemütigtsein und Hilflosigkeit hin und her. Das konnte nicht sein Ernst sein? Er wollte mich nur zurechtweisen und nicht, dass ich mich wirklich in dieser Situation vor ihm selbst befriedigte. Ich kniete lange vor ihm und kämpfte mit mir, bat und flehte, mir diese Aufgabe zu erlassen, doch er blieb hart. Endlose Minuten kniete ich da, mir leuchtete nicht ein, was er davon haben könnte, wenn ich jetzt tat, was er erwartete. Schließlich machte mir sein Blick unmissverständlich klar, dass er kein weiteres Hinauszögern mehr duldete und dafür war ich ihm dankbar.

Langsam zog ich mich aus, den Blick zu Boden gerichtet, nein, ich wollte ihm nichts beweisen, ich wollte ihm zeigen, dass es mir leidtat. Dass ich mir in Zukunft überlegen würde, was ich ankündigen würde. Nein, falsch, ich schwor mir, so etwas nie wieder von mir zu geben. Er saß in seinem Sessel, rauchte genüsslich und schaute mir dabei zu, wie ich langsam meine Befangenheit ablegte, mich treiben ließ und mich von den Wellen der Lust davontragen ließ. Doch mir einen Orgasmus zuzugestehen lag ihm mehr als fern, denn eine

Belohnung hatte ich, weiß Gott, nicht verdient. Er erinnerte mich stattdessen daran, dass ich ihm nun beweisen könne, ob auch meine dritte SMS, in der ich ihm mitgeteilt hatte, was ich gern mit ihm stattdessen anstellen würde, genauso wenig ernst gemeint war.

Ich war erleichtert, dass ich endlich aus dem beleuchteten Mittelpunkt des Bettes herausdurfte, und kniete mich vor ihn hin, um seinen mittlerweile sehr harten Schwanz aus der Hose zu befreien. Nun fragte ich mich nicht mehr, was er denn von diesem Szenario hatte, ich sah und spürte es. Ich nahm ihn erst sanft und dann tiefer, als er mir zutraute in sich auf, und es war diesmal keine Überwindung, es war Dankbarkeit, jetzt wollte ich es ihm beweisen! Und es ging, wenn auch unter Tränen und leichtem Würgen, bis über den Punkt hinaus. Und irgendwann war er fast da, wo er immer hinwollte, tief in mir drin. Danach war ich das erste Mal wirklich froh ihn um das Letzte, was in meiner SMS gestanden hatte bitten zu dürfen - nämlich dass er mit mir schlief. Ich genoss es, genoss ihn, dass er so war, wie er war, und dass er mir gezeigt hatte, was ich war! So bestimmt hatte ich ihn noch nie erlebt, aber es zeigte mir, dass ich nicht alles mit ihm machen konnte, wenn mir mal wieder der Kragen platzte. Danach nahm er mich in den Arm, sah mir tief in die Augen und sagte mir:

»Ich bin sehr stolz er auf dich, dass du das für mich getan hast.«

Diese Nacht war mit eine der schönsten, die wir hatten. Zum Glück hatte ich mal wieder meine große Klappe nicht halten können!

Und auch an den nächsten Tagen hörte seine Fragerei nicht auf, er wollte alles bis ins Detail wissen, selbst Szenarien, die sich bisher nur in meinem Kopf abgespielt hatten. Und das war der schwierigere Teil dieser Geschichte, ich konnte schwer in Worte fassen, was ich wollte. Schließlich war ich Sub und dafür da, die Wünsche des Partners zu erfüllen. Nachdem ich lange genug um den heißen Brei herumgeredet hatte, legte er Folgendes fest:

»Du beschränkst dich am Samstag bitte darauf, eine Sache oder Situation so zu beschreiben, wie sie dich erregt. Dabei legst du das Gewicht auf das, was du an Empfindung damit verbindest, was es ist, was diesbezüglich in dir kribbelt. Einen Ablaufplan will ich nicht. Und kopiert wird da auch nischt.«

Okay, er wollte es so, er wollte wirklich wissen, was mich kickte, wollte es ganz genau wissen, also verfasste ich ein Gedicht, in dem ich meine gesamten Wünsche und Vorstellung niederschrieb. Ich war mir sicher, dass er genau das wollte. Und dann kam der schwierigere Teil. Ich sollte es ihm präsentieren, nur wie? Mir kam eine Idee. Ich zog mich elegant und doch sexy an, bereitete eine vorher eingekaufte Fischplatte vor, öffnete eine Flasche Rotwein und kniete mich in die Mitte meines Wohnzimmers. Um mich herum arrangierte ich einen Kreis aus unheimlich vielen Teelichtern. Sanftes Licht erfüllte den Raum, die Musik war wohldosiert und ich hatte sogar daran gedacht, den Schlüssel von außen stecken zu lassen, damit er ohne zu klingeln hereinkam. Diesmal erschien er zum Glück pünktlich und war mehr als gerührt, als ich ihm so drapiert Folgendes vorlas:

Nun sitz ich ganz alleine hier,

vor diesem leeren Blatt Papier

und versuch meine Gedanken in Worte zu fassen,

die sich so schwer beschreiben lassen.

Ich kann das nicht, kommt's in mir hoch, du musst ja nicht, sagtest du mir noch,

bloß ehrlich, welche Wahl hab ich,

will ich nicht enttäuschen dich?!

Was kickt mich, hast du mich gefragt,

das, was du magst, hab ich gesagt,

Und doch reicht's dir nicht,
will mein dunkles Inneres bringen ans Licht.

Drum fang ich mal ganz langsam an
und seh zu, was ich da machen kann,
okay, jetzt kommt's, jetzt pass schön auf,
jetzt nimmt der Wahnsinn seinen Lauf:

Was kickt mich?!

Machtlosigkeit!

Das Gefühl, immer ein Stück zu weit zu gehen,
ob nun mit Worten oder Taten, ganz kurz über die Grenze zu sehen.
Wie weit kann ich mich wagen, wie reagierst du darauf?
Reicht ein Blick, eine Geste, und du hältst mich auf?!
Oder der berühmte Griff in den Nacken, um gestoppt zu werden,
um mir zu zeigen, was ich bin, und mich wieder nachhaltig zu erden.
Eben nicht alles tun können, was mir gerade in den Sinn schleicht,
sonst könnt ich dir auf der Nase herumtanzen, vielleicht?
Aber wer will das eigentlich schon? Und vor allem was hätten wir davon?

Hingabe!

Gib mir eine Linie vor, und ich werde mich bemühen,

nicht vom Weg abzukommen, wo diese komischen Blümchen blühen.

Ich brauche Regeln und Absprachen, an die ich mich halten kann,

um selbst entscheiden zu können, inwieweit ich mich daran halte dann,

eben das Risiko eingehe, dich zu enttäuschen

oder eben genau das Gegenteil zu erreichen.

Bestrafungen für nicht erfüllte Aufgaben gehören dazu,

hätt mir ja mehr Mühe geben können, dann hätt ich Ruh.

Aber wer will das eigentlich schon? Und vor allem was hätten wir davon?

Ergebenheit!

Lass mich erforschen, was wir beide brauchen,

in die unendlichen Tiefen der Lust abtauchen, deine dunkelsten Wünsche erfüllen und dir nie fallen zur Last,

ich möchte das Geilste sein, was du je kennengelernt hast.

Bring mich zu deinem Ziel, und ich möchte dir hörig ergeben sein,

lass mich der Traum deiner schlaflosen Nächte sein!

Aber tief in mir möcht ich nur eins – jemandem?

Dir? – gehören, Eigentum sein,

mich dir ergeben und in deinen Augen sehen den stolzen Schein.

Aber ich glaub, das willst auch du eigentlich schon?

Und vor allem hätten wir beide etwas davon!

Danach war Stille, er schaute vom Sessel auf mich herunter und war sichtlich gerührt. Er zog mich sanft zu sich heran, nahm mich in seine Arme und hielt mich fest. Ich war glücklich, diese Aufgabe bestanden zu haben, hatte er doch gerade *Selbst-Präsentation* mit mir für das Assessment-Center geübt.

Ich war noch in meinem tranceähnlichen Zustand, als er plötzlich das Thema wechselte und nach der angekündigten Fischplatte fragte. Auch davon war er sehr beeindruckt. Wir genossen den Fisch und den Wein, dabei unterhielten wir uns angeregt. Dann kam er plötzlich auf die Idee, den Abend mit einem Besuch in einem privaten SM-Club, in dem schon einige unserer Freunde warten würden, abzurunden. Ich war irritiert, wieso unterbrach er diese wunderschöne Stimmung auf einmal? Doch ich schob meine Gedanken beiseite und willigte ein. Es wurde sehr lustig, Ares und Areia waren da und führten Bondage vor. Sie versuchten, uns den Umgang mit Seilen näherzubringen. Wir hatten unendlich viel Spaß dabei, uns gegenseitig zu verknoten, auch wenn wir uns dadurch die abschätzigen Blicke der anderen zuzogen. Ja, so war er, erst extrem einfühlsam und dann unendlich albern. Es war schön und wohltuend zugleich, ihn an meiner Seite zu wissen.

An Nikolaus fuhr Horst in Urlaub, und ich schenkte ihm Guthaben für sein Prepaid-Handy, damit er nicht die Ausrede hatte, sich aus dem Urlaub nicht melden zu können. Er schrieb auch die eine oder andere SMS und merkte an:

»Den Bären, der Dir inzwischen gewachsen ist, den möchte ich selbst erlegen.«

Er spielte darauf an, dass ich mich in der Zeit seiner Abwesenheit, nicht rasieren durfte.

Die Zeit verging irgendwie, wenn auch gefühlt viel zu langsam, doch war er schon bald wieder da. Ich freute mich sehr darauf, ihn endlich wiederzusehen, doch er anscheinend nicht. Er kam erst zu mir, nachdem er bereits zwei Tage zurück war, erlegte zwar den Bären, doch er war anders, als ich ihn in Erinnerung hatte. Irgendwie hatten wir den Faden verloren und ich hatte keinen Zugang mehr zu ihm. Irgendetwas war anders, aber ich konnte es nicht greifen.

Es war inzwischen fünf Tage vor Heiligabend, und meine Erinnerungen an das letzte Weihnachtsfest waren wieder spürbar nahe. Ich schrieb eine Geschichte darüber und stellte sie ins Forum, in der Hoffnung, dass Horst sie lesen und meine Ängste verstehen würde. Ich war mir eigentlich sicher, dass es dieses Jahr schön werden würde und trotzdem war sie unterschwellig da, die Angst, am Heiligen Abend alleine zu sein.

Der Tag rückte immer näher und ich bekam nur sporadisch Nachrichten von Horst. Da wir uns bis vor seinem Urlaub fast täglich gesehen oder zumindest geschrieben hatten, ahnte ich schon wieder Schlimmes. Um 14 Uhr hatte ich endlich Feierabend, mein Sohn war wie immer an Heiligabend bei seinem Vater und ich fuhr nach Hause. Horst hatte sich weder angekündigt, noch abgesagt, ich wusste also immer noch nicht, ob er kommen würde. Also stieg ich erst einmal in die Badewanne und ließ den ganzen geschäftlichen Vorweihnachtsstress hinter mir, denn im Handel zu arbeiten ist in dieser Zeit kein Zuckerschlecken. Ein Glas Rotwein ließ mich entspannen, und als meine Finger begannen aufzuweichen, trocknete ich mich ab und bereitete ein kleines Dinner vor. Nicht zu viel, falls ich doch allein sein würde, aber dennoch genug für zwei. Ich war kaum fertig, als es an der Tür klopfte, obwohl ich eine Klingel hatte. Ich öffnete und da stand er schmunzelnd in der Tür. Ich freute mich sehr und drückte ihn fest. Nach dem Essen überreichte ich ihm mein Geschenk und bekam auch etwas von ihm, ein kleines Schmuck-Kästchen. Ich schaute ihn verwundert an und befürchtete tatsächlich Ringe. War er deshalb so eigenartig in den letzten Tagen gewesen?

»Nun mach schon auf«, zwinkerte er mir zu. Es waren tatsächlich Ringe, nur keine für die Finger. Ich schluckte. Er hatte schon des Öfteren davon geredet, dass er mich gern gepierct hätte. Als ich ihn fragte, wann ich das machen lassen sollte, kam wie aus der Pistole geschossen:

»Na, heute!«

Ich wunderte mich, an Heiligabend hatte doch kein Piercingstudio offen. Er sah mich sehr ernst an:

»Du musst dieses Geschenk nicht annehmen, aber ich würde mich freuen, wenn ich dir heute Abend diese Piercings stechen könnte.«

Ich war gerührt und freute mich sehr, auch wenn mich Angst beschlich, denn schmerzlos würde das ganz sicher nicht werden. Ich nickte also und antwortete:

»Es wäre mir eine Ehre, dieses Zeichen der Verbundenheit von dir erhalten zu dürfen.«

Er schaute mich nachdenklich an.

»Dann bleib hier sitzen und warte, bis ich dich rufe!«

Mir schlotterten die Knie. Nach einer gefühlten Stunde rief er mich ins Schlafzimmer, wo ich mich entkleiden und breitbeinig auf das Bett legen sollte. Es war mit einem sterilen Tuch abgedeckt, und an den vier Ecken waren Stricke angebunden, mit denen er mir sowohl Arme als auch Beine festband. Ich fragte ihn, womit er mich betäuben würde, doch anstatt zu antworten, grinste er nur böse. Mir wurde angst und bange aber ich sah, wie ihn die Situation erregte. Es dauerte nicht lange, und er fiel, ausgehungert, wie er sein musste, über mich her. Schließlich hatten wir uns über eine Woche nicht gesehen. Der Sex mit ihm war immer etwas Besonderes, ob es an seinen Ringen lag, weiß ich nicht, aber er wusste immer, was er tat.

»So, das wird dann für dieses Jahr auch das letzte Mal gewesen sein«, sprach's und legte sich seine Piercingutensilien bereit.

182

Er machte so etwas nicht zum ersten Mal und hatte genügend Erfahrung. Er reinigte mich gründlich, desinfizierte mich und durchstach mir die beiden kleinen Labien. Der Schmerz war intensiv, aber zu kurz, um ihn genießen zu können, dafür war das Setzen des Vorhautpiercings umso schmerzvoller. Irgendwie ging etwas schief, der Ring war wohl zu dick für die Nadel oder er hatte einen Nerv getroffen und ich schrie wie am Spieß. Er brach sofort ab und beließ es bei den beiden Kleinen. Mir reichte das für den Moment und ich war stolz, aber auch froh, es hinter mir zu haben.

Nun war ich also gepierct, von ihm. Auch der Heilige Abend war überstanden und das mit einem so schönen Geschenk. Ich war dankbar und freute mich auf unser nächstes Treffen. Schon am zweiten Feiertag hatte Barney zu einer Party eingeladen, und wir sagten erfreut zu. Schließlich waren seine Partys legendär.

Schon als wir die vielen Treppenstufen zu Barneys Wohnung hinaufstiegen, diesmal erschienen sie mir weitaus mehr als sonst, hörten wir die ersten Schrei- und Klatschgeräusche. Barney waltete wieder seines Amtes, als Gastgeber und auch als Dom. Wie viele der Mädels, die da waren, unter seiner Fuchtel standen, war nicht auszumachen. Eins stand aber fest, ich nicht mehr! Der Abend wurde immer ausgelassener, eine seiner Subs war auf Krawall gebürstet und schloss sich letztendlich im Bad ein. Er hatte Geduld, platzierte sich einfach davor und wartete, während er mit den anderen Gästen plauderte. Plötzlich ging die Tür auf, und seine Kleine kam splitterfasernackt aus dem Bad. Er stürzte sich auch sogleich auf sie und rutschte ab. Sie hatte sich von oben bis unten mit Öl eingeschmiert und so glitschten die beiden also lachend und fluchend den Flur entlang. Wir konnten uns vor Lachen kaum halten, sie war ihrer Strafe für den Moment entgangen, denn auch Barney konnte sich kaum noch halten. Es war also eine rundherum gelungene Party und auch Horst kam auf seine Kosten. Er konnte mich mit kleinsten Bewegungen peinigen, weil meine frisch gestochenen Piercings ziemlich empfindlich waren.

Aber im Großen und Ganzen heilten sie gut, nach vierzehn Tagen war so gut wie nichts mehr zu spüren. Horst hatte die Ölspielerei auf Barneys Party animiert. Eines Abends befahl er mich ins Schlafzimmer, wo er auf dem Bett eine Latexdecke ausgebreitet hatte. Er wusste, dass ich es so gar nicht mochte, gekitzelt zu werden. Er fixierte mich stehend vor dem Bett und strich mir zunächst ganz sanft mit einer Feder über die Haut. Ich bekam am ganzen Körper Gänsehaut und hätte vor Unbehagen schreien können. Ich riss mich aber zusammen, erst als er mich tatsächlich abkitzelte, war es vorbei mit meiner Contenance. Als ich mich wieder beruhigt hatte, rieb er meinen Körper mit Öl ein und löste meine Fesseln. Dann legte er sich zu mir, und ich versuchte, mich für die gerade erlebte Pein zu rächen, aber wir glibschten nur so über das Bett. Es war ein sehr witziges, aber auch hocherotisches Gefühl, den anderen Körper so zu spüren. Und so wurde der Abend auch für mich sehr erfüllend.

Er ließ sich immer wieder neue, ausgefallene Sachen einfallen und doch war irgendetwas anders als vor seinem Urlaub. Es gab keine Fragen mehr über die Fantasien und Wünsche des anderen, keine Gespräche, E-Mails oder SMS mehr. Horst ging immer öfter allein weg und fragte mich nicht mal, ob ich mitkommen wolle. Er übernachtete seltener bei mir und wenn, dann saß er hauptsächlich am Computer und trollte in verschiedenen Foren herum. Ich machte gute Miene zum bösen Spiel, doch ich merkte, dass er nicht mehr ganz bei der Sache war. Irgendwann bekam ich eine sehr dubiose SMS von ihm:

»Das ist der Beginn einer wunderbaren Freundschaft, einer platonischen.«

Ich verstand nicht, was er meinte, und er erklärte sich auch nicht. Von Woche zu Woche entfernte er sich mehr von mir, und jede Art der Nachfrage, warum und wieso verlief ins Leere. Ares und Areia waren inzwischen meine engsten Freunde geworden und wir unternahmen viel zu viert. Und so lag es auch nahe, mit den beiden über die Situation zu sprechen, denn ich merkte immer deutlicher, dass Horst mir

184

auswich, ja sogar das eine oder andere Mal aus der Wohnung floh. Aber auch die beiden wussten keinen Rat. Ich fing an, meine Gedanken aufzuschreiben und sie ihm per Mail zu schicken, es waren Schüsse ins Blaue und ich erhielt nie eine Antwort.

Schweigend ins Gespräch vertieft

Du bist genau mein Gleichnis-Gegenteil,

so anders und doch ebenso,

erschreckst mich damit, störst mein Seelenheil

und machst mich dennoch ausgeglichen froh.

Verplant und planlos, wie wir beide sind,

kann uns kein Tee zum Kaffee schrecken,

feuriges Wasser und erwachsenes Kind,

verträumte Wachheit kann uns selbst nicht wecken.

Mal bist du fern und doch so nah,

ich fühle dich, als wärst du hier,

bist mir entfleucht und bist doch da,

gedanklich abseits liegst du neben mir.

Gefühltes Chaos und doch Ruhepol,

getrennt und doch gemeinsam denkend,

achtlos besorgt ums andern Wohl,

die Seele bewusst in die Tiefe lenkend.

Zur Abwechslung gab es aber auch schöne Momente. Ich hatte ihm zu Weihnachten einen Gutschein für ein Fotoshooting bei einem Fotografen, der ihm besonders gut gefiel, geschenkt. Und da die beiden sich auf Anhieb gut verstanden und Horst plötzlich vor Ideen nur so sprühte, willigte der Fotograf ein, auch noch ein Shooting mit uns beiden zu machen. Es machte unheimlichen Spaß, wir lachten viel, und es entstanden tolle Bilder. Bei diesem Shooting entdeckten wir unsere Leidenschaft fürs Fotografieren. Ich als Model und Horst als Fotograf. Für mich war das später ein Ersatz, um meine Devotion auszuleben, denn ein Fotograf gibt vor, wie, wo und wie lange man in einer Position verharren soll. Abgesehen davon war es eine tolle Art der Selbstbestätigung, nicht nur für meinen Körper, sondern auch für die Ideen, die ich mit einbrachte. Mit diesem ersten Fotografen hatte ich viele Shootings, auch Horst hat noch heute guten Kontakt zu ihm.

Wir unternahmen auch viel mit Ares und Areia und einigen anderen Freunden. Wir gingen auf Partys, fuhren extra nach Hamburg oder auf eine Burg in Oberfranken. Es war ein wunderschönes Wochenende, die Sonne schien, und wir alle freuten uns auf das bevorstehende Event. Die Strecke war schnell zurückgelegt, wir sangen im Auto und blödelten herum. Als wir gegen Abend ankamen, wurden wir schon erwartet. Wir hatten in der *SZ* den Narrenzirkel gegründet und trieben es dort so bunt, dass sowohl dieser Zirkel als auch Ares Profil vom *Admin* gelöscht wurde. Nun trafen wir einige der ehemaligen Narren persönlich und hatten jede Menge Spaß. Die Burg war toll, der große Saal prächtig, das Buffet hervorragend, ganz zu schweigen vom Gewölbekeller. Man kam sich vor wie in einem mittelalterlichen Folterkeller, alles war mystisch, aber voll funktionstüchtig, sodass keine Wünsche offenblieben. Irgendwann wechselte die ausgelassene Stimmung, Ares und Areia verschwanden irgendwo. Schließlich waren Horst und Milica, die auch mit uns mitgekommen war, und ich übrig. Milica stachelte Horst an, was man mit mir doch alles so anstellen könnte und zückte ihre neueste Errungenschaft. Es war eine Lederpeitsche, die einer Bullwhip sehr ähnelte, die aber viel kürzer war und wie ein Alienschwanz aussah. Horst war sofort begeistert und ließ sich zeigen, wie man damit umging, natürlich an mir. Ich genoss diesen besonderen Schmerz, aber mir fehlte das ganze Drumherum und ich hatte mal wieder das Problem, dass eine Frau am anderen Ende der Nahrungskette stand. Wir amüsierten uns also, aber es plätscherte nur an der Oberfläche, es ging nicht tiefer - auch nicht, wenn wir alleine waren.

Und dann kam unsere letzte gemeinsame Party. Wir hatten uns für diese Partys extra Ballgarderobe gekauft, ich ein Ballkleid und er einen Smoking. Schließlich gab es inzwischen auch im Hedonistentempel eine ganz besondere Party, auf der nicht wie gewöhnlich Technomusik gespielt wurde, sondern Walzer und Tango. Wir putzten uns also heraus und schmückten uns wie zu einer Hochzeit. Seit Kurzem hatte ich wieder Kontakt zu Laura, die gerade einen neuen Herrn hatte. Er erlaubte ihr, mit mir zu spielen, und so spannen Horst und ich uns schon im Vorfeld aus, was ich so alles mit ihr anstellen könnte. Er hatte extra sein Köfferchen dabei, das inzwischen recht gut ausgestattet war und voller Vorfreude betraten wir den Saal.

Ich hatte an meinem rechten Oberarm einen dicken blauen Fleck, den mir Ares auf dem Weg zur Burgparty verpasst hatte. Als er neben mir saß, piesackte er mich aus purer Langeweile. Horst gestaltete dieses Schandmal nun anlässlich dieser Party mit einem Fineliner zu einer Fledermaus um. Darüber schrieb er, *Ares ist doof*, und so sorgte meine neue *Tätowierung* für einiges Hallo. Mitten im Getümmel verlor ich Horst und fand ihn erst viel später tief im Gespräch mit einer unbekannten Blondine wieder. Ich ließ die beiden allein, da ich den Eindruck hatte ich würde stören, und bat ihn erst viel später, mir doch bitte mit Laura behilflich zu sein. Doch er reagierte überhaupt nicht. Also vergnügte ich mich alleine mit ihr und wir hatten eine wirklich schöne Zeit. Allerdings fand ich es befremdlich, dass Horst sich so gar nicht an unserem Spiel beteiligte, obwohl wir vorher im Auto so viel gemeinsam geplant hatten. Auch danach war er wieder nicht auffindbar. Erst als schon viele Gäste gegangen waren und es sich leerte, kam er auf mich zu und meinte:

»Du lässt dich bitte von Lauras Dom nach Hause fahren«, und verschwand.

Ohne ein Wort des Grußes und ohne jegliche Erklärung. Ich verstand gar nichts mehr. Hatte ich etwas falsch gemacht? Oder war es die unbekannte Blondine? Was war passiert? Was hatte er?

Er ließ mich drei Tage auf eine Antwort warten, kam übernächtigt und zerknirscht zu mir und erklärte mir, es hätte nichts mit mir zu tun. Er sähe keine Zukunft für uns, wir wären viel zu unterschiedlich und überhaupt würden wir nicht zusammenpassen. Wir hätten besser nur Freunde bleiben sollen. Trotz aller Vorahnungen und Hinweise trifft es einen, in solchen Momenten immer wieder wie ein Schlag ins Gesicht. Man hofft, dass die gesagten Worte sich in Luft auflösen und sich selbst negieren, aber es geschieht nicht. Während er das erzählte, saß er in meinem Schlafzimmer, mit dem Rücken an den Spiegel, an dem noch unsere Spuren vom letzten Zweikampf zu sehen waren, gelehnt und redete und redete. Ich hörte die Worte, aber verstand deren Sinn nicht. Irgendwann ging er. Und ich war mal wieder allein.

Allein.

Hast mir gutgetan,

hast meinen Tag erhellt,

hast geteilt den Wahn,

dieser kranken Welt.

Hast endlos Fantasie,

mich mit Humor gekriegt,

hast viel Poesie

und mich geil gefickt.

Hast meine Gedanken geteilt,
nichts blieb uns verborgen,
bist neben mir verweilt,
bis zum nächsten Morgen.

Hast mir Mut gemacht,
hast mir viel gezeigt,
hast mich zum Lachen gebracht
und es dann vergeigt.

Denn Tiefe willst du nicht,
dir reicht die Oberfläche,
ein Kribbeln hat mehr Gewicht,
Gefühle sind nur Schwäche.

Ich hoffe, dir geht es auch
so schlecht wie mir,
den Schmerz in meinem Bauch,
den wünsch ich dir.

X

Ich musste erst einmal tief durchatmen. Dieses Mal fiel es mir sehr schwer, neu durchzustarten. Mit jedem Mal wurde ich müder, und meine Hoffnung, endlich eine vernünftige Beziehung mit SM-Bezug zu erleben, starb langsam aber sicher. Im Gegenteil, mir wurde immer bewusster, dass es wohl in dieser Gesellschaft sehr viele spielwütige und oberflächliche Menschen gab. Sicher waren sie genauso vielfältig wie intelligent und besonders. Aber niemand wollte sich wirklich auf den anderen einlassen und gemeinsam herausfinden, wie man selbst und auch der andere tickte. Schließlich gab es so viel zu sehen und zu entdecken, es gab an allen Ecken neue Impulse und Menschen mit den verschiedensten Neigungen und Fetischen. Es wurde einem leicht gemacht, zu wechseln, auszuprobieren und Neues zu erleben. Warum sollte man also sich festlegen oder an der Beziehung arbeiten, die man gerade hatte?

Deshalb verwunderte mich auch nicht die Tatsache, dass sich Horst wegen besagter Blondine von mir getrennt hatte. Der Buschfunk war eine zuverlässig funktionierende Informationsquelle, somit dauerte es auch keine Woche, bis mich diese Nachricht erreichte. Es war beinahe lächerlich, wie er das ständig dementierte, aber gleichzeitig überall mit ihr zusammen auftauchte. Ich bat ihn darum, sich wenigstens in den Partyankündigungen einzutragen, damit ich entscheiden konnte, ob ich am jeweiligen Abend stark genug wäre, die beiden zu ertragen. Aber er ignorierte vehement meine Bitte und tat, was er wollte. Als er sie tatsächlich zu einem Treffen bei gemeinsamen Freunden mitbrachte, war ich richtig wütend auf ihn und bombardierte beide mit beißendem Spott. Er bohrte zielsicher in meiner noch klaffenden Wunde herum und tat dabei so, als ob nichts wäre.

Leider liefen wir uns auch sonst sehr oft über den Weg, doch ich dachte mir:

›Du hast gelernt ohne Matthias zu leben, also kannst Du auch ohne jeden anderen Mann leben.‹

Es wurde an einer neuen Location gebaut. Alle, die Interesse daran hatten, halfen, wo sie nur konnten. Es sollte ein Mittelding zwischen der kleinen Bar und dem Club werden. Ich hatte gerade Urlaub und nichts weiter vor, deshalb war ich des Öfteren dort. Ich wollte helfen, mich ablenken und mit der Inhaberin, Wendy, quatschen. Sie wagte den Schritt, an diesem Standort, ganz neu anzufangen und verwirklichte nun nach und nach ihren Traum einer ganz besonderen Location. Es machte Spaß daran teilzuhaben, die Vorhänge zu nähen oder anders mitzuwirken. Abgesehen davon verstand mich Wendy, sie hatte selbst erst kürzlich eine Trennung hinter sich und so hatte sie immer ein offenes Ohr für mich. Am Ende des Sommers hatte sich zwischen uns eine Freundschaft entwickelt, sodass wir sogar für ein paar Tage gemeinsam zum Abschalten an die Ostsee fuhren.

Ansonsten war ich gerade von den Männern der Szene geheilt, deshalb meldete ich mich diesmal in den normalen Singleportalen an. Vielleicht gab es ja dort einen Mann, der zwar von seinen Neigungen wusste, sie aber bisher nur nie ausleben konnte. Oder aber jemanden, der einfach nur eine SMige Beziehung wollte, ohne Partys und ohne Szene. Ich erstellte also ein Profil, eindeutig-zweideutig, und bekam auch etliche Zuschriften. Ein Kontakt war anders als die anderen, sein Nick war Whisky und er der Besitzer mehrerer Ausflugsschiffe. Auf einem dieser Schiffe veranstaltete er Partys und so entwickelte sich die Idee, auf diesem Schiff mal eine SM-Party zu organisieren. Wir trafen uns vor Ort, und mir gefiel die Idee immer besser, nur leider hatte ich kein Auto und der Weg von meiner Wohnung dorthin, war sehr kompliziert. Ich fragte also rum, wer Lust hätte, sich an dieser Geschichte zu beteiligen und fand in Barney einen willigen Zuhörer. Als er an Bord des Schiffes stand, war er endgültig überzeugt und explodierte beinahe vor Ideen. Wir entwickelten einen Plan und fingen an Bekannte, die SM-Möbel hatten oder einen LKW stellen konnten, anzusprechen. Außerdem suchten wir nach Fahrern, die die Gäste, nachdem das Schiff angelegt haben würde, zum Hedonistentempel transportieren könnten. Die Idee nahm Formen an und ich begann, von zu Hause aus Werbung für die Party zu machen.

Ich hatte wohl den Nerv der Zeit getroffen, denn binnen kürzester Zeit war das Schiff ausgebucht, die Anzahlungen geleistet und wir konnten ans Werk gehen, das Schiff auszustaffieren. In der unteren Etage wurden die Spielmöbel aufgestellt und die Räume mit großen Bahnen Stoff abgeteilt, so, dass kleine Separees entstanden. Die Fenster waren verdeckt, dass man auch bei Dunkelheit nicht hineinsehen konnte. In der Bugspitze sollten die VIPs der Szene sitzen. Dort sah es sehr elegant aus, Blumenschalen auf weißen Tischdecken, dazu Stuhlhussen und passende Servietten. Auf dem Oberdeck wurde der DJ platziert, es sollte von mystischer bis hin zu Discomusik alles zu hören sein, je nach Stimmung. Auf dem Hauptdeck war ein Spiel in der Halböffentlichkeit möglich, zwar waren seitlich Planen gespannt, aber wenn man stand, konnte vom Ufer aus das eine oder andere Stückchen Haut gesehen werden. Es war alles perfekt durchdacht, auch für Getränke und einen kleinen Mitternachtsimbiss war gesorgt, nun musste nur noch das Wetter mitspielen.

Wir hatten Glück, die Sonne war gerade im Begriff unterzugehen, als die ersten Gäste eintrafen. Sie wurden von Barneys Subs, einen mit Fackeln gekennzeichneten Weg entlang, zum Schiff geführt. Dort wurden sie von Barney und mir mit einem Gläschen Prosecco in Empfang genommen und auf dem Schiff herumgeführt. Als alle an Bord waren, legte das Schiff ab und fuhr die Spree hinauf in Richtung Innenstadt. Sobald wir den Hafen verlassen hatten, passierte etwas Eigenartiges. Vielleicht lag es an der Schiffsbewegung oder einfach nur an der Vorfreude der Gäste, die wie auf Kommando anfingen zu spielen. Überall klatschte und stöhnte es, es war eine wahre Orgie, die kaum von der atemberaubenden Performance unserer Showgäste unterbrochen wurde. Wir waren sehr stolz darauf, die Bondagekünstler *Akim* und *Mika* für einen Auftritt begeistert zu haben. Unter asiatischen Klängen wurde Mika auf das Oberdeck gebracht. Sie war in einen Kimono aus Seide gehüllt, den Kopf hielt sie gesenkt und es sah aus, als würde sie zum Schafott geführt. Akim fixierte sie mit Seilen, so, dass sie bewegungsunfähig war, und knüpfte sie an die, extra dafür quer über das Deck angebrachte, Stange. Es war eine ergreifende Show, bis er das

Samurai-Schwert zückte und Mika aus den Seilen schnitt. Blut tropfte, alle hielten den Atem an und waren berauscht von der Perfektion. Plötzlich kam Bewegung in die Menge, eine Frau stürzte sich ins Geschehen, gehörte das auch zur Show? Sie betastete Mika, die wie in Trance auf dem Boden saß, dann schaute sie zu Akim und richtig, das Blut war kein Kunstblut. Akim hatte sich in die Hand geschnitten und es erst jetzt bemerkt, so tief versunken war er gewesen. Die Wunde wurde schnell erstversorgt, doch leider war der Schnitt so tief, dass zur nächsten Anlegestelle ein Krankenwagen gerufen werden musste, der Akim zum Nähen ins Krankenhaus brachte. Die anderen Gäste bekamen davon zum Glück nichts mit, sie waren sofort nach der Performance wieder ins Spiel vertieft. Bis auf diesen Zwischenfall war die Party ein voller Erfolg. Obwohl wir eine Abmachung hatten, ließ Barney es sich nicht nehmen, mich doch über den Bock zu legen und mich mit dem Stöckchen zu belohnen.

Von dieser Party wurde noch lange gesprochen, sodass wir eine Wiederholung planten. Da ich keinen Urlaub mehr hatte, fehlte mir die Zeit und so überließ ich die Ausführung diesmal komplett den Männern. Vielleicht lag es daran, vielleicht aber war der Grund, dass die Besonderheit der ersten Party nicht mehr zu toppen war. Jedenfalls war die zweite Party nicht im Ansatz so erfolgreich wie die Erste, und wir entschieden uns, es dabei zu belassen und keine weitere auszurichten.

Zwischenzeitlich hatte auch Wendys Location, die von den Gästen als *unser Wohnzimmer* bezeichnet wurde, eröffnet. Es war ein schöner Ort zum geselligen Beieinandersein zum Rumsitzen, Plaudern, aber auch, um die Nebenräume bei Bedarf zum Spielen zu nutzen. Es fanden Stammtische und Kaffeekränzchen statt, es wurden Lesungen gehalten und Vernissagen organisiert. Es gab Mottopartys und Themenabende, selbst ein Masseur kam ab und an, um den Gästen zur Entspannung zu verhelfen. Keine Idee war Wendy zu schade, um ihren

Gästen Abwechslung und Komfort zu ermöglichen. Wir alle durften daran teilhaben und mitwirken. Ich war also verständlicherweise oft in Wendys Wohnzimmer, hielt mir dort aber die Kerle vom Hals. Eins wollte ich dennoch ausprobieren.

Horst hatte am Ende unserer Beziehung ständig von Nadeln geredet. Er konnte zwar piercen, aber jemanden zu Nadeln war etwas ganz anderes. Er hatte sich von einer Bekannten zeigen lassen, wie man das richtig machte. Nun war ich innerlich so sehr darauf vorbereitet, dass sich meine anfängliche Scheu in Neugier umgewandelt hatte. Ich bat also besagte Bekannte auf einer Party, mir ein paar Nadeln zu setzen, um endlich erfahren zu können, wie sich das anfühlte. Sie jedoch reagierte unheimlich berührend und antwortete:

»In unserem Alter gibt es nicht mehr viele erste Male, heb dir das lieber für den Menschen auf, der es dir wert erscheint.«

Ich war beeindruckt und ergriffen und dankte ihr sehr für diesen Rat. Ansonsten hatte ich derzeit überhaupt keine Lust, mir wieder irgendwelchen Ärger aufzuhalsen, nur wusste mein Körper davon wohl nichts.

Es war ein warmer Sommerabend, ich hatte endlich Feierabend und fuhr mit der U-Bahn zu Wendys Wohnzimmer, die mich bereits erwartete. Das Radio meines neuen Handys funktionierte leider in der U-Bahn nicht. Um aber auf andere Gedanken zu kommen und von Arbeit abzuschalten, hörte ich meine Klingeltöne ab. Dabei überlegte ich, ob ich ›Dieses Lied‹, das mich immer noch an Matthias erinnerte, wieder auf seinen Namen speichern sollte. Ich hörte es wieder und wieder während ich mit einem Lächeln zwischen all den Menschen, die geschafft von der Arbeit nach Hause fuhren, saß. Was hatten wir doch für eine geile Zeit miteinander, wie viele wunderschöne Momente gab es. Nie wieder hatte ich so eine Übereinstimmung erlebt und wie gern erinnerte ich mich daran zurück. Doch den Gedanken, ihn jemals wiederzusehen, hatte ich völlig aufgegeben. Er hatte sich seit über vier Wochen nicht mehr gemeldet, womöglich war er inzwischen glücklich verliebt, aber von ihm zu Träumen wird mir wohl erlaubt sein.

Plötzlich bekam ich eine SMS, das würde bestimmt Wendy sein, die fragen würde, wann ich käme. Ich klickte auf *Lesen* und starrte wie versteinert auf das Display. *Matthias!* Das war doch nicht möglich, das ging doch nicht. So lange hatte ich nicht mehr intensiv an ihn gedacht, und genau in diesem Moment schrieb er? Der Text war belanglos und freundlich wie immer in letzter Zeit. Ich antwortete genauso unverbindlich und steckte das Handy immer noch verwirrt in meine Tasche. Dann musste ich aussteigen und lief langsam und in Gedanken versunken zum Club.

Wieder kam eine SMS und er fragte:

»Bist du immer noch alleine oder brauchst du mal wieder einen Klopfer?«

Ich war vollends verwirrt, wieso fragte er das? *Er* wollte doch nicht mehr! War ihm langweilig oder hatte er schon lange nichts mehr zum Quälen gehabt und nun sollte ich herhalten? Ich antwortete wahrheitsgemäß, dass ich niemanden hätte und er ja auch nicht wolle. Kurz bevor ich den Club betrat, kam seine lapidare Antwort:

»Na, das ist ja schade.«

Ich vermutete, dass es auf geiles Simsen hinauslaufen sollte, und antwortete:

»Diese Entscheidung liegt wie immer bei dir.«

Im Wohnzimmer angekommen begrüßte ich alle bekannten Gesichter und unterhielt mich angeregt mit Wendy. Die SMSen von eben waren schon beinahe vergessen, als das Handy wieder piepte. Fast genervt nahm ich es zur Hand, öffnete die SMS und musste mich erst einmal setzen.

»Du weißt, dass ich immer entscheide! Komm JETZT zu mir!«

Das war ein Scherz, ein ganz übler, wir hatten uns fast ein Jahr lang nicht gesehen und ich ging fest davon aus, ihn nie wieder zu sehen. Ich zeigte Wendy, die die ganze Geschichte kannte, die SMS und auch sie war mehr als überrascht. Das konnte er nicht ernst meinen, er wollte mich bestimmt auf den Arm nehmen. Er musste doch wissen, wie sehr ich mir genau das wünschte und ich bekam von ihm niemals das, was ich wollte. Alle Gespräche um mich herum nahm ich nur noch halb wahr, ich war völlig fassungslos. Ich fragte ihn, ob er das ernst meinen würde, denn das wäre kaum zu glauben. Doch seine Antwort war eindeutig. Ja, er hätte niemals etwas nicht ernst gemeint. Wendys Freund, der durch die Simserei genervt war, nahm mir das Handy weg. Als er erfuhr, worum es ging, weigerte er sich standhaft, es mir wiederzugeben und versteckte es. Auch er kannte die Geschichte, wenn auch nur bruchstückhaft.

Meine Gedanken drehten sich im Kreis. Wenn ich nun zu ihm fahren würde, liefe ich Gefahr, erneut in diesen Strudel aus körperlicher Abhängigkeit und emotionaler Selbstaufgabe zu geraten. Er wusste genau, wie er mich beeinflussen konnte und ich wusste, wie sehr ich das wollte. Er war eben der Mann, der all das verkörperte, was ich mir je von einem Mann erträumte. Ich hatte ihn geliebt, mehr als alles andere auf der Welt, für ihn hätte ich alles aufgegeben und genau das war zu viel des Guten. Nein, falsch, ich liebte ihn immer noch, schmerzvoll, sehnend, hingebungsvoll. Das kleine Flämmchen, welches das ganze letzte Jahr vor sich hin gezüngelt hatte, hatte plötzlich einen Luftzug bekommen. Fahrig beantwortete ich die Fragen der anderen und Wendy versuchte mir dabei zu helfen meine Gedanken zu ordnen. War ich inzwischen stark genug, diesem Lodern zu widerstehen und die Flamme auf gleichmäßiger Temperatur zu halten oder würde ich mich wieder verbrennen? Ich würde es nie wissen, wenn ich nicht zu ihm fahren würde. Ich würde mich mein Leben lang fragen, was passiert wäre, wenn ich gefahren wäre.

›Man bereut nur Dinge, die man nicht getan hat‹, schoss es mir plötzlich durch den Kopf, und ich sprang auf.

»Haltet mich für völlig bekloppt, aber ich fahre«, sagte ich ruhig und entschlossen.

Ich raffte meine Sachen zusammen, suchte den Club nach meinem Handy ab, fand es und machte mich eilig auf den Weg. Da war es wieder, das Kribbeln, die Vorfreude, diese unbändige Erwartung. Ich lebte und wie ich lebte, wie hatte ich das vermisst. Alles in mir vibrierte, die Bahn konnte nicht schnell genug kommen, ich wollte nur noch eins: zu ihm! Kurz bevor ich seine Bahnstation erreichte, schickte ich ihm eine SMS, ob er schon schlafen würde, ich wäre gleich da. Als er antwortete, dass ich ganz schön spät dran wäre, schrieb ich ihm, dass es auch nur ein Scherz wäre. Er glaube doch nicht im Ernst, dass ich sofort springen würde, wenn er riefe. Ich wollte ihn in dem Glauben lassen, dass ich sowieso nicht käme, weil ich Angst hatte, dass er etwas in der Art wie:

»Ach, jetzt brauchst du auch nicht mehr zu kommen«, schreiben würde, auch das hatte ich schon mit ihm erlebt.

Dann war ich in seiner Straße, ich sah schon in der Ferne die Tankstelle, die gegenüber seiner Wohnung war. Und wieder kam die Erinnerung an den Abend, als ich das erste Mal diesen Weg gegangen war. Es war in einer genauso warmen Sommernacht vor zwei Jahren, nie würde ich diese Nacht vergessen. Ich war umfangen von einem warmen Gefühl der Geborgenheit und der Gewissheit, dass ich diesen Weg wohl noch oft, wenn auch für mich viel zu selten, gehen würde. Schon sah ich die Lichter in seinen Fenstern, ich ging schneller und kostete jeden Schritt aus. Mir pochte das Herz bis zum Hals, als ich vor seiner geöffneten Tür stand. Er sah so gut aus, die Haare etwas durcheinander, aber es wäre mir egal gewesen, wenn er in Sack und Leinen dastehen würde.

»Ach, du kommst also nicht, wenn ich mit dem Finger schnippe«, begrüßte er mich grinsend.

Er küsste mich und nahm mich in den Arm. Es war, als wenn ich nie weg gewesen wäre, alles war so vertraut, wie hatte ich das alles, wie hatte ich *ihn* vermisst! Wie oft hatte ich mir diesen Moment ausgemalt.

Als ich meine Sachen abgelegt hatte, setzte ich mich an den Tresen und beobachtete ihn. Er plauderte wie immer über dies und das und es dauerte nicht lange, bis sich meine Nervosität legte. Ich fühlte mich rundum wohl, egal was der Abend bringen würde, ich genoss den Augenblick. Irgendwann kamen wir wieder auf die alten Zeiten zu sprechen, auf das, was damals passierte. Wir stimmten darin überein, dass vieles schief gelaufen war und wir beide unseren Teil dazu beigetragen hatten. Aber es sollte wohl so sein und war nicht mehr zu ändern. Auch erwähnte er erstmals, dass die Mutter seines Sohnes damals eine Rolle gespielt hätte, und ich erfuhr endlich, dass wegen ihr unser gemeinsames Weihnachtsfest geplatzt war. Ich starrte ihn fassungslos an.

»Und warum konntest du mir das damals nicht einfach sagen?«

Er schüttelte den Kopf.

»Meinst du wirklich, du hättest es verstanden und akzeptiert? Ich wollte dich da nicht mit reinziehen und dir noch mehr wehtun. Letztendlich hab ich es dann doch getan.«

Ich dachte nach und kam zu dem Schluss, dass er wohl recht hatte. Egal wie er es angestellt hätte, ich wäre enttäuscht gewesen. Aber es tat dennoch gut, wenigstens jetzt Gewissheit zu haben.

Nachdem wir eine Flasche Wein geleert hatten und uns die Müdigkeit übermannte, beorderte er mich mit einer Handbewegung ins Schlafzimmer. Er brauchte dafür nicht viele Worte, die brauchte er noch nie, ich verstand ihn auch so. Als ich aus dem Bad kam, lag er bereits im Bett, ich kuschelte mich dazu und war einfach nur froh, in seiner Nähe zu sein. Seine Hände wanderten über meinen Körper und streichelten mich zärtlicher, als sie es je getan hatten. Es war ein Genuss, von seinen schönen Händen berührt zu werden. Mir fiel das Gedicht ein, das ich einmal für ihn geschrieben hatte:

Deine Hände

Sie tun so viel für mich,

auch wenn sie mir die Luft zum Atmen nehmen,

mich halten, mich strafen,

mir Geborgenheit geben.

Sie führen den Stock,

die Schläge sind hart,

doch ich sag keinen Ton,

denn deine Hände sind so zart.

Sie liebkosen mich,

streicheln weg den Schmerz,

ich liebe das Gefühl,

es lässt schneller schlagen, mein Herz.

Ich dank dir dafür,

dass sie mich berühren,

diese schönen Hände,

ich bin süchtig danach, sie zu spüren.

Ich gab mich diesem Gefühl hin, dieser Vertrautheit. Zwischen uns war etwas ganz Besonderes, das wurde mir genau in diesem Moment fast schmerzlich bewusst. Es gab nichts, was unsere Vertrautheit übertreffen konnte. Er wurde fordernder, und als er mich küsste, konnte ich nicht anders, als ihn zu beißen. Ich wollte ihm wehtun, so wie er mir wehgetan hatte und ich wollte mich an ihm festbeißen, für immer. Plötzlich holte er aus und schlug mir hart ins Gesicht.

»Du kleines Miststück, du sollst mich nicht beißen«, zischte er mich an.

Ich lächelte verschmitzt und biss wieder zu, immer und immer wieder wiederholte sich diese Situation, bis er mich atemlos von sich stieß. Ich begann küssend und sanft beißend seinen Körper zu erkunden, seinen Geruch einzusaugen, ihn zu erspüren, mein Gott, wie hatte ich ihn vermisst. An seiner Körpermitte angekommen wollte ich das liebkosen, was hart und fordernd vor mir stand, doch er stieß mich erneut weg.

»Hast du gefragt, ob du meinen Schwanz in den Mund nehmen darfst?«, forderte er mich heraus.

Ich überlegte nicht lange, fragte artig und er gewährte ihn mir. Ich saugte und biss zärtlich hinein, so wie er es mochte und parallel dazu verwöhnten mich seine Hände. Auch er wusste genau, wie er mich anzupacken hatte und kurz darauf kam ich. Ich zuckte zurück, kauerte mich zusammen und stammelte:

»Entschuldige bitte, bitte, bitte, dass ich vergessen habe zu fragen.«

Er richtete sich auf, nahm mich in den Arm und knallte mir links und rechts eine.

»Kleine, wie oft soll ich dir noch sagen, du hast zu fragen, bevor du kommst.«

Und doch wusste er genau, dass es fast ein Ritual war, dass ich es beim ersten Mal *vergaß*.

»Darf ich mich trotzdem auf dich draufsetzen?«, bat ich ihn vorsichtig.

Es gab Zeiten, da hatte ich mich nicht einmal getraut, ihn das zu fragen. Im Lichtschein des Mondes konnte ich ihn grinsen sehen.

»Na los!«, forderte er mich auf.

Ich ritt erst langsam und dann immer schneller werdend auf ihm, seine Hände bearbeiteten währenddessen mit harten Schlägen meinen

Hintern und plötzlich schleuderte er mich herum. Er hatte so viel Schwung genommen, dass wir auf der anderen Seite des Bettes herausplumpsten. Doch ohne dem weitere Beachtung zu schenken, fragte er:

»Wessen Sklavin bist du?«

»Deine!«

Er küsste mich.

»Zu wem wirst du immer und immer wieder kommen, wenn ich dich rufe?«

»Zu dir!«

Ich biss ihn und er schlug zu.

»Und wem wirst du dein Leben lang folgen?«

»Ich werde dir immer gehören«, hauchte ich ihm, hingebungsvoll und voller Inbrunst, ins Ohr und krallte mich an ihm fest.

Ich wusste, dass es so war, hatte es schon immer gewusst.

»Dann sieh zu, dass du mir eine zweite Frau besorgst«, zischte er mich an.

»Nein«, presste ich heraus.

Das war etwas, was mir in dieser Situation einfach widerstrebte, doch er holte wieder aus und schlug mir wirklich hart ins Gesicht. Seine Hand blieb auf mir liegen und streichelte mein Gesicht, während er mich immer härter stieß.

»Wenn du wieder meine Sub werden willst, besorg mir Frauen.«

Mir liefen die Tränen.

»Vergiss es!«, fauchte ich ihn an.

Plötzlich sprang er auf und legte sich wieder ins Bett.

»Du bleibst schön da unten, da wo du hingehörst«, befahl er.

Ich wagte mich keinen Millimeter zu rühren, die Minuten verstrichen, ich lauschte, nichts. Langsam richtete ich mich auf und lugte über den Bettrand. Ruckartig saß er aufrecht und herrschte mich an:

»Bleibst du da liegen, du hast es nicht verdient, neben mir zu liegen.«

»Aber mir ist kalt«, winselte ich.

»Dann mach dir warme Gedanken und überleg dir, wie du die Frauen hierher bekommst.«

Ich kapitulierte und blieb liegen. Nein, das wollte ich nicht, ich wollte sehr wohl mit anderen Frauen und ihm spielen, so wie früher, aber es sollte sich aus der Situation heraus ergeben, nicht dieses hinbestellte. Schmollend versuchte ich, eine bequeme Position zu finden.

»Komm her«, hörte ich ihn plötzlich liebevoll sagen und dachte, mich verhört zu haben.

»Na los, komm schon!«

Schnell richtete ich mich auf und hatte wieder seine Worte im Ohr, dass er immer alles anders mache, als ich es denken würde. Ich kroch zu ihm ins Bett und er flüsterte mir ins Ohr:

»Dann werde ich Dich auch als mein Eigentum kennzeichnen und Dir die Nippel piercen lassen.« Ich kuschelte mich an ihn, doch schon war er wieder über mir und nahm mich härter denn je.

»Wirst du sie mir bringen? Wem gehörst du? Wem hast du zu gehorchen?«, fragte er fordernd immer und immer wieder.

Kurz bevor ich kam, antwortete ich:

»Ja, Herr, natürlich werde ich dir Frauen besorgen.«

Ich hätte ihm alles versprochen, und natürlich wusste ich schon die ganze Zeit, dass ich es versuchen würde, denn ich wollte, seitdem ich ihn kannte, nichts mehr, als seine Sub, sein Eigentum, zu sein und ihn regelmäßig wiedersehen. Nachdem er sich in meinem Mund ergossen hatte, kuschelten wir uns aneinander, er hielt mich fest im Arm und schlief dann ein. Inzwischen war es hell geworden, ich beobachtete ihn noch eine Weile, so wie ich es immer getan hatte, und machte mir noch einmal bewusst, dass ich bei ihm war. Welch ein Geschenk!

Zwei Stunden später klingelte der Wecker, ich streichelte ihn zärtlich und massierte ihm den Rücken. Irgendwann wurde er wach und stand auf. Ich lauschte, wie er ins Bad und dann in die Küche ging, beobachtete ihn, wie er sich anzog. Nachdem er mir mit einem Kuss »Auf Wiedersehen« gesagt hatte, kuschelte ich mich wieder unter die Decke.

»Bis nächstes Jahr«, rief ich ihm noch hinterher und schlief wieder ein.

Als ich ein paar Stunden später zufrieden aufwachte, war schon die erste SMS auf meinem Handy, ob ich wach wäre und ob ich mich an meine Aufgabe erinnern würde. Und schon verfluchte ich ihn wieder, wusste ich doch, dass er es ernst meinte und nicht nachgeben würde. Doch ich hoffte, dass er auch in dieser Beziehung alles anders machen würde, als ich dachte.

Und wieder verabschiedete ich mich von seiner Wohnung. Woher sollte ich schon wieder eine Sub bekommen? Eine, die ihm auch gefallen würde? Bei Tageslicht sah ich alles etwas realistischer. Aber ich wollte nicht kleinbeigeben, ich wollte, dass er wusste, dass ich in der Zwischenzeit gewachsen war und dass ich nicht gewillt war, das kleine Ja-sagende Subilein zu sein. Es würde sicher eine Weile dauern, bis ich ihn wiedersehen durfte, aber es würde passieren, eines Tages, dessen war ich mir sicher. Denn er hatte wie immer recht, auch wenn ich nie seine Sub sein dürfte, ich würde immer kommen, wenn er mit dem Finger schnippte, weil ich ihn liebte! Nein, ich bereute es nicht, zu ihm gefahren zu sein, es war eine wunderschöne Nacht und ich wusste nun, dass ich etwas Besonderes für ihn war - und auch immer sein würde. Das war ein tolles Gefühl. Ich merkte, dass ich nach dieser langen Zeit, die ich ihn kannte, endlich meine Gefühle kontrollieren konnte. Ich musste keine Angst mehr haben, ihn zu verlieren, ich würde immer ein Teil von ihm sein. Das kleine Flämmchen war über

Nacht zu einer Stichflamme geworden und könnte wieder eine gleichmäßig wärmende Flamme werden, die ein Recht darauf hat, weiterzubrennen. Nun lag es an ihm, sie auf gleichmäßiger Temperatur zu halten.

Es dauerte auch nicht lange, und die ersten SMS trafen ein, er war wieder am Ball. Eigentlich hatte sich nicht viel verändert, er forderte von mir, eine andere Frau zu besorgen, und zwar so schnell wie möglich. Es war beinahe, als wenn er diesmal Angst hätte, dass ich abspringen würde. Wohl, weil ich sehr verhalten antwortete, denn ich hatte nicht die geringste Lust, mir schon wieder die Finger zu verbrennen.

Ich kämpfte mit mir, es war schwer, eine andere Frau für unser Vorhaben zu begeistern. Schließlich war er nirgendwo in der Szene bekannt und woher sollten sie wissen, was für einer er war. Einmal klappte es beinahe, aber leider fiel das Treffen aus, weil er einen Termin verwechselt hatte. Dabei war ich so froh, endlich jemanden gefunden zu haben. Ich war gerade in Wendys Wohnzimmer und unterhielt mich angeregt, als mein Telefon klingelte. Ich ging ran und hörte erst nur Geräusche, dann Musik. Sting, laut und wunderbar. Ich sprang auf, lief in einen Nebenraum des Clubs, um besser hören zu können, lehnte mich an eine Wand und lauschte. Nur die Musik war zu hören und plötzlich seine Stimme:

»Na, gefällt's dir?«, fragte er ins Telefon.

Mir liefen Tränen die Wangen herunter. Er hatte an mich gedacht. Denn das Unfassbare daran war, dass er auf einem Sting-Konzert war, zu dem er extra nach Hamburg gefahren war und nun ließ er mich fast das ganze Konzert mithören. Ich war ihm so unendlich dankbar, denn ich war noch nie auf einem Konzert meines Lieblingsmusikers gewesen. So viel verband ich mit dieser Musik unendlich schöne Abende mit Matthias, auf seiner Terrasse, an seinem Tresen und im Schlafzimmer. Ich ließ mich von meinen Gedanken treiben und wünschte mir, ihm nahe zu sein. Er suchte sich sogar extra ein ruhigeres Plätzchen und wir redeten und redeten. Als er fragte, was ihn eigentlich geritten haben musste, dass er das ganze Konzert vertelefonierte, musste ich laut auflachen. Wer von uns war denn kaputter? Ich die ihm jeden Wunsch von den Augen ablas, oder er? Dann war das Konzert beinahe vorbei, und er verabschiedete sich und ich schwebte zurück zu den anderen.

Dann war wieder Funkstille, Tage, Wochen. Wie immer, nachdem wir intensiven Kontakt hatten. Aber ich wusste, dass er sich wieder melden würde, schließlich tat er das immer. Nur wann ich wieder zu ihm durfte, wusste ich, genauso wie all die Male zuvor, nicht. Es zog uns beide immer wieder zueinander hin, nie begegnete uns jemand anderes, bei dem wir unsere DS-Neigungen so intensiv ausleben konnten. Wir waren perfekt aufeinander eingespielt und wussten, wie der andere tickte. Uns verband etwas Besonderes, ich konnte es mir nicht erklären, aber ich habe so etwas nie wieder erlebt.

Aber ich war nicht mehr seine Sub und konnte tun und lassen, was ich wollte und er war mir sowieso nie Rechenschaft schuldig gewesen. Abgesehen davon hatte er ohnehin wenig Zeit, und wenn er sie hatte, traf er sich mit anderen Frauen. Aber das sollte er ruhig tun, schließlich war ich auch kein Kind von Traurigkeit. Die Gefühle, die ich dennoch für ihn hatte, hatten das ängstliche Festhalten von früher verdrängt. Ich liebte ihn inzwischen auf meine Weise, still, ruhig und intensiv. Er war seit drei Jahren in mir, in meinem Kopf und in meinem Bauch, er hatte seinen festen Platz in mir gefunden, wie ein Bruder oder ein Sohn. Niemand würde jemals diesen Platz einnehmen können, egal was aus uns würde, er wäre immer für ihn reserviert.

Eines Tage hatte ich eine Nachricht auf meiner Mailbox, dass er in den letzten Wochen sehr viel zu tun gehabt hätte. Nun wäre aber wieder Luft und ich solle einen Terminvorschlag machen, um ihm besagte Sub vorzustellen. Ich fragte also Cat, ob sie mal wieder Lust auf einen Spieleabend zu dritt hätte. Doch leider hatte sie keine Zeit, was schade war, da es wunderbar gepasst hätte, weil ich Urlaub hatte. Ich war enttäuscht, schrieb ihm aber noch nicht, dass es vorerst wohl nicht klappen würde. Stattdessen fragte ich eine andere Freundin, Jacky, die auch gerade keinen Herrn oder Herrin hatte und die sehr spontan war. Mit ihr hatte ich schon die eine oder andere Spielerei hinter mir und ich mochte sie wirklich. Da ich ständig mit ihr in Kontakt stand und sie auch in das Verhältnis zu Matthias eingeweiht war, brauchte ich nicht lange zu betteln. Sie sagte sofort zu. Eine Bedingung stellte sie, aber das war mir ganz recht. Jacky wollte keinesfalls geschlagen werden, doch das behielt ich auch erst einmal für mich. Was war ich froh, als ich ihm die Mitteilung machen konnte, endlich konnte ich meine Aufgabe erfüllen und ihm zeigen, wie sehr ich daran interessiert war, ihm dienen zu können.

Kaum hatte ich ihm die Nachricht übermittelt, wurde der Kontakt wieder enger. Er meldete sich täglich und nahm auch Kontakt zu Jacky auf. Die beiden verstanden sich offensichtlich gut und so kam es sogar zu dem einen oder anderen Dreierchat. Was war das für ein Spaß, wir alberten, lachten und malten uns unser Treffen in den tollsten Farben aus. Ja, wir waren schon eine lustige Bande, auch wenn Jacky nun doch Zweifel anmeldete. Sie befürchtete, dass sie sich in ihn vergucken und es dadurch Probleme geben könnte. Aber auch damit hätte ich kein Problem gehabt, denn ich wusste, dass meine Verbindung zu ihm etwas Besonderes war. Wenn es so kommen würde, würde ich mich für ihn freuen und stolz darauf sein, dass ich es gewesen war, die ihn glücklich gemacht hat. Genau so fegte ich Jackys Zweifel beiseite.

Unser Treffen rückte immer näher, ich fühlte dieses altbekannte Kribbeln in mir aufsteigen, diese Vorfreude auf den Abend, auf *ihn*! Was in seinem Kopf vorging, wollte ich vorher nicht wissen, auch nicht, was er geplant hatte. Obwohl es nicht viel zu planen gab, denn die beiden mussten sich erst einmal kennenlernen und sehen, ob sie sich real genauso sympathisch waren, wie virtuell. Und dann war es so weit. Donnerstag, der Tag der Tage. Nach drei langen Wochen durfte ich wieder zu ihm! Endlich war der Tag gekommen, an dem ich ihm wieder zeigen konnte, wie sehr ich ihm ergeben war, dass ich sogar bereit war, mein Herz zu teilen. Denn Liebe ist das Einzige, das sich verdoppelt, wenn man es teilt. Diesmal war es kein warmer Sommerabend, sondern es war herbstlich nass und kalt. Aber nichts konnte mich an diesem Tag von meiner guten Laune abbringen, ich trällerte vor mich hin und begann schon viel zu früh mit meinen Vorbereitungen. Es war toll, mich wieder für jemanden schön machen zu dürfen und ich verwende viel Sorgfalt darauf, mich so herzurichten, wie er es mochte. Das war mein Ritual um mich auf das Treffen mit ihm vorzubereiten. Er sollte stolz auf mich sein und Gefallen an mir haben.

Als ich fast fertig war, klingelte das Telefon. Es war Matthias. Er wollte plaudern und wir gerieten schnell wieder in Schwärmereien über alte Zeiten, wieder arbeiteten wir dadurch auch eine Menge auf. Er sagte mir, wie toll ich sei und dass ich die beste Sub sei, die er jemals kennengelernt hätte. Das ging mir natürlich runter wie Öl, und ich wusste, dass es ihm insgeheim genauso erging wie mir. Egal wie viele Frauen und Männer es zwischendurch gegeben hatte und noch geben würde, unsere Verbindung hatte allem standgehalten und sie würde es weiterhin tun. Wir plauderten noch eine Weile und die Zeit verging wie im Fluge. Nur noch eine Stunde und ich würde ihn wiedersehen.

Vorfreude

Alles erwacht zum Leben,

was lange schlief und begraben lag.

Alles vibriert in mir und streckt sich,

wie sehr ersehnte ich diesen Tag.

Keine Erwartung, einfach nur Freude,

auf das, was der Abend bringt.

Keine Gedanken an das Danach,

alles in mir lacht und singt.

Auf der Bahnfahrt saß ich mit geschlossenen Augen da und fühlte in mich hinein. Das Kribbeln wurde immer stärker, oh, wie ich das liebte. Am S-Bahnhof angekommen stieg ich zu Jacky ins Auto und wir unterhielten uns angeregt, wie wohl der Abend werden würde. Ich konnte mich kaum auf unser Gespräch konzentrieren, denn in Gedanken war ich schon bei *ihm*. Als wir ankamen, wartete er bereits an der geöffneten Wohnungstür. Er sah wie immer gut aus, die Haare hatten vielleicht etwas viel Gel abbekommen, aber was machte das schon, endlich war ich wieder bei ihm.

Und wieder einmal saß ich an seinem Tresen, schaute ihm beim Kochen zu und plauderte ausgelassen mit ihm. Es war jedes Mal das Gefühl zu Hause angekommen zu sein, nichts hatte sich verändert, weder in seiner Wohnung, noch an ihm, noch an unserem Umgang miteinander. Ich beobachtete Jacky von der Seite, sie war auffallend ruhig und wirkte in sich gekehrt. Als er kurz um etwas zu holen verschwand, fragte ich, wie es ihr ginge und ob alles Okay sei. Jacky verzog das Gesicht und meinte:

»Der Typ ist mir so etwas von unsympathisch.«

Ich schaute sie erstaunt an:

»Wenn du lieber wieder gehen möchtest, sag Bescheid, so ist der Deal.«

Aber Jacky verneinte und meinte:

»Den einen Abend werde ich schon überstehen.«

Unsympathisch! Es war mir völlig unverständlich, wie man Matthias unsympathisch finden konnte, wo ich seit der ersten Minute, in der ich ihn kennenlernte, fasziniert von ihm war. Aber gut, jeder hat eben einen anderen Geschmack.

Nachdem wir das wundervolle Menü, das er zauberte, genossen hatten, wurde die Stimmung etwas lockerer. Wir alberten herum und doch entstanden zwischendurch immer wieder kribbelige Momente. So zum Beispiel, wenn ich aufs Klo musste und erst ging, nachdem er sein Einverständnis gegeben hatte. Oder, wenn ich etwas vorlaut war und er mir strafende Blicke zuwarf, die ich sogleich, mit einem beschämten Zur-Seite-Sehen, quittierte. Wie ich es liebte, ihm so gehorsam zu sein!

Ich streichelte Jacky liebevoll, um ihr die Spannung zu nehmen und kraulte ihr den Nacken, weil ich wusste, wie sehr sie das mochte. Zum Dank küsste sie mich, wohl wissend um den Blick meines Angebeteten. Nach einer Weile wurde mein Arm lahm, und ich wollte ihn auf dem Tresen ablegen. Doch Jacky bat mich, weiterzumachen oder den Platz zu wechseln, um den anderen Arm nehmen zu können. Ich schaute Matthias erwartungsvoll an, er reagierte sogleich und winkte mich mit einem Kopfnicken auf die andere Seite hinüber. Wir brauchten keine Worte, wir verstanden uns durch Blicke. Und schon war die Situation gekippt, das Spiel hatte begonnen. Im Nachhinein weiß ich nicht mehr warum, aber plötzlich stand ich vornübergebeugt am Tresen, hatte den Rock bis zu den Hüften hochgezogen und den Hintern herausgestreckt. Jacky befühlte mich zwischen den Beinen, um zu sehen, ob es mir gut ging, und schlug mir mit einem Bratenwender ein schönes Muster auf den Hintern. Immer wenn ich kurz vor dem Orgasmus stand, fragte ich, Matthias, ob ich kommen dürfe, aber er verneinte es. Ich atmete schneller und konzentrierte mich auf die Schläge, sodass ich auch diese Momente unbeschadet überstand. Matthias stand immer noch hinter dem Tresen, rauchte und trank lässig seinen Rotwein, wohlwollend beobachtend, was da vor ihm abging. Ich schaute ihm tief in die Augen, doch er befahl mir ohne Worte, nur mit seinem Blick, ihn nicht anzusehen. Gehorsam senkte ich den Blick. Er schmunzelte.

»Genau dieser Blick ist es, warum du die absolut Beste bist«, streichelte er mich mit Worten.

»Ja, mein Schatz, ich werde morgen deinem Wunsch nachkommen und genau das in dein Gästebuch schreiben, du hast es dir verdient.«

Unendlicher Stolz erfüllte mich. Wer, wenn nicht er, konnte sich dieses Urteil erlauben? Er kam hinter dem Tresen hervor, stellte sich neben mich und streichelte mich. Ich genoss es, wie sehr ich das genoss.

Jacky befahl mir, mein Oberteil auszuziehen, doch ich weigerte mich, sie hatte mir gar nichts zu befehlen. Erst nachdem er sein Einverständnis gegeben hatte, zog ich es aus. Ich würde immer nur auf ihn hören, egal wer mir etwas befehlen würde. Es war ein wunderschönes Gefühl bei ihm zu sein und seine Wünsche erfüllen zu dürfen. Doch auch dieser Moment dauerte nicht lange, denn der Bratenwender hatte bald seine ursprüngliche Form verloren und es musste ein anderes Schlagwerkzeug her. Leider hielt auch mein heiß geliebtes Stöckchen meinem Hintern nicht lange stand, denn Matthias hatte inzwischen selbst Hand angelegt, hatte mir so richtig eins übergezogen und dann mit seinen Händen das Muster nachgefahren. Dieses Gefühl war einfach traumhaft! Nach dem zweiten und dritten Schlag gab auch das zweite Stöckchen auf, und auch ein Drittes musste bald sterben.

Ich hörte, wie er langsam anfing zu verzweifeln und die Gerte holte. Ja, wenn ich bei ihm war, vertrug ich inzwischen sehr viel. Ich wusste, wie stolz er dann auf mich war und wie sehr er es genoss, sich an mir auszutoben. Er konnte mir nicht mehr wehtun, ich litt gern für ihn.

Plötzlich spürte ich etwas Heißes auf meinem Hintern, Wachs! Ich bekam den Befehl, mich nicht einen Millimeter zu bewegen, und ahnte, dass die Kerze gerade auf mir platziert wurde. Bisher hatte ich die Augen geschlossen gehalten, da ich aber hörte, wie er Jacky eine schallende Ohrfeige verpasste, sah ich aus dem Augenwinkel, was da vor sich ging. Ich konnte nicht viel sehen, da sich alles hinter mir abspielte und so konzentrierte ich mich stattdessen auf meine anderen Sinnesorgane. Zwischendurch spürte ich immer wieder den stechenden Schmerz des heißen Kerzenwachses, wenn ich mich nur einen Millimeter bewegte, um meine immer wieder wegrutschenden Beine zu stabilisieren. Hinter mir prasselte es inzwischen Ohrfeigen, abwechselnd hörte ich es klatschen und Jacky aufstöhnen, die offensichtlich Gefallen daran fand. Meine Beine waren beinahe vollends steif und ich bemerkte kaum noch, was hinter mir passierte. Doch ich rührte mich kein Stück, ich hatte doch nicht den Befehl bekommen, mich wieder aufzurichten.

Irgendwann wurde es hinter mir ruhiger, und nachdem ich ein »Sieh her!« vernommen hatte, drehte ich meinen Kopf vorsichtig herum. Ich sah, wie Jacky eine letzte schallende Ohrfeige bekam, die so heftig war, dass sie zu schluchzen anfing. Er nahm sie sogleich in den Arm und beruhigte sie, ich wusste, wie sehr er es genoss, ein gedemütigtes weibliches Wesen zitternd in den Armen zu halten. Nachdem Jacky sich beruhigt hatte, stieß sie ihn plötzlich weg und kam zu mir. Seinem Gesichtsausdruck sah man an, dass ihm diese Reaktion so gar nicht gefiel. Doch er beließ es dabei, sicher, weil sie sich noch nicht so gut kannten.

Plötzlich hatte es Jacky sehr eilig, am liebsten wäre sie wohl sofort gegangen, aber er überredete sie noch zu einer letzten Zigarette. Dann verabschiedete er sich von ihr und brachte sie bis ans Tor. Beschwingt kam er die Treppe hinauf und stand mir grinsend gegenüber.

»Na, das hast du fein gemacht, mein Schatz«, lobte er mich.

In diesem Moment überkam mich ein Gefühl von tiefer Dankbarkeit, ich kniete mich vor ihn und küsste ihm die Schuhe. Das hatte ich noch nie gemacht und ich hätte auch nie vermutet, dass mir das jemals ein Bedürfnis sein würde, doch in diesem Moment konnte ich nicht anders! Leider konnte ich sein Gesicht dabei nicht sehen, aber ich sah den Stolz in seinen Augen, als er mich nach oben zog und küsste. Er drückte mich fest an sich und schalt sich selbst:

»Na, ich bin vielleicht einer, wie konnte ich nur vergessen, dich in den Arm zu nehmen, wo du doch heute Abend das meiste abbekommen hast.«

Er drehte mich um und begutachtete meinen Hintern.

»Jepp, gute Arbeit«, lobte er sich und seine *Gehilfin* schmunzelnd.

Wir tranken noch den Rest des Rotweins aus, rauchten eine Zigarette und redeten noch ein wenig über den gemeinsamen Abend. Wir waren beide der Meinung, dass ich eine gute Wahl getroffen hätte und dass Jacky, trotz oder wegen ihrer wenigen Erfahrung, ein schönes Spielzeug für ihn sein würde. Ja, ich wusste, wie sehr er es genoss, jemanden zu erziehen und wie sehr er es bedauerte, dass er bei mir schon beinahe fertig damit war. Dass man selbst aus mir noch eine Menge herausholen konnte, war ihm entweder nicht bewusst, oder es war ihm zu viel, sonst hätte er das schon längst getan.

Aber ich beließ es dabei, denn entweder er würde irgendwann von allein darauf kommen oder eben nicht. Ich konnte es sowieso nicht ändern, wenn er nicht wollte, wollte er nicht. Als ich neben ihm im Bett lag, saugte ich seinen Geruch in mich ein, ertastete seinen Körper und genoss den Moment. Dass dann nicht mehr passierte, empfand ich überhaupt nicht schlimm. Das, was an diesem Abend in meinem

Kopf stattgefunden hatte, war unendlich viel mehr wert. Vögeln konnte ich mit jedem, aber dieses Spiel zwischen uns und das, was eigenartigerweise nur er in mir auslösen konnte, war etwas, was mich immer wieder zu ihm hinzog. Ich war erfüllt von ihm, und die Wärme, die ich empfand, ließ mich sanft in den Schlaf hinübergleiten. Nachts wachte ich einmal auf, das geschah jedes Mal, wenn ich bei ihm schlief. Ich beobachtete ihn. So wie er dalag, sah er so sanft, so verletzlich aus.

Als sein Wecker klingelte, fühlte ich mich wie gerädert. Ich wollte weiterschlafen, wusste aber, dass er zur Arbeit musste und das, obwohl wir nur vier Stunden geschlafen hatten. Ich streichelte ihn und versuchte, ihn zu wecken, was mir nur schwer gelang. Als er endlich, viel zu spät, die Augen aufschlug und hochschreckte, blieb ich noch liegen und beobachtete, wie er hektisch zwischen Bad und Schlafzimmer hin- und hereilte. Wie immer verabschiedete er sich mit einem Küsschen, einem »Schön, dass du da warst« und dem Hinweis, wie ich die Tür am lautlosesten hinter mir zubekam. Ich schmunzelte, wie oft war ich schon aus dieser Wohnung gegangen und wie oft hatte ich schon die Tür hinter mir geschlossen. Dies machte mir deutlich, dass ich wirklich eine von vielen war, die neben ihm aufwachte. Doch es machte mir nichts, mir reichte das Wissen, dass er für mich etwas Besonderes war und die Gewissheit, dass er tief in seinem Inneren genauso für mich fühlte!

Als es in der Wohnung ruhig war, stand ich auf, duschte, zog mich an und trank noch einen Kaffee. Da fiel mir der Pferdeschwanz ein, den er mir am Abend geschenkt hatte. Jedes Mal, kurz bevor wir uns wiedersahen, ging er zum Friseur, obwohl oder gerade, weil er wusste, wie sehr ich langhaarige Männer mochte. Ich hatte ihn leider nie mit langen Haaren gesehen, nur auf alten Fotos. Als er sich damals die Haare schneiden ließ, gab ihm der Friseur den Pferdeschwanz mit nach Hause. Sicher, ich hätte ihn schon längst einfach mitnehmen können, schließlich wusste ich, wo er lag, aber ich wollte ihn von ihm persönlich bekommen. Und gestern war es so weit. Stolz holte ich ihn aus meiner Tasche hervor und betrachtete ihn. Dann nahm ich etwas von seinem Parfum, sprühte es darauf und steckte seine Haare wieder zurück.

Wieder einmal verabschiedete ich mich von seiner Wohnung und fuhr nach Hause. Dort angekommen frühstückte ich erst einmal in Ruhe mit meinem Kind und setzte mich an den Computer. Schon kam eine Nachricht von ihm, ob ich gut nach Hause gekommen sei und wie es mir ginge. Ja, mir ging es gut, sehr gut sogar, obgleich ich ahnte, dass Jacky und er schon wieder miteinander chatteten und ich nicht eingeladen wurde. Aber das berührte mich nicht, es erfüllte mich sogar mit Stolz. Auch Jacky schrieb mich an, sie wollte wissen, warum Matthias und ich unsere Profile nicht miteinander verlinkt hätten, wo wir doch schon so lange eine Spielbeziehung miteinander hätten. Und ich antwortete, dass er wohl nicht wollte, dass ich ihm wieder zu nahe kam, aber nur er könne ihr diese Frage wirklich beantworten. Sie solle ihn doch selbst fragen. Jacky mochte aber nicht und so fragte ich ihn dann doch. Wie ich es vermutet hatte, bekam ich darauf nie eine Antwort. Kurz darauf schrieb mich Barney völlig unerwartet an und beglückwünschte mich zu meinem neuen Spielpartner. Ich war wie vom Donner getroffen. Matthias hatte es tatsächlich getan, ich war sprachlos. Ich bedankte mich bei ihm und schrieb, dass ich hoffte, dessen auch würdig zu sein. Seine Antwort darauf war kurz und knapp:

»Ich weiß, dass du das bist.«

Ich war gerührt und erschöpft und ließ den Tag zufrieden ausklingen. Am nächsten Morgen erfuhr ich von Jacky, dass sie am selben Abend noch einmal zu ihm gefahren war, so unsympathisch war er ihr also doch nicht. Erstaunt war ich allerdings, als drei Tage später auch sie in seinem Profil als Spielbeziehung stand, doch in diesem Moment war ich sehr erfreut darüber. Ich hatte nun, nach fast drei Jahren, seinen Auftrag ausgeführt. Endlich hatte ich ihm eine zweite Sub beschafft und ich wusste, dass es nur noch zwei Möglichkeiten gab:

Entweder Jacky würde nun in jeder Hinsicht meine Nachfolge antreten und ich wäre bald frei, oder er wollte uns beide behalten und das Spiel vielleicht wieder öfter mit mir oder mit uns beiden genießen. Das blieb abzuwarten. Doch ich hatte Zeit, schließlich war ich schon so lange geduldig!

Zufriedenheit, nicht angekommen.

Nur ausruhen auf einer kleinen Insel des Lebens. Sehen, wie die anderen vorbeieilen, hastig auf der Suche nach schnellem Glück. Die Panik in ihren Augen und das Wissen in mir, dass Glück nicht schnell ist, sondern Zeit braucht.

Hingabe, nicht Liebe.

Liebe ist gegenseitiges Geben und Nehmen, Hingabe erklärt sich durch sich selbst. In mir, unendliche Dankbarkeit, dass es einen Menschen gibt, der sie zu achten und zu schätzen wusste. Auch wenn er dieses Geschenk nicht immer erwidern konnte.

Vertrauen, nicht Dummheit.

Gönnen können, egal in welcher Form. Sich daran erfreuen, wie erfüllend Loslassen sein kann. Die Ruhe zu fühlen, die Vertrautheit unersetzlich macht.

Hoffnung, nicht Aufgabe.

Zu spüren, dass eine Verbindung besteht, die über Jahre dauert. Die durch nichts getrübt ist, uneingeschränkt ihre Gültigkeit hat, und die Gewissheit, einzigartig zu sein. Jeder, der je versucht hat, sie zu zerstören, wurde aufgegeben.

Demut, nicht ficken.

Sie findet im Kopf statt und ist tausendmal mehr wert. Einen blasen kann jeder, aber das Hirn ficken, das ist nur ganz bestimmten Menschen vorbehalten.

Ruhe, nicht Zerrissenheit.

Das Bewusstsein, dass es einen Menschen geben wird, der all diese Dinge mit mir teilen möchte. Der bereit ist, mich anzunehmen und zu würdigen, so wie ich bin, der stolz darauf ist.

Klarheit, nicht Rastlosigkeit.

Einen Ausgangspunkt zu haben, der eine Richtung weist. Der Weg ist vorgegeben, nur ist er nicht für jeden sichtbar. Dem Licht folgend, um anzukommen.

Zufriedenheit!

Jacky schrieb mich immer öfter an und beschwerte sich, dass Matthias ständig von mir reden würde und sie das mächtig nerven würde. Auch verlangte sie, ich solle mich zurückziehen, schließlich hätten sie und Matthias jetzt eine Beziehung und ich würde zwischen ihnen stehen. Ich schrieb ihr, dass dies nicht in meinem Sinne sei und sie sich doch bitte in Ruhe kennenlernen sollten, damit wir dann zu dritt weiterspielen könnten. Aber sie ließ nicht locker!

Matthias wusste nicht, dass ich seine Zugangsdaten hatte, und so las ich ihre Mails mit. Jacky ließ kein gutes Haar an mir und machte mich, wo sie nur konnte, schlecht. Schließlich forderte sie von ihm, dass er den Kontakt zu mir abbrechen solle, sonst würde sie sich nie wieder mit ihm treffen. Ich las das alles mit Bedauern, konnte aber leider nicht eingreifen und nur darauf hoffen, dass Matthias` Verbundenheit mit mir stark genug war, auch das zu überstehen.

Irgendwann stand sie als seine Sub im Profil und ich war weiterhin nur seine Spielbeziehung. Es machte mich sehr traurig und ich fragte ihn, was das zu bedeuten hätte, bekam aber wie immer keine Antwort. Also verhielt ich mich ruhig und zog mich mal wieder zurück. Irgendwann sah ich ein Foto von Jacky in der *SZ*, auf dem sie mit gepiercten Nippeln zu sehen war und ich war zutiefst enttäuscht. Ein paar Tage später kam von ihm die Nachricht, dass er mit Jacky eine Beziehung eingehen wolle, ich also meine Aufgabe erfüllt hätte und er mich somit als Spielbeziehung löschen würde. Ich war fassungslos, er ließ sich tatsächlich von Jacky erpressen. Er warf all das, was wir uns mühsam erarbeitet hatten, einfach weg. Das war zu viel für mich, ich bat ihn, mich nie wieder anzuschreiben und wünschte ihm ein schönes Leben!

Ich konnte nicht einmal mehr weinen, zu viele Tränen hatte ich wegen dieses Mannes schon vergossen. Ich gönnte ihm sein Glück, doch ich hatte gehofft, diejenige zu sein, die ihn glücklich macht. Er war die Liebe meines Lebens, aber ich wohl nicht die Seine. Damit musste ich mich abfinden, ob ich wollte oder nicht. Fortan ignorierte ich all seine Nachrichten, löschte seine Nummer und sperrte ihn, wo ich nur konnte. Ich war ein für alle Mal mit ihm fertig!

Drei Monate später war die Beziehung zwischen Jacky und Matthias auch schon wieder zu Ende und dafür hatte er nun aufgegeben, was sich über Jahre zwischen uns entwickelt hatte. Ich habe ihn tatsächlich erst sieben Jahre später wiedergesehen. Er schwelgte immer noch in alten Erinnerungen und er hatte sogar noch einen Rest dieser Wirkung auf mich. Ich weiß nicht, ob irgendwelche Einflüsse von außen unsere Beziehung beeinträchtigt haben oder ob er nicht mit meiner tiefen Hingabe klarkam. Vielleicht war er einfach nicht bereit für eine Beziehung dieser Art. Erst bei unserem letzten Treffen habe ich erfahren, dass er zwischendurch immer wieder die Beziehung zur Mutter seines Sohnes hat aufleben lassen. Er war wohl all die Jahre hin- und hergerissen. Doch die Antwort auf all diese Fragen kennt nur er.

Nachschlag

Ares schaute mir tief in die Augen:

»Willst du das wirklich?«, gleichzeitig schüttelte er den Kopf, »Was frag ich überhaupt.«

Ich hatte ihm gerade von meinem immer wiederkehrenden Traum erzählt und er schlug mir ein absolut unmoralisches Angebot vor. Er organisierte ab und an Rapegames, und zwar auf Wunsch von potenziellen Opfern und natürlich zu seinem eigenen Vergnügen.

»Du möchtest also irgendwo in dieser Stadt, irgendwann von irgendwem mit Gewalt genommen werden?«

Ich nickte und sah ihm über den Tresen hinweg in die Augen. Wir beide standen in *Wendys Wohnzimmer*, dessen Leitung wir inzwischen übernommen hatten, um Wendy für eine gewisse Zeit zu entlasten.

»Danke«, sagte ich klar und deutlich.

»Wieso danke?«, er schaute mich fragend an.

»Nun, ich habe keine Ahnung, ob ich dir danach immer noch dankbar bin, aber du wirst mir einen Traum erfüllen, den ich schon seit meiner frühesten Jugend träume, und dem gebührt Dankbarkeit!«

Ares grinste sein schelmisches Lächeln und beauftragte mich, ihm eine Bezugsperson zu nennen, die in alles eingeweiht wäre und mich danach betreuen würde. Ich musste nicht lange überlegen …

Danksagung

Mein Dank gilt meinem wundervollen Sohn, der mein ganzer Stolz ist!

Meine liebste Maliz, ich verdanke Dir so viel! Hab Dich lieb.

Meinem allerersten Lieblingsdom danke ich für die Erweckung aus meinem Dornröschenschlaf.

Vor allem aber danke ich der Liebe meines Lebens dafür, das ich sie erleben durfte.

Außerdem danke ich all meinen Freunden für ihre jahrelange Freundschaft, ihr immer offenes Ohr und ihre Geduld mit mir!

Über die Autorin

Siri S, 1969 geboren, hat ihr gesamtes Leben in Berlin verbracht. Dort arbeitete sie als Juwelierin, zunächst als Angestellte, später mit ihrem eigenen kleinen Geschäft.

Sie lebte ein normales Familienleben, doch die Familienidylle war trügerisch, in ihr brodelt Unbekanntes, das bei einer verhängnisvollen Affäre, aus ihr herausbricht. Erst nach der Trennung von ihrem langjährigen Lebensgefährten entdeckte sie, wer sie wirklich ist und was sie tatsächlich möchte. Ihre Reise ins Innerste beginnt und sie verliert sich darin, in der Hoffnung, sich selbst und ihr Glück zu finden.

Sie wird zu einer Berliner Szene-Bekanntheit, engagiert sich in verschiedenen Clubs und Partylocations und betreut Neueinsteiger und junge Frauen als Leiterin des *»Subbiekränzchen's«* und der Bondage-Gruppe *»Miss Rope«*.

Heute lebt sie auf einem Segelboot und bereist die Welt; allerdings gehört BDSM weiterhin zu ihrem Leben.

In ihrem ersten Buch hat sie ihre Erlebnisse und Gefühle aus den ersten Jahren ihres BDSM-Lebens niedergeschrieben.

Mehr über die Autorin erfahren Sie auf ihrer Webseite:

http://siris-autorin.jimdo.com/

Impressum

ISBN 978-3-945967-28-7

Unsere Web-Adresse: www.schwarze-zeilen.de

(c) 2016 Schwarze-Zeilen Verlag
ein Imprint des Footstep Verlag,
Reichenaustr. 81c, 78467 Konstanz
info@schwarze-zeilen.de

Fotografin Coverfoto: Paula Celine

Weitere Bücher

Cara Morgen - Ich steh auf BDSM ... und du?

Ein Ratgeber zu den Themen: „Wie sag ich`s meinem Partner?"
und „Wie finde ich den richtigen Partner?"

Dieser Ratgeber widmet sich dem richtigen Outing Ihrer BDSM-Neigung innerhalb der Beziehung. Wie bringen Sie Ihrem Partner Ihre Wünsche am besten bei – ohne dass er/sie geschockt reagiert. Wie gehen Sie mit ihrer/seiner Reaktion um? Dieser Ratgeber gibt Ihnen die passende Hilfestellung.

Sie sind auf der Suche nach dem passenden Partner im BDSM-Bereich. Was für Besonderheiten gibt es bei der Suche zu beachten und wie finde ich den Partner, der zu mir passt? Wo finden Sie überhaupt Ihren passenden Gegenpart und wie erkennen Sie ihn oder sie? Auch hier wird Ihnen der Ratgeber eine große Hilfe sein.

Folgerichtig hat Cara Morgen beide Themen in einem Buch leicht verständlich und unterhaltsam vereinigt. Denn wenn es mit dem Partner gar nicht geht und die BDSM-Sehnsüchte zu groß sind, dann erfahren Sie in diesem Ratgeber auch gleich, wie Sie beim nächsten Partner auf den oder die richtige/n stoßen.

Über die Autorin:

Cara Morgen ist studierte Psychologin und begann schon in ihrer frühen Jugend mit dem Schreiben von Kurzgeschichten. Als junge Erwachsene schrieb Sie unter dem Pseudonym Foxy Farkas erotische Literatur, die als Printbücher, E-Books und teilweise im Internet erschienen. Jetzt hat sie Ihr Wissen in diesem Ratgeber gebündelt.

Der Ratgeber ist als Paperbackausgabe und als E-Book im ePub-Format erhältlich. Das Buch hat 172 Seiten und ist bei allen Online-Buchversendern und im örtlichen Buchhandel erhältlich.

ISBN: 978-3-945967-14-0

Vanessa Haßler - Hiebe & Küsse: Wenn Liebe wehtun muss

Freimütig erzählt Vanessa Haßler von ihrem Verlangen nach Strafe und Schlägen. Stockkonservativ erzogen muss sie zunächst lernen, ihre Neigung zu akzeptieren. Dabei helfen ihr Erfahrungen mit Gleichgesinnten, vor allem aber die befreienden Erlebnisse mit ihrem späteren Lebensgefährten Sebastian. Endlich kann sie dann ihrer Passion – dem „Englischen Laster" – hemmungslos frönen.

Der Inhalt von »Hiebe & Küsse« hat autobiografischen Charakter, berücksichtigt aber auch die Erfahrungen von *Gesinnungsgenossen*. Es lag der Autorin am Herzen, die Themen *BDSM* und *Flagellantismus* aus unterschiedlichen Perspektiven zu beleuchten; sie wollte sozusagen die *nette Flagellantin von nebenan* und die Domina sowie den Sklaven *zum Anfassen* vorstellen; Menschen also, die neben ihrer speziellen Ausrichtung ein völlig normales Leben führen.

Ein deutliches Gewicht lag überdies auf der glaubhaften Darstellung der Charaktere und Geschehnisse. Alles, was geschildert wird, basiert weitgehend auf realen Ereignissen. Wenngleich es in den Geschichten mitunter hart zugeht, ist eine gewisse *Harmoniesüchtigkeit* der Autorin unverkennbar, neben BDSM-Erotik kommen Liebe und Romantik nicht zu kurz und meistens gibt es ein Happy End.

Textauszug:

„Den Rock runter! Zieh ihn ganz aus!" befahl mir mein Freund.

Brav spielte ich das zerknirschte, schlimme Mädchen und gehorchte. Doch ich hatte Mühe, meine freudige Erregung nicht zu zeigen. Schon seit Jahren träumte ich von einer solchen Situation – wie oft schon hatte ich mich danach gesehnt, nach Strich und Faden den Hintern versohlt zu bekommen!

„Die Schuhe und Strümpfe ziehst du auch aus!" hieß es dann.

Wieder gehorchte ich.

„Und jetzt den Slip!"

Nach kurzem Zögern befolgte ich auch diesen Befehl …

»Hiebe & Küsse« ist als Paperbackausgabe und als E-Book im ePub-Format erhältlich. Das Buch hat 220 Seiten und ist bei allen Online-Buchversendern und im örtlichen Buchhandel erhältlich.

ISBN: 978-3-945967-18-8

Um mehr über weitere Titel zu erfahren, besuchen Sie auch die Webseite des Verlags: www.schwarze-zeilen.de